ENTRE MER ET LAGUNE

FLORENCE NICOLE

Entre mer et lagune

ÉDITION DU CLUB QUÉBEC LOISIRS INC.
© Avec l'autorisation des Éditions Libre Expression
© Éditions Libre Expression ISBN 2-89111-696-8
Dépôt légal – Bibliothèque nationale du Québec, 1996
ISBN 2-89430-244-4

Imprimé au Canada

À mon mari, à mes enfants et petits-enfants.

À Nicole Fiorito qui, la première,
a su que tout était possible.

1

CANCUN, ce bras du continent qui s'avance pour retenir un coin de mer des Caraïbes contre son flanc. Cancun, une station balnéaire aux eaux turquoise, au sable blanc… À cinquante mètres de ses plages magnifiques se dressaient des vagues crêtées d'écume blanche. La masse lumineuse émergeant de l'océan venait à peine de s'emparer du décor que, déjà, boulevard Kukulcan, les voitures-taxis avaient repris leur course entre la zone hôtelière et le centre-ville. Sur la piste longeant la voie principale, des cyclistes et des gens de service croisaient les touristes nouvellement arrivés, pressés de s'enivrer de la brise matinale.

Rien ne différait des autres samedis de la basse saison. Derrière le volant de son taxi, harassé par une nuit de travail, Pedro Rodriguez luttait contre une sensation bizarre qui alourdissait ses paupières et engourdissait ses membres. L'homme au teint cuivré bougeait sans arrêt sur son siège. Il bénissait cette vieille chose, ayant déjà servi de porte au coffre à gants de son taxi, qui l'obligeait à se tenir éveillé. Machinalement, il glissa la main dans la poche de sa chemise bigarrée. Combien de fois avait-il répété ce geste et constaté le ridicule de travailler de si longues heures pour ces quelques billets roulés serré repoussés tout au fond ?

Transporté dans une rêverie où s'animaient les tourbillonnantes nuits d'hiver, Pedro se surprit à souhaiter que le gel et la neige se hâtent d'étendre l'hiver sur le sol des pays nordiques afin que s'animent de nouveau les nuits de Cancun.

Se dirigeant vers le centre-ville, inconscient de la sueur s'introduisant dans les plis de son visage rondouillard, le jeune homme était loin de la réalité présente, loin de ce nuage qui avait assombri le ciel de Cancun. Les premières gouttes de pluie giclèrent sur le pare-brise et glissèrent derrière le chapelet nacré accroché au rétroviseur; dix secondes plus tard, c'était le déluge. La pluie qui inondait le sol et dévorait la poussière avait surpris deux ombres qui agitaient les mains dans sa direction.

Évitant un touriste qui cherchait un endroit où se mettre à l'abri, il s'arrêta sur la chaussée pour prendre à son bord un grand gaillard et sa compagne qui, embarrassés de transporter le déluge à l'intérieur du taxi, hésitaient à monter.

Le bruit des pneus sur la chaussée avait attiré l'attention de Catherine Bachand qui se trouvait dans la boutique du centre commercial Las Palmas. La copropriétaire du petit commerce s'approcha de la vitrine dans laquelle se mirait le boulevard Kukulcan.

Ces petits l'avaient échappé belle, aurait pu dire Catherine qui d'habitude avait la repartie facile, mais cette fois, elle se contenta de dodeliner de la tête en pensant que ces deux jeunes touristes n'avaient jamais vu tomber autant de pluie en si peu de temps.

La voiture de Pedro s'était engagée de nouveau sur la voie. Catherine Bachand se remit aussitôt à ranger les bibelots. Tout à coup, ce jeu de casse-tête l'agaça. Aucun des articles de cet arrivage ne s'agençant avec la marchandise déjà étalée sur la tablette de verre adossée à la vitrine, elle abandonna la boîte le long du mur. Se questionnant sur les tâches les plus urgentes à faire avant l'affluence, elle posa distraitement un regard sur le comptoir.

– Trop de babioles là-dessus, dit-elle. Un jour, Miguel trouvera peut-être le temps de l'agrandir si je finis par le convaincre de l'utilité de la chose.

Catherine ne s'attendait pas à ce que sa réflexion provoque une réaction. Le jeune Luis, assis derrière le comptoir, avait été tellement sage ce matin-là que la jeune femme en avait presque oublié sa présence. En regardant de son côté, elle vit son joli minois qui dépassait tout juste de l'étalage de journaux. Le visage de Catherine s'adoucit.

– Luis, mon chéri! Que fais-tu? s'enquit-elle. Tu n'as pas bougé depuis une demi-heure. Je te croyais endormi sur ton banc.

Surpris d'entendre sa mère s'adresser à lui, Luis leva la tête et parut revenir de loin. L'observant sans répondre, il s'interrogea sur l'expression de son visage. Catherine était différente des autres jours. Malgré ses traits tirés, son regard étincelait plus que d'habitude.

– Je ne dormais pas, dit-il enfin. Je regardais les photos qui sont rangées avec la dernière lettre de grand-maman Bachand.

Sur un ton dénué de toute émotion, Luis parlait des photos dissimulées sous le tiroir-caisse, ces photos au sujet desquelles il l'avait déjà trop souvent questionnée.

Presque chaque jour, Catherine Bachand regardait aussi ces photos. Elle parut soudainement distraite et baissa les yeux. Appuyant les mains à plat sur le comptoir et retenant sa respiration, elle compta les pas de son fils qui martelaient les tuiles froides. Le silence qui habita tout à coup la pièce lui sembla chaud comme la petite main qui effleurait son bras, aussi chaud que la voix mielleuse qui ne manquerait sûrement pas de supplier une fois de plus.

– Mama, quand est-ce qu'on va retourner chez toi? Je m'ennuie de grand-maman. Ça fait trop longtemps que je ne l'ai pas vue!

Le mioche avait incliné la tête et levé le nez à la manière des chats attentifs. Inconsciemment, il s'attendait à une réponse probablement aussi évasive que celles déjà obtenues auparavant.

Il était clair que l'intelligence de Luis méritait qu'on lui donne une explication plausible. Quand Catherine ouvrit la bouche, l'émotion ayant tendu ses cordes vocales, ses premiers mots furent inaudibles.

Un fois de plus, elle expliqua qu'ils n'iraient certainement pas au Québec en plein hiver.

– Un petit gars habitué au climat du Mexique gèlerait le bout de son nez s'il osait le pointer là-bas à trente degrés sous zéro, dit-elle.

La dérobade était évidente. Luis haussa les épaules et lui lança un regard entendu. Des millions de personnes habitent à l'année le pays d'origine de sa mère. Pourquoi n'y survivrait-il pas une semaine?

– Tu refuses de me croire, n'est-ce pas?

Luis leva les yeux au ciel et fit une moue douteuse.

– J'ai vécu au Québec vingt-deux ans, précisa Catherine. Je sais de quoi je parle; l'hiver est beaucoup plus facile ici que là-bas. Ça, je te le jure!

Cette fois, Luis émit un son qui voulait dire qu'après tout, c'était possible. Puis il resta muet et déçu. Catherine détenait l'argument susceptible de le dérider, mais elle hésitait encore à lui en faire part. Le temps était-il venu de révéler ses intentions ? Avouer son projet équivaudrait à un non-retour et la protégerait contre toute envie de reculer.

Elle posa gentiment le doigt sur le petit nez de Luis. Comme par magie, ce geste le décontracta, et Catherine se pencha à sa hauteur. Avec un brin de soleil dans la voix, elle lui chuchota à l'oreille :

– Si nous écrivions à grand-maman Bachand, hein ? Si nous lui demandions de venir nous rendre visite ? Crois-tu que c'est une bonne idée ?

Le visage de Luis se transforma, ses yeux devinrent immenses. Un cri de joie jaillit de sa bouche.

– Oh oui ! Ça, c'est une idée merveilleuse ! Tu crois qu'elle viendra ? Dis, mama !

Au tour de Catherine de lutter contre l'inquiétude et le doute qui creusaient un pli entre ses sourcils. Maintenant qu'elle ne pouvait reculer, elle entretiendrait l'espoir.

– Disons que je le souhaite de tout mon cœur, murmura-t-elle alors que le petit cherchait un crayon et une feuille de papier dans le tiroir.

– Écris-lui tout de suite ! Tiens, prends ce crayon et écris.

La chose semblait d'une grande simplicité pour l'enfant qui n'avait qu'à exprimer un désir pour le voir comblé. Mais pour Catherine, le fait d'écrire à sa mère, et surtout de lui demander de venir la visiter, demeurait une démarche délicate.

– Allons ! Laisse-moi un peu de temps pour trouver la manière de la convaincre, dit-elle, prise au dépourvu. Cette fois, il faut lui présenter l'invitation comme un fait accompli, de manière à ce qu'elle ne puisse pas refuser.

De quoi parlait Catherine? Dans l'esprit de Luis, aucun doute n'existait, sa grand-mère ne pouvait qu'accepter une telle invitation. Il se voyait déjà ne la quittant pas, allant à la lagune lui présenter son amie la vieille iguane.

– Je suis certain qu'elle aimera Nacha, dit-il en déposant les photos à leur place dans le tiroir-caisse.

Luis n'était déjà plus là. Assis sur le banc à trois pattes qui encombrait l'espace entre le mur et le comptoir, il s'était évadé dans une rêverie familière.

À maintes reprises, Catherine lui avait raconté le froid et la neige qui s'emparaient des hivers québécois. Mais comment imaginer le froid quand jour après jour le soleil brûle la peau, que les fleurs colorent les arbres? Comment concevoir que la neige aussi blanche que le sable de la Playa Chac-Mool puisse être plus froide que le frigo où s'alignaient la bière et le Coca-Cola?

Luis n'essayait même plus de comprendre les agissements des grandes personnes. Pourtant, il se souvenait vaguement du temps où sa mère l'emmenait au Québec. Il était trop petit alors pour qu'on lui explique ce dont personne ne veut plus parler à présent. Quand les voyages cessèrent subitement, il ne lui resta que le vague souvenir d'une autre femme aussi joviale que Catherine : une grand-maman qui le serrait sur sa poitrine confortable.

Le mioche traîna quelques minutes encore derrière le comptoir. De temps à autre, Catherine lançait un regard furtif de son côté. Quelle innocence habitait cet enfant de huit ans! Quelle candeur dans ses grands yeux noirs brillant d'un éclat peu commun! Catherine refoulait l'envie de caresser sa tête ronde, d'ébouriffer davantage les cheveux d'encre qui refusaient constamment la forme qu'on s'évertuait à leur donner. Quand enfin son regard croisa celui de son fils, celui-ci vint glisser ses petits bras autour de sa taille. Catherine promena ses doigts à travers ses mèches rebelles et, sur un ton doux, caressant même, lui demanda s'il avait terminé sa tâche, s'il avait placé d'autres bouteilles dans le frigo. Elle aurait tout simplement dit : « Je t'adore », que c'eût été pareil.

– J'ai remis dix bouteilles de cola, six jus de fruits et j'ai compté les sacs de glace, dit-il d'une voix dont l'amplitude n'avait d'égale que sa propre vaillance.

– Comment est-ce que j'arriverais à tout faire sans toi ? Je me le demande !

Luis quitta l'étreinte maternelle. La pensée d'une autre femme lui prodiguant une grande affection l'incita soudain à sortir pour vérifier si Sylvia Hernandez était à sa boutique.

Catherine allait expliquer que Sylvia n'était pas là, mais l'enfant était déjà sorti et, à sa place, une bouffée de chaleur humide s'était engouffrée dans la pièce.

L'air ambiant devint tout à coup inconfortable. Les banderoles colorées suspendues au toit de l'établissement lui donnèrent subitement la nausée. Elles lui rappelaient que la musique mexicaine résonnerait bientôt dans le centre et irait en s'intensifiant jusqu'à ce que le délire s'empare du peuple qui s'apprêtait à célébrer sa fête nationale. Pour l'instant, le calme régnait dans le centre commercial qui aurait été désert sans les quatre touristes qui flânaient encore chez Tony.

Soudainement maussade comme la température, Catherine souhaita avoir une présence auprès d'elle. Il lui était inutile d'attendre Sylvia à cause des courses urgentes qu'elle espérait terminer avant l'affluence. Ce serait une des rares fois où les deux amies et compatriotes ne goûteraient pas le malin plaisir de discuter des manies de leurs Mexicains de maris, ou encore d'aiguiser leur esprit par des boutades pour démarrer la journée du bon pied.

À l'extérieur, le soleil avait chassé le dernier nuage. La vie reprenait son cours. Les taxis verts doublaient des jeunes gens de passage montés sur des mobylettes de location. Au coin de la rue, des vendeurs de «temps partagé» accostaient les passants. À première vue, leur offre était intéressante; contre une croisière sur la lagune, on exigeait d'eux qu'ils assistent à une réunion d'information. La crédulité de certains touristes étonnait toujours Catherine. Elle se surprit à sourire en apercevant un couple monter à bord du minibus.

Finalement, Catherine tourna le dos à l'activité extérieure et ouvrit une nouvelle boîte de bibelots. La première pièce déballée attira particulièrement son attention. Ce personnage au teint foncé, assis entre deux cactus, était la copie conforme de Luis. De la même manière que son fils, le bibelot de papier mâché l'obligeait à réfléchir. Elle crut entendre une petite voix l'implorer à son tour.

– Quand iras-tu au Québec, Catherine Bachand? Quand régleras-tu ton problème? Très bientôt, les événements t'obligeront à agir!

Catherine n'avait aucune réponse à ces questions, pas plus qu'à celle de Luis. Elle déposa le bibelot sur le comptoir et, passant de l'autre côté, ouvrit le tiroir-caisse.

L'enveloppe défraîchie avait repris sa place parmi d'autres papiers sans grande valeur. À l'intérieur, quatre photos gonflaient les pages d'écriture : des photos d'arbres de Noël, de gens vieillissants, d'absents.

Elle essuya la larme qui pointait au coin de ses yeux en se disant que peut-être un jour… Oui, peut-être bien qu'un jour elle retournerait là-bas.

Refoulant très vite ses émotions, elle jeta un regard aux alentours. Le départ précipité de Luis l'avait prise par surprise. Où était-il passé depuis qu'il avait constaté que

Sylvia n'était pas à sa boutique? N'apercevant que Roberto Hernandez, le petit bonhomme n'était sûrement pas entré le déranger.

Catherine avait vu juste. Habité par une joyeuse impatience, Luis avait quitté le centre commercial et bravé la circulation dense des quatre voies du boulevard Kukulcan. Derrière les hôtels qui faisaient face au centre Las Palmas se trouvait la mer et surtout, des coquillages.

La pensée de trouver la perle rare avait fait naître un rayon de bonheur sur le visage de l'enfant qui scandait joyeusement le nom de Sylvia en s'engageant dans l'allée du Martinez. À deux mètres devant lui, une ombre dissimulée derrière le buisson avait bougé imperceptiblement sans éveiller l'attention de l'enfant. Le jardinier avait reconnu la voix criarde du jeune Perez. Il avait replacé son chapeau de paille et adopté un air d'indifférence calculée; rien ne devait trahir sa joie d'apercevoir la frimousse de Luis qui sautillait d'une pierre à l'autre.

Quand le petit s'arrêta à la hauteur du vieil homme qui s'affairait autour du buisson fleuri, il le salua joyeusement. Un éclair alluma le regard du jardinier; on aurait dit un sourire. Gustavo cueillit un hibiscus rouge vif, le déposa au creux de sa main. Quand il eut constaté sa perfection, il l'offrit au bambin.

– Où t'en vas-tu comme ça? questionna le vieil homme.

La voix sourde et profonde de Gustavo n'impressionnait pas le petit qui le connaissait depuis toujours. D'un geste de la main, Luis Perez lui indiqua la mer. C'était là qu'il s'en allait; Gustavo l'avait déjà deviné.

– Tu seras prudent, n'est-ce pas? Il n'y a presque personne sur la plage ce matin.

– Ne t'en fais pas, Gustavo. Je suis toujours prudent.

Le ton de Luis aurait rassuré le plus alarmiste des anges gardiens; Gustavo lui fit signe de passer son chemin.

Le vent fit bouger le buisson, une vague vint mourir plus haut que les précédentes. Le vieux jardinier ramassa le râteau tordu et appuya son menton sur le manche humide. Luis Perez lui avait déjà tourné le dos et marchait en direction de la mer. Derrière lui, une traînée de pétales rouges volait au vent.

2

PEDRO RODRIGUEZ avait déposé les deux jeunes pris en course devant leur hôtel. Il avait attendu que le gars et la fille en aient franchi la porte pour quitter les lieux. Pour tout l'or du monde, il n'aurait manqué l'occasion d'admirer un instant de plus une fille aussi jolie.

Une odeur agréable de savon désinfectant embaumait l'air ambiant du hall d'entrée du Mariposa. À première vue, l'espace sembla à peu près désert à Sophie et François qui étaient encore sous le choc du déluge inattendu qui les avait surpris. Tout en pressant son short contre sa cuisse pour éviter les fuites d'eau de pluie, Sophie admirait les nombreux tableaux accrochés aux murs. Celui couvrant tout l'espace derrière le poste de réception l'impressionnait particulièrement. Jamais elle n'en avait vu de pareil.

La lumière qui abondait de partout donnait un aspect nouveau à la pièce. François regarda autour de lui en s'épongeant le front avec le coin de son chandail. Ses souvenirs de la veille, à cause de l'énervement de l'enregistrement et le transport des bagages, se limitaient à la présence de gens pressés et au couloir étroit menant à leur chambre.

L'air froid de la climatisation glaçait les vêtements trempés de Sophie qui essuya ses bras humides. Frissonnante, elle arrondit les épaules, dissimulant ainsi les formes provocantes qui jaillissaient sous son chandail.

– J'ai froid, dit-elle en claquant des dents. Montons, veux-tu ?

Enivré par la joie inespérée d'être là, ignorant sa requête, François referma ses bras autour d'elle et, jouant à vouloir se soustraire aux regards indiscrets pour l'embrasser, il l'entraîna derrière une colonne.

Sophie était radieuse dans ce décor pastel. Des gouttes de pluie illuminaient encore ses pommettes saillantes. Ses boucles ondulées, transformées par la pluie en petits serpentins blonds, pendaient sur son front. François les souleva pour y poser ses lèvres. Soudain, un bruit attira son attention.

Près de la vitrine, un homme venait de délaisser ses papiers et les observait. Il avait intentionnellement signalé sa présence pour faire comprendre aux amoureux qu'il jouait le jeu. Rougissante, Sophie tourna brusquement le dos et se serra de plus près sur son amoureux. Un silence gênant s'installa. L'homme remit son crayon dans sa poche et, esquissant un large sourire, leur fit un geste amical de la main. François entraîna Sophie jusqu'à l'immense table de verre et de rotin derrière laquelle se tenait le quinquagénaire qui s'était levé pour les accueillir.

Ainsi planté sur ses deux pieds, Pierre Amyot avait fière allure. Il semblait avoir conservé sa vivacité malgré ses cheveux gris et les sillons que la vie avait creusés sur son visage. Ses gestes décontractés dénotaient une certaine habitude de s'adresser spontanément aux gens. Il replaça son col ouvert et s'adressa à François. À cet instant, Sophie n'aurait su expliquer ce qui se passait en elle. Cet inconnu la fascinait, elle n'était pas indifférente à son charme exceptionnel, à la vivacité de son regard.

– Je vois que vous avez été surpris par l'orage, dit Pierre en amorçant la conversation.

Il tendit la main à François qui lui sourit sans répondre, ne pouvant que confirmer l'évidence de la situation. Par délicatesse, Pierre salua Sophie sans vraiment regarder dans sa direction. Il la sentait mal à l'aise d'être attifée de cette façon.

– Nous étions sur le même vol, hier soir, n'est-ce pas? dit l'homme en grattant son crâne à demi dégarni à la manière de quelqu'un qui cherche et qui vient de se souvenir. Oui, c'est ça. Je me rappelle vous avoir aperçus à l'aéroport.

– C'est possible, répondit François.

– Et je crois aussi que vous étiez dans l'autobus qui m'a conduit jusqu'ici, ajouta-t-il en les regardant tous les deux. Vous aviez une excellente raison de ne pas me remarquer. À votre place, j'aurais fait de même!

Les paroles de Pierre Amyot n'étaient qu'un mince reflet de la vérité en attribuant cette rencontre au hasard. Déjà, à l'aéroport de Mirabel, il avait remarqué ce jeune couple accompagné de parents et d'amis qui enviaient leur chance de s'envoler vers Cancun. De sa place dans l'avion, il avait aperçu leurs visages radieux, amoureux, il avait surpris les regards enflammés qu'ils s'adressaient et qui étaient invariablement suivis d'un rapide baiser. À leur descente de l'avion, Pierre avait tout de suite deviné que le couple en était à son tout premier voyage. La surprise de pénétrer dans un aéroport rudimentaire, l'hésitation à se présenter devant un douanier ne parlant pas leur langue avaient été pour lui des indices qui ne trompent pas.

Pierre avait peu de bagages, deux valises moyennes et un petit sac pour ses papiers. Il s'était facilement faufilé jusqu'au douanier et avait rapidement pris place dans l'autobus qui devait le mener à l'hôtel. Assis à l'avant près de la fenêtre, surveillant l'arrivée des touristes, il avait souhaité de tout son cœur voir monter le couple dans cet autobus exclusivement réservé aux clients du Mariposa.

Six passagers étaient manquants quand Sophie et François montèrent à bord et se dirigèrent vers le dernier banc. Alors seulement, Pierre s'était confortablement installé dans son siège. Il avait respiré profondément et fermé les yeux jusqu'à ce que l'autobus s'arrête devant le Mariposa.

Il se remémorait cela en écoutant distraitement François raconter ses impressions de voyage et confirmer ce qu'il savait déjà.

– Vous aurez un magnifique voyage de noces, dit Pierre. C'est une très bonne idée d'avoir choisi Cancun.

François remarqua le sourire de l'homme et se rendit compte qu'il avait deviné qu'ils étaient là en voyage de noces.

– Comment avez-vous deviné ? J'espère tout de même que ce n'est pas inscrit sur notre front, fit François interloqué.

– Soyez rassurés, c'est seulement lisible dans vos yeux.

L'ambiance se détendant tout à fait, François expliqua le reste, comment, après quelques jours passés au chalet de leurs parents dans le nord de Montréal, ils avaient vidé leur compte en banque pour profiter des spéciaux de dernière minute et vivre une semaine de vrai voyage de noces.

Sophie écoutait les hommes, son regard allant de l'un à l'autre. De temps en temps, elle esquissait un sourire et jetait un regard du côté de la fenêtre panoramique donnant sur le boulevard Kukulcan.

– Maintenant, tout ce que nous souhaitons, c'est que le soleil revienne, dit-elle enfin avec un léger soupir.

Pierre n'allait pas manquer l'occasion de s'adresser directement à elle. Il voulait la rassurer, car la pointe d'inquiétude décelée dans ses paroles attristait inutilement ses grands yeux.

– Au Mexique, les déluges ne durent pas, dit-il. Dans dix minutes, le sol sera aussi sec que si la dernière pluie remontait à la semaine dernière. Vous avez juste le temps de changer de vêtements et de vous rendre à la réunion d'information. Après ça, à vous la belle vie, le soleil et la mer !

Sophie sourit timidement et tendit le bras à François, l'invitant de nouveau à monter. Le couple allait tourner le dos à l'homme quand celui-ci les interpella.

– J'ai été heureux de faire votre connaissance. Vous verrez, nous aurons des vacances magnifiques.

Après leur départ, Pierre Amyot resta debout à côté de la grande table de rotin et de verre. Les deux silhouettes enlacées s'éloignant, son sourire s'assombrit rapidement. Longtemps après leur disparition, il fixait encore le corridor.

Un bruit de porte le ramena à la réalité. Pierre secoua la tête, frotta énergiquement sa nuque.

«Quelle belle jeunesse ! Quelle heureuse jeunesse ! Comment peut-on arrêter le temps ?», se dit-il en se laissant choir dans son fauteuil.

Il mit plusieurs minutes avant de retirer son stylo de sa poche et à ouvrir son agenda de voyage. Le regard fixé sur le couloir vide, il attendait, comme si la dernière image du couple d'amoureux devait réapparaître.

Il referma son agenda sans y avoir écrit la moindre ligne. Appuyant la tête sur le dossier du fauteuil, il ferma les yeux.

Déchiré par l'émotion, Pierre se laissa bercer par ses souvenirs pendant qu'une larme roulait sur sa joue ridée. Dans sa tête, un visage de femme était réapparu et, avec lui, l'image de lits défaits et de jours heureux.

3

UNE PETITE HEURE s'était écoulée quand Luis rentra au centre commercial. À peine avait-il franchi la porte de l'établissement qu'une voix l'interpella.

— ¡*Hola! Chiquito!* Tu es sorti sans même venir me saluer! Où étais-tu donc passé pendant tout ce temps?

La voix provenait de la boutique occupant l'espace le mieux situé du centre Las Palmas. Roberto Hernandez, vêtu d'une chemise blanche aux manches roulées à mi-bras et d'un pantalon qui mettait en évidence sa stature élégante, se tenait dans l'encadrement de la porte de sa boutique. Il connaissait suffisamment les habitudes du fils de ses voisins pour deviner que Luis Perez revenait de la mer.

Quand celui-ci glissa la main au fond de sa poche et en retira deux coquillages, Roberto sut aussitôt à qui étaient destinés ces nouveaux trésors.

— Crois-tu que Sylvia les aimera?

Roberto fut surpris de la perfection des pièces que Luis lui présentait. Cette fois, il s'était surpassé.

— Il faudrait qu'elle soit très difficile pour ne pas apprécier un tel cadeau.

Flatté, l'enfant gonfla son thorax maigrelet et arqua les bras de chaque côté de son corps. Amusé par son attitude,

Roberto lui tapota la joue et replaça sa camisole échancrée qui avait découvert son épaule.

Se grattant le menton en imitant son père lorsqu'il était préoccupé, l'enfant demanda à Roberto pourquoi Sylvia n'était pas avec lui ce matin-là. En deux phrases, Roberto lui rappela que Sylvia faisait des courses pour la dernière touche de la décoration de leur villa.

– Est-ce que tu sais quand elle reviendra ?

– Dans une heure ou deux, peut-être, dit Roberto.

Brusquement, Luis n'eut plus envie de faire la conversation à Roberto. C'était avec Sylvia qu'il avait des choses à partager.

– Je reviendrai quand elle sera là, dit-il en quittant précipitamment les lieux.

* * *

De nouveau seul, Roberto retarda le moment de faire le décompte des factures empilées sous le presse-papiers. Figé devant la porte qui s'était refermée derrière le fils de Catherine et de Miguel Perez, il prêtait l'oreille à la musique provenant de l'extérieur. Quand les *mariachis* se furent éloignés, il éleva le son de sa radio pour écouter les informations de l'heure. Le commentateur énuméra les activités relatives à la fête nationale qui approchait ; ensuite, outre quelques faits divers, rien ne capta vraiment l'attention de Roberto, pas même le dernier commentaire de l'annonceur : «Une tempête tropicale ayant pris naissance sur les côtes africaines le 3 septembre s'est transformée en ouragan. Après une semaine, sa trajectoire vient de tourner ouest-nord-ouest vers la mer des Caraïbes. *Gilbert*, le septième ouragan de la saison, se dirige vers les Antilles.»

Comme pour tous ses compatriotes, les humeurs de la température étaient la moindre des préoccupations de Roberto Hernandez. L'absence de sa femme le contrariait davantage. Une fois de plus, il consulta sa montre en espérant que Sylvia reviendrait le plus vite possible.

Il s'était finalement mis à sa tenue de livres quand entra une cliente, une brunette plutôt jolie qui semblait plus ou moins intéressée à acheter ce qu'elle touchait négligemment. Son attitude l'incita à suivre discrètement ses déplacements.

Roberto éprouvait toujours un certain plaisir à accueillir les gens et à deviner leur nationalité. Dans le cas de cette dernière venue, il lui était relativement facile de deviner qu'elle était une compatriote de sa femme.

– Je peux vous aider, madame?

– Vous parlez un très bon français, s'exclama-t-elle, heureuse de trouver quelqu'un avec qui faire la conversation.

Il lui avoua que c'était à sa femme qu'il devait de parler si bien sa langue.

L'effet de surprise passé, la cliente en était venue aux questions, puis à des réflexions plus ou moins délicates au sujet de ces femmes qui épousent des hommes rencontrés au cours d'un voyage. Ce genre de sous-entendu provoquait toujours une vive réaction chez Roberto. Pourquoi les gens refusent-ils de prendre au sérieux une relation amoureuse entre personnes de nationalités différentes? Sylvia n'était pas de ces filles qui perdent la tête au cours d'un voyage et qui ne tardent pas à le regretter. Comment le faire comprendre à ceux qui entretiennent ces préjugés?

Stupéfaite, la femme le dévisagea. À sa façon de défendre leur union, elle comprit que d'autres avant elle avaient déjà insinué des choses négatives en sa présence.

– Pour moi, à présent, il y a deux sortes de gens : ceux qui expriment leur pensée à propos du genre de couple que nous formons et ceux qui se contentent de la garder pour eux-mêmes.

– Vous oubliez une autre catégorie de gens, ou plus précisément, une autre catégorie de femmes. N'y aurait-il pas celles qui envient la femme que vous avez épousée ? Qui sait ?

Elle avait marqué un point. Soudainement détendu, flatté même, Roberto s'emballa. Les yeux brillants, un sourire illuminant son visage, il vanta les qualités de sa femme à cette étrangère qui ne l'écoutait plus, perdue dans un fantasme romantique. Quand elle revint à la réalité, elle constata que Roberto tenait un sac à main en cuir de crocodile dans ses mains et qu'il attendait la réponse à une question qu'elle n'avait pas entendue. Un silence gênant s'étant installé, elle saisit le sac, le paya et sortit comme si cet objet luxueux représentait ce qu'elle convoitait.

Roberto éprouva un malin plaisir à déposer dans le tiroir-caisse le billet de cent dollars américains qu'elle avait payé pour un sac à main déjà démodé.

* * *

À cette heure, le soleil était à son zénith. Les gens longeaient les vitrines pour trouver le plus d'ombre possible. Une femme s'apprêtait à descendre de sa voiture en ouvrant la portière du côté de la rue.

Sylvia Gallant était particulièrement jolie ce jour-là. Des peignes de nacre retenaient mollement ses longs cheveux châtain clair et libéraient les quelques boucles cendrées qui bougeaient sur ses tempes. Elle portait une robe aux couleurs vives qui dégageait partiellement ses épaules et flottait autour de ses hanches. De tout son être émanait cette beauté presque parfaite qui va si bien aux femmes venant tout juste d'accuser la trentaine.

Parfaitement consciente qu'à l'intérieur de leur boutique son mari devait l'attendre impatiemment, la femme de Roberto Hernandez était partagée entre le désir de le rejoindre et le besoin pressant de faire un saut chez ses voisins où se trouvait ce petit être tout chaud qu'elle se mourait d'embrasser.

Luis l'avait aperçue à travers la vitrine. Il fit le choix pour elle en ouvrant brusquement la porte. Sans égard pour la personne qui se tenait juste devant l'entrée, il bondit vers Sylvia.

– Où étais-tu? J'avais hâte que tu reviennes! dit-il en entourant ses cuisses, en froissant sa jupe de ses petits bras humides.

Elle caressa les cheveux du bambin. Son sourire enleva toute crédibilité à sa réprimande.

– Quel distrait tu fais! Je t'ai pourtant tout expliqué, hier, dit-elle en frottant énergiquement la nuque du petit. Dis-moi maintenant ce que tu as fait ce matin. T'es-tu décidé à aller à la mer avec tes amis?

Luis lui tourna le dos et fit une moue boudeuse. Pourquoi personne ne le prenait-il au sérieux lorsqu'il affirmait ne pas avoir d'amis, quand il se plaignait des remarques de ses compagnons de classe sur sa différence parce que sa mère était canadienne?

– C'est toi, mon amie, seulement toi, Sylvia! Les autres sont trop méchants avec moi.

Il avait élevé la voix, contrarié qu'une fois de plus elle ne l'ait pas bien compris.

– Allons, petit! Veux-tu ne pas te faire de la peine avec ce que disent ces garnements? Je comprends ce que tu éprouves, mais laisse-les dire. Souviens-toi seulement qu'ici, c'est ta ville et ton pays.

Elle avait mis dans ses paroles un accent différent et une intensité qui la surprirent elle-même. Pourquoi avait-elle accordé une telle importance à la citoyenneté du fils de son amie Catherine? Elle crut préférable de clore la discussion.

– Si tu veux, ajouta-t-elle, nous en reparlerons. Roberto nous regarde à travers la vitrine; je gagerais qu'il brûle de jalousie en me voyant bavarder avec un autre homme. Il faut vraiment que j'y aille.

Sylvia se libéra gentiment, mais Luis la retint par un bras. Il enfonça la main dans sa poche et, s'entourant de mystère, la laissa refermée avant de brandir le fruit de sa plongée matinale. Sylvia admira son offrande sans oser y toucher; jamais encore elle n'avait vu ce genre de coquillages. Attendrie et surprise, elle lui demanda où il avait déniché ces merveilles.

La provenance des coquillages était secondaire pour Luis. Ce qui lui importait, c'était que Sylvia l'assure qu'elle les garderait toujours.

En posant sur l'enfant un regard presque solennel, elle jura qu'elle les garderait tant qu'elle vivrait.

– C'est juré, dit-elle. Ils seront les plus précieux de toute ma collection.

Luis libéra Sylvia. Celle-ci aperçut Catherine à travers la vitrine. Elle lui sourit et la salua d'un grand signe de la main, s'attendant à une réponse enjouée de la part de son amie, ou du moins à voir un sourire creuser les fossettes de ses joues, mais Catherine la salua négligemment sans le

29

moindre sourire. Cette attitude imprévue rendit Sylvia mal à l'aise au point de chasser le bonheur que lui avait procuré sa rencontre avec le bambin. Elle entra immédiatement chez elle avec ses coquillages à la main. Roberto ne crut pas utile de la questionner à ce sujet. Il se contenta de lui faire les reproches déjà exprimés par Luis.

– Ce que tu en as mis, du temps! Je m'impatientais. Sais-tu combien c'est triste d'être enfermé seul ici?

– Voilà que ça continue! Je m'absente une demi-journée et les hommes de ma vie crient à l'abandon. Si je tarde d'une petite heure, ils me font la tête.

– Les hommes de ta vie?

Le fait de mentionner Luis et ses observations était suffisant pour que, dans l'esprit de Roberto, surgisse ce malaise envahissant qu'il refusait de nommer, qui l'indisposait dès que sa femme vivait des moments de complicité avec le fils de Catherine et Miguel Perez. Quand il croisa le regard de Sylvia, qu'il y reconnut cette malice amoureuse dont elle usait pour le soumettre à ses caprices, ces pensées disparurent d'elles-mêmes et il put jouir de l'enthousiasme de sa femme qui était déjà loin de ces enfantillages.

– Enfin, dit-elle, mon choix est arrêté.

Roberto l'écouta lui expliquer que leur villa serait magnifique avec son style exotique agrémenté d'une petite touche canadienne. Elle ferait l'envie de tout Cancun. Lorsqu'elle eut terminé, il l'attira dans ses bras et sans se préoccuper des regards indiscrets, l'enlaça et lui murmura à l'oreille :

– Je vous aime, *señora* Hernandez.

Sylvia fronça les sourcils. Elle détestait qu'il l'appelle de cette façon. Elle se dégagea de l'étreinte, prétextant devoir respecter le règlement voulant qu'au Mexique, les commerces ferment leurs portes pour l'après-midi. Le temps était donc venu de filer à la maison jusqu'à seize heures.

Roberto ne se fit pas prier pour obtempérer à son désir. Les murs de la boutique lui avaient semblé bien étroits durant l'avant-midi. Comme ils allaient quitter, Sylvia, tout à coup songeuse, lui demanda s'il avait adressé la parole à Catherine au cours de la matinée. Celui-ci sentit l'inquiétude dans sa voix.

– Je n'ai vu que Luis. Il se passe quelque chose?

– Laisse, c'est sans importance. J'ai dû me faire des idées.

– Veux-tu que nous allions la voir avant de partir? Je te sens soucieuse, insista-t-il.

– J'irai la voir plus tard! Il y avait foule chez elle tout à l'heure. Nous ne pourrions pas parler de toute façon.

4

SYLVIA avait dit vrai. L'avant-midi avait été très occupé pour Catherine. La dernière heure s'étant écoulée rapidement, elle constata avec surprise que son mari était sur le point de prendre la relève. Pour un instant, elle oublia sa fatigue et ces frissons suivis de bouffées de chaleur qui l'incommodaient. Elle n'avait pas le temps de se payer une *turista*.

– Ces folies-là sont pour les gens qui abusent, pas pour les femmes sages qui travaillent, se dit-elle en croisant les mains et en tendant les bras devant elle.

Profitant d'un moment d'accalmie pour se délasser, elle s'arrêta devant le miroir et fit craquer ses articulations. La glace lui renvoya l'image d'un petit bout de femme qui, malgré ses trente-deux ans, avait conservé son visage d'adolescente. Les dernières dix années passées sous le soleil ne dissimulaient aucunement ses origines. Sa peau à peine plus foncée que celle des touristes débarqués la veille lui fit réaliser que même en vivant au Mexique, on n'était pas mexicain pour autant. Son fils le lui rappelait trop souvent, hélas !

Sa réflexion lui fit penser au bambin ainsi qu'à leur entretien du matin. Pourquoi le petit avait-il trouvé ces photos justement ce jour-là, à cette période de l'année où la nostalgie envahissait particulièrement ses pensées ?

Une tristesse passagère l'accablant, Catherine se souvint des montagnes qui dentelaient l'horizon de son village natal.

Un jour, arriverait-elle vraiment à se persuader que là-bas les hivers étaient trop longs, trop rigoureux, qu'à présent elle n'avait qu'à profiter du bonheur d'habiter un endroit merveilleux, entourée de gens n'aspirant qu'à la détente en regardant passer les heures sans avoir à les compter?

Malgré sa libre décision d'épouser Miguel Perez deux ans après la naissance de Luis et de bâtir ce commerce avec lui, elle se surprenait encore à se raconter la même histoire.

Une voix familière la tira de sa réflexion. Seul Miguel avait cette voix chaude qui s'entendait de très loin. Quand il entra, Catherine l'accueillit sans façon, le laissant sous l'impression qu'il n'était pas attendu.

L'indifférence de Catherine fut interprétée par Miguel comme un blâme à son endroit. Il avait tardé en s'arrêtant chez Arturo Martinez. Il savait pourtant combien il était difficile d'interrompre une conversation avec ce charmant bavard.

– Excuse-moi, dit-il en s'approchant de sa femme. J'aurais dû savoir que tu avais hâte de partir.

– Laisse! Tu n'as pas à t'excuser, pas pour cinq minutes.

Le ton de Catherine n'était pas convaincant. Miguel devinait qu'un trouble l'habitait. Depuis deux jours, il avait remarqué son humeur changeante, ses moments de distraction.

– J'ai dit à Arturo que tu allais bien, mais en y regardant à deux fois, j'ai des raisons de penser que je me suis trompé. Où est passé cet air joyeux que j'adore? Catherine, dis-moi, qu'est-ce qui ne va pas?

– Ce n'est rien, je t'assure. Je suis simplement fatiguée. Est-ce que tu me laisses partir à présent?

Miguel ne vit aucun inconvénient à la laisser s'en aller. Il s'offrit même à garder Luis pour la libérer de toute responsabilité afin qu'elle puisse rentrer à la maison et se reposer. Il n'aimait pas son regard. Il y avait dix minutes qu'il était là et il ne l'avait pas encore vue sourire.

Catherine posa sa main sur celle de Miguel et lui sourit enfin.

– Avec quelques heures de repos, tout rentrera dans l'ordre. Je ne sais vraiment pas ce qui m'arrive, aujourd'hui.

Elle sortit sans embrasser son mari. Celui-ci ne la quitta pas des yeux jusqu'à ce qu'elle se soit éloignée de la promenade. Elle était vraiment préoccupée pour partir ainsi, pensa Miguel en se mettant à l'ouvrage.

5

À L'HÔTEL MARIPOSA, le cocktail de bienvenue et la réunion d'information venaient de prendre fin et les touristes se dispersaient lentement.

Sophie avait écouté distraitement les consignes de Carmen. La jeune femme s'était attendue à ce que l'homme au crayon vienne se joindre à eux. Quand tout fut terminé, elle fit la remarque de son absence à François.

– Ce gars-là m'a fait l'impression de tout connaître sur Cancun. Il est probablement déjà parti à la plage. C'est ce que nous ferons nous aussi dès que j'aurai obtenu un ou deux renseignements de plus.

La représentante de l'agence rangeait ses papiers dans son porte-documents et s'apprêtait à partir quand Sophie et François l'abordèrent. Elle leva la tête et leur sourit.

– On a besoin de renseignements supplémentaires? dit-elle à François. Vous avez pourtant pris des notes tout le long de la réunion.

Carmen était une fille simple et agréable qui plaisait au premier regard. Elle semblait très disponible et se fit un plaisir de préciser certains détails à François.

– Vous comprenez, c'est tellement court une semaine que nous ne voulons rien manquer.

Le genre de questions que lui posait François fit deviner à la jeune représentante que le couple n'avait aucune expérience des voyages. Elle prit dix minutes pour lui répondre.

– Le plus important, c'est d'être très prudent avec le soleil. Même si vous avez déjà la peau bronzée, le soleil de Cancun est à craindre. N'oubliez pas, dit-elle en terminant, je serai ici chaque matin à neuf heures. Si vous avez d'autres questions, n'hésitez surtout pas à venir me rencontrer.

Carmen regarda s'éloigner Sophie et François. Elle se dit qu'en fin de compte, son nouveau métier allait lui plaire beaucoup plus qu'elle ne l'aurait cru.

* * *

Un rayon de soleil s'infiltrant entre les deux derniers nuages qui hésitaient à délaisser le ciel de Cancun accueillit le couple à sa sortie sur la terrasse.

Sophie et François s'attardèrent autour de la piscine. Ils évoluèrent dans ce décor de carte postale, goûtant l'enchantement d'un premier voyage dans le Sud. Près des jarres de ciment débordantes de fleurs multicolores, François s'arrêta et bavarda avec des touristes occupés à ne rien faire. Sophie, elle, ne dit rien avant d'être au bout de l'allée toute blanche qui serpentait dans la verdure fraîchement tondue. Émerveillée de découvrir des milliers de coquillages fossilisés artificiellement dans le ciment, elle s'accroupit, le nez entre les genoux. Pour un instant, François crut la voir telle qu'elle avait dû être lorsqu'elle avait dix ans.

– Que fais-tu ? Ne reste pas là, Sophie, dit-il tout à coup, impatient d'en voir davantage.

Sophie ignora la requête de François, curieuse de savoir comment avait été conçu un trottoir aussi amusant.

Sous une hutte de paille, la dernière à être encore libre, François avait déposé leurs serviettes de plage. Quand Sophie le rejoignit, elle se dit trop avide de découvertes pour simplement s'exposer au soleil. François était de son avis. Lui aussi avait envie de marcher loin, très loin.

Durant de longues minutes, ils laissèrent leurs traces sur la plage sans éprouver le besoin de dire quoi que ce soit. Ils vivaient un moment empreint d'une impression étrange, comme si la moindre parole pouvait détruire ce qui ne pouvait être qu'un rêve; se trouver sous le soleil de Cancun et profiter d'un vrai voyage de noces tenait de l'impossible !

Le vent s'amusait dans les cheveux finement bouclés de Sophie. Elle les avait attachés à mi-longueur et libéré quelques mèches folles. Incapable d'expliquer les sentiments qui l'habitaient, elle appuya sa tête contre l'épaule de François.

– On devrait rester ici ! dit-elle innocemment. Tout le monde devrait vivre sous le soleil. Une semaine, c'est trop court, trop court pour en perdre une minute.

Soudain, se dégageant de l'étreinte de François qui la tenait par la taille, elle s'écria :

– Le dernier à l'eau est un lâcheur ! Le dernier à l'eau est un dégonflé !

– Sophie ! Qu'est-ce qui t'arrive ? Attends-moi ! Sophie !

Surpris de sa réaction inattendue, François resta planté comme un grand bêta. Sophie était déjà loin et courait en se retournant dans sa direction. Elle riait aux éclats en répétant que le dernier à l'eau était un lâcheur. Ses rires se confondant avec le bruit des vagues, elle recula pour éviter le ressac. La rattrapant enfin, François la saisit par la main et l'entraîna avec lui dans la mer.

* * *

À quelques mètres de là, retiré sous une hutte semblable à celle de Sophie et François, Pierre Amyot les avait observés de loin. Maintenant que le couple s'était éloigné, il n'y avait plus autour de lui que des êtres anonymes sur lesquels il posait un regard absent.

– Vous voulez un collier, monsieur?

– Quoi? Un collier? Non merci. Je n'ai besoin de rien.

La jeune vendeuse repartit sans que Pierre l'ait vraiment regardée. Il reprit place dans son fauteuil et tenta de s'intéresser au dernier roman à la mode. Ses pensées vagabondes rendaient toute concentration impossible. Il déposa son livre et scruta le large.

Au loin, se dessinait la silhouette d'Isla Mujeres, l'île des Femmes, comme on l'appelle en français. À l'horizon, un oiseau planait dans le vent, un voilier filait vers le large, un bateau de pêche revenait au port. Au bout de l'île, quelque chose bougeait. Un drapeau rouge, minuscule, à peine visible, mais solidement fixé au mât d'un grand catamaran qui se pointait sur la crête d'une vague pour disparaître l'instant d'après.

Longtemps, Pierre fut incapable de détacher son regard de l'embarcation. À la merci des souvenirs lointains qui s'éveillaient en lui, il sentit une force irrésistible l'obliger à regarder en direction de l'hôtel derrière lui. Il repéra le balcon de la troisième chambre à partir du coin de l'aile droite, au second étage, celle dont les rideaux à la fenêtre étaient à peine ouverts. Cette chambre n'était pas la sienne, car cette fois-ci, on lui en avait réservé une à l'autre bout de l'aile gauche. Cette chambre était la chambre de ses souvenirs.

Du revers de la main, Pierre frotta ses yeux fatigués. Là-haut, une silhouette de femme se tenait sur le balcon et pointait le catamaran du doigt.

Pierre se leva d'un bond. Deux mots à peine audibles glissèrent de ses lèvres tremblantes.

– Jane ! Jane !

Quand il retira ses mains de son visage et qu'il leva de nouveau les yeux en direction du balcon, la porte-fenêtre était ouverte et la silhouette avait disparu.

Le catamaran accostait et les gens qui revenaient d'une excursion à Isla Mujeres commençaient à en descendre. Pierre refusa de se laisser distraire par ce va-et-vient tapageur. Il appelait la voix de ses souvenirs, cette voix de femme qui, de nouveau, le mettait au défi.

– Pierre Amyot ! Tu dois m'emmener sur ce bateau demain !

La grisaille qui s'empara de son esprit aurait assombri le soleil le plus brillant. Pierre replaça son chapeau, fit un tour complet autour de sa chaise et s'y laissa choir.

– Jane ! murmura-t-il. Si tu pouvais revenir, j'irais au bout du monde en catamaran avec toi, au bout de tous les mondes.

Il reprit le livre abandonné plus tôt, le déposa sur ses genoux sans même l'ouvrir. La lèvre tremblante, il toussa pour dégager sa gorge nouée afin de lutter contre l'émotion qui le gagnait. Pierre refusait de regarder en arrière. D'ailleurs, qu'y découvrirait-il à part le vide glacial de sa vie présente ? Il aurait dû monter à sa chambre, s'étendre sur son lit et tenter de sombrer dans un sommeil apaisant. Mais pourquoi monter dans ce lieu triste, s'enfermer entre ces quatre murs où traînaient quelques vêtements masculins à la griffe de grands couturiers ? Pourquoi s'enfermer dans une pièce qu'embaumait l'odeur de crème à rasage, d'où était absente la subtilité d'un parfum de femme ? Pourquoi monter déjà ?

Pierre ne monta pas. Il déposa ses effets dans son sac bleu et jeta un coup d'œil en direction de quatre personnes qui commençaient une partie de cartes. Une des deux femmes lui sourit. De loin, elle le salua gentiment et engagea la conversation en vantant le climat du pays.

– En effet, nous avons de la chance de profiter de ce beau temps. Si seulement nous avions ce soleil un mois de plus chez nous! dit Pierre.

Les quatre amis avaient déposé leurs cartes et semblaient d'humeur à engager la conversation, mais Pierre s'apprêtait à partir.

– Je me demandais si vous auriez la gentillesse de surveiller mes affaires, dit-il. J'ai envie de dégourdir ces jambes-là.

– Partez tranquille! Nous serons ici à votre retour, dit la femme.

Pierre se dirigea du côté opposé à celui qu'avaient emprunté Sophie et François. Il marcha sans se retourner et d'un pas ferme, comme s'il était le seul à habiter cet endroit merveilleux.

6

LE SOLEIL accusait des orangés qui chevauchaient le rouge et le doré. Le temps avait filé et la plupart des gens avaient quitté la plage. Sophie et François se retrouvèrent à peu près les seuls à y être encore étendus.

François gardait les yeux clos. Tournée sur le côté, Sophie l'observait. Au mouvement de ses globes oculaires, elle devinait qu'il ne dormait pas.

Tous deux partageaient le même besoin de détente et de réflexion. Et, à ce moment précis, ils étaient habités par des pensées provenant de la même source. François ouvrit les yeux. Il vit que, sur le visage de Sophie, se reflétait une tristesse étrangère à leur bonheur présent. Il voulut savoir la raison de l'intensité de son regard posé sur lui.

– Tu penses à nous, à ce qui nous arrive, n'est-ce pas?

Se tournant face à elle, il dégagea son joli visage et recoiffa ses cheveux. Elle n'avait toujours pas répondu à sa question. Trop de pensées contradictoires se bousculaient dans sa tête.

– Sophie! Est-ce que tu m'en veux encore?

D'entendre François aborder un sujet aussi délicat ne la surprit pas outre mesure. Tant d'événements imprévus étaient survenus dans leur vie depuis quelque temps!

Cependant, elle attendait qu'il précise sa pensée, qu'il lui démontre qu'il désirait poursuivre la discussion dans ce sens.

– J'aimerais qu'on en parle une dernière fois. Il me semble que c'est l'endroit et le moment rêvés pour vraiment faire le point et repartir du bon pied.

– Est-ce que tu y tiens vraiment?

François ne répondit pas. Le ton de Sophie avait suffi à soulever un doute. Au fond, il regrettait déjà d'avoir abordé le sujet. À quoi servirait de ressasser des événements susceptibles de causer une peine inutile à celle qui était devenue sa femme? Cette épreuve qu'avait dû subir leur amour et dont il voulait parler n'était-elle pas justement la cause de leurs retrouvailles amoureuses?

Le jour où, après cinq années de vie commune, François l'avait demandée en mariage, Sophie avait définitivement tiré un trait sur tout ça; elle avait tourné la page.

– Pourquoi réveiller des souvenirs qui ne peuvent que nous blesser de toute façon? dit-elle.

François s'assit et plongea sa main dans le sable blanc. Il en retira une poignée qu'il déversait d'une main à l'autre. Agacé par les derniers rayons du soleil, le petit diamant qui ornait son alliance brillait de tous ses éclats. Quand il releva la tête, le même vif éclair apparut dans le regard de Sophie. Il comprit qu'elle avait raison. Pourquoi revenir sur ce qui avait été ressassé, sur ce qu'on avait définitivement réglé. Des souvenirs tellement plus romantiques méritaient qu'on les cultive et qu'on les conserve précieusement. Par exemple, leur première rencontre.

C'était justement cette flamme dans le regard de Sophie qui avait séduit François la toute première fois qu'il l'avait aperçue. Elle était toute seule sur le dernier banc face à la rangée de cases du vestiaire du collège. À cette seconde, il avait eu l'impression qu'elle l'observait depuis un moment. Leurs regards se croisant, elle lui avait souri gentiment. Il s'était cru victime d'une hallucination. Comment avait-il pu fréquenter le même collège qu'une pareille fille sans l'avoir déjà remarquée? Pourquoi se trouvait-elle là, et toute seule? Les gars étaient-ils tous devenus aveugles dans cet établissement?

François n'avait pas osé l'approcher cette fois-là ni les autres où il l'avait aperçue de loin. Le mystère entourant Sophie était demeuré total. Cependant, son image n'allait plus quitter l'esprit du jeune homme. Sans cette relation dans laquelle il était déjà engagé et qui s'étiolait, d'ailleurs, peut-être aurait-il agi autrement.

Un fantasme habitait son esprit. Un jour, pensait-il, il s'approcherait d'elle, sans rien lui dire, et l'embrasserait tout simplement ainsi qu'il en mourait d'envie.

Puis vint la soirée de fin de session. Ce soir-là, venant tout juste de rompre avec sa copine, il était arrivé tôt. Une espérance l'animait. Si elle venait…

Il était vingt-deux heures passées quand Sophie avait fait son apparition. Hésitant à se mêler à la foule, elle était demeurée un moment devant l'entrée. Comme si elle était à la recherche de quelqu'un, elle restait là. Était-ce possible? Personne ne l'accompagnait, alors qui cherchait-elle des yeux? François s'était senti léger et plein d'espoir, mais…

C'était trop beau pour être vrai. Un jeune homme en veste de cuir était entré à son tour. D'un geste brusque, presque impoli, il avait entraîné Sophie vers un coin sombre où étaient attablés des étudiants tapageurs.

La rage suivant la déception, François avait résisté à l'envie de se lever, d'aller mettre son poing au visage de ce gars reconnu pour son manque d'éducation. Il voulait attendre une occasion plus appropriée d'impressionner cette fille. De son poste d'observation, il ne la perdait pas de vue. Il avait très vite réalisé que Sophie l'avait reconnu et que les sourires gentils qu'il surprenait lorsque leurs regards se croisaient lui étaient adressés. À partir de ce moment, il avait su que, malgré les apparences, ce soir-là la chance serait au rendez-vous.

La soirée s'était terminée bêtement pour Sophie. Son compagnon étant d'humeur exécrable, elle avait brusquement déserté les lieux de la fête. Au volant de sa voiture, elle avait eu le sentiment d'être suivie depuis qu'elle avait aussi quitté le stationnement.

Après avoir traversé le pont flanquée de son poursuivant, elle avait emprunté des rues au hasard. L'autre voiture avait fait de même. Alors, s'arrêtant sans prévenir, elle s'était garée en bordure du trottoir dans un endroit bien éclairé. Obstruant la circulation, François avait laissé son véhicule au beau milieu de la rue.

À distance, ils s'étaient regardés. Après un moment de silence, Sophie avait simplement demandé :

– Pourquoi me suis-tu comme ça?

Il avait adoré le son de sa voix, une voix douce et ferme. Encadrée par l'ouverture de la vitre, elle lui avait paru encore plus belle. Le lampadaire éclairait son visage et allumait une étincelle sur ses dents parfaites.

– Parce que je meurs d'envie de t'embrasser, avait-il répondu sans autre préambule.

– On ne peut pas être plus direct. Comment t'appelles-tu?

Ils n'allaient pas continuer la conversation à cette distance. François était alors sorti de sa voiture et s'était approché de la sienne. Une tendresse nouvelle adoucissait son regard.

– Je m'appelle François.

Elle avait ouvert la vitre à pleine grandeur en approchant son visage tout près du sien. Et, tout naturellement, ils s'étaient embrassés comme s'ils avaient attendu ce moment depuis longtemps.

* * *

François avait cessé de faire couler du sable entre ses doigts. Levant brusquement la tête, il dit à Sophie :

– Qu'est-ce qui s'est passé? Quand la flamme s'est-elle transformée en routine quotidienne?

Elle aurait pu répondre que, pendant toutes ces années passées ensemble, la vie les avait trop gâtés, que leurs goûts communs ne leur avaient permis aucune confrontation, que les habitudes voilaient la réalité et engendraient la facilité. Mais elle ne dit qu'une phrase qui sut le satisfaire.

– Quand le temps est sec, un coup de vent peut faire des ravages, mais il peut aussi réveiller un feu qui se meurt.

– J'aime ta comparaison. Sans cette folie, serions-nous mariés aujourd'hui?

Mieux que personne, François connaissait la réponse. Il la serra très fort dans ses bras et s'excusa d'avoir perdu tout ce temps.

– Ce n'était pas du temps perdu, au contraire, reprit Sophie. Aujourd'hui, j'ai la certitude que tu m'aimes vraiment. J'ai attendu de toi une décision libre sur notre vie et tu vois où cela nous mène aujourd'hui. Après tout, toi et moi en sortons vainqueurs!

François se pencha au-dessus de Sophie. Son thorax nu effleurait son bras prisonnier sous ses côtes. Il glissa sa main jusqu'à ses hanches étroites et fermes. Il était si près que son parfum d'homme la réduisait à l'impuissance. Leurs souffles se confondaient, leurs lèvres brûlantes s'effleuraient, entrecoupant les mots.

– François! J'ai tellement espéré ce moment. Aujourd'hui, je suis la plus heureuse des femmes.

Longtemps encore, ils demeurèrent enlacés. Le sourire qui illuminait leurs visages trahissait leur état d'âme. Soudain, comme s'il revenait sur terre, et avec l'humour le caractérisant, François proposa :

– Si nous montions à notre chambre avant de ressembler à deux renversés aux framboises?

– Des renversés aux framboises amoureux? Oh! Oh! Je me demande si ça existe…

Sophie s'assit et d'un geste gracieux, releva ses cheveux pour rattacher les cordons de son bikini. À ce moment, François eut la nette impression de ne pas l'avoir regardée depuis un siècle.

– Non, attends! Ne bouge pas! Tu es si belle comme ça! Tu es la plus belle fille que je connaisse.

Des taches roses apparurent sur les joues de Sophie. François voulait-il la faire rougir ou était-il sérieux?

– Je ne badine pas, tu sais! Laisse-moi dire merci pour mon bonheur qui s'appelle Sophie.

– Pour moi aussi, le bonheur a un nom! dit-elle amoureusement.

* * *

Ils remontèrent l'allée aux mille coquillages et traversèrent la terrasse de l'hôtel où des touristes s'attardaient au bar émergeant de la piscine. François proposa de les imiter et de s'arrêter pour un rafraîchissement.

– Je meurs de soif, dit Sophie.

Le serveur prit leur commande. S'éloignant à reculons pour admirer Sophie, il buta contre une caisse et s'étala de tout son long.

Sophie, qui allait pouffer de rire, dissimula son visage derrière son sac de plage. Elle sursauta en entendant une voix d'homme juste derrière elle.

– La bonne humeur règne ici. Je vois que vous profitez déjà de vos vacances !

François avait vu Pierre Amyot venir dans leur direction et s'était levé pour lui offrir un siège.

– Nous avons remarqué votre absence à la séance d'information. Nous comptions vous y voir, dit François, laissant à Sophie le temps d'adopter une nouvelle contenance.

Pierre accepta l'invitation. Il déposa son sac à ses pieds.

– Je vous avoue ne plus trouver d'intérêt à ces boniments. J'en ai tellement entendus depuis le temps.

Sophie se surprit à écouter le timbre de sa voix, à apprécier la douceur avec laquelle il terminait chaque phrase. Pour qu'il parle encore, elle lui demanda de leur parler de ses voyages passés.

– Que je vous raconte mes voyages ! répéta Pierre. Hum ! Oui, ma femme et moi avons probablement voyagé plus que la plupart des gens de ma génération. Nous avons découvert Cancun avant que les grossistes l'annoncent dans leurs catalogues. Quel bon temps nous avons eu dans ce coin de pays quand il était encore presque vierge ! Oui, Cancun exerçait sur nous un attrait spécial.

– Alors, vous êtes déjà venu au Mariposa ?

– Trois fois, peut-être quatre, je ne sais plus. Nous allions d'un endroit à un autre. Le choix est grand, les hôtels poussent comme des champignons depuis quelques années et ce n'est pas fini ! Il paraît que Cancun deviendra la plus grande station balnéaire du Mexique. C'est grâce à ses plages de sable qui sont parmi les plus belles au monde ! La température aussi y est pour quelque chose. Il fait toujours beau ou presque à Cancun, ajouta-t-il en regardant du côté de Sophie.

– Ce matin, quelqu'un disait qu'on était encore dans la saison des ouragans. C'est vrai, ça ?

Pierre semblait renseigné sur le sujet. Selon lui, des études très poussées avaient été faites sur les conditions atmosphériques avant que commence la construction de ce vaste complexe hôtelier. Il semblait que les chances de mauvais temps étaient minimes.

Comme il terminait ses explications, Freddy apporta les rafraîchissements. Pierre lui commanda la même chose. Sophie attaqua la boisson blanchâtre. Après avoir déposé son verre sur la table, se sentant de plus en plus à l'aise avec Pierre, elle l'interrogea candidement.

– Vous voyagez toujours seul, maintenant ? demanda-t-elle.

La question était inévitable. Pierre se déplaça dans son fauteuil, vida ses poumons du trop-plein d'air qui l'étouffait. Sa voix semblait triste et lointaine quand, enfin, il lui répondit.

– Je suis seul à présent. Jane, ma femme, est décédée il y a six mois.

Sophie lança un regard du côté de François. Son visage déjà marqué par le soleil devint écarlate. Alors qu'elle cherchait les mots pour s'excuser, Pierre posa sa main sur la sienne et la rassura.

– Il fallait finir par en parler, n'est-ce pas ? Je vous raconte les voyages que ma femme et moi avons faits ensemble et voilà que vous me voyez seul ici. C'est suffisant pour piquer la curiosité et soulever des questions.

– Je suis désolée. Si j'avais su, déclara Sophie, consciente de la fausse résignation de Pierre.

– Si quelqu'un doit être désolé, je suppose que c'est moi. Chassez cet air fautif, il ne vous va pas du tout.

Le nouveau silence qui suivit sembla s'éterniser. François et Sophie s'interrogeaient sur la nécessité de prolonger cette conversation. Les yeux rivés sur leur *piña colada*, ils attendirent que Pierre reprenne la parole, mais celui-ci semblait absent, loin du présent. Il fixait la troisième fenêtre du deuxième étage. Sans baisser les yeux, en pesant chaque mot, il finit par ajouter :

– Si je suis à Cancun, c'est à cause d'elle. J'ai besoin de revoir le pays où nous avons été heureux et les endroits que nous avions découverts ensemble. Ce que je m'apprête à faire, c'est une sorte de pèlerinage.

Il se tut et baissa les yeux. Sophie et François ne trouvaient rien à dire. Il était temps que Freddy revienne avec la consommation de Pierre. Quand il arriva enfin, et que, par maladresse, il renversa le trop-plein du verre, Pierre ignora le liquide qui mouillait sa cuisse. Il tira un billet de sa poche et le tendit au jeune homme confus. Ensuite, comme si de rien n'était, il porta son verre à ses lèvres, le tourna après l'avoir levé à la hauteur de ses yeux comme s'il allait y lire ses prochaines paroles.

– J'ai deux belles semaines pour me retremper dans mes souvenirs; des semaines dont je compte profiter au maximum. Rien ne pourra m'empêcher de compléter mon pèlerinage.

Le ton sans équivoque confirmait l'impression de détermination qui se dégageait de l'homme au premier contact. Les jeunes Canadiens se regardèrent. Le temps était venu d'aborder un sujet plus léger; le dialogue était devenu trop lourd, difficile à prolonger. De quoi pourrait-on parler encore, sans aborder les vraies choses, sans poser les vraies questions à cet étranger? Il valait mieux trouver un prétexte pour fuir, expliquer qu'ils devaient monter prendre une douche, enlever ce sable de leur peau.

– Vous avez raison, mes amis. Je ferai de même, le soleil m'a beaucoup fatigué. J'ai perdu l'habitude des longues heures de plage. Allez, nous aurons sûrement l'occasion de nous revoir au cours de la semaine.

Pierre reprit son sac et fit quelques pas. Il reconnut les deux couples qui avaient surveillé ses effets personnels sur la plage.

Les deux hommes, Jean et Michel, se rapprochèrent du bord de la piscine et invitèrent Pierre à venir se tremper dans l'eau douce.

– Non, vraiment, dit Pierre. Cela ne me dit rien pour le moment. Demain, peut-être.

Assises dans la pataugeuse, leurs femmes Liette et Martha agitaient leurs pieds dans l'eau en lançant des boutades. Pierre vint vers elles.

– Votre partie de cartes s'est bien terminée, mesdames?

– Ça dépend pour qui. Les hommes vous diront que non, mais nous, nous n'avons rien à redire.

Ils échangèrent encore quelques politesses et Pierre continua son chemin.

7

Dans le couloir menant à leur chambre, Sophie précédait François de quelques pas. Les propos de Pierre avaient assombri son humeur. Elle se disait qu'il devait être difficile de vivre quand l'amour de sa vie a cessé d'exister. Elle partagea son état d'âme avec François, mais il la conjura de trouver un sujet plus réjouissant pour terminer une si belle journée.

Sophie se pressa contre lui, s'empara de sa main et la retint prisonnière contre sa joue.

– Chérie! Que vont penser les passants qui nous voient plantés là devant la porte! Ils vont croire que nous tentons d'entrer par effraction dans une chambre qui n'est pas la nôtre.

Sophie reconnut la pointe d'exagération qui marquait souvent les propos de François et le laissa ouvrir. Elle accueillit avec bonheur l'air frais de la pièce et alla se planter devant l'immense glace qui recouvrait le mur de l'entrée. Elle aimait l'image que le miroir lui renvoyait. Juste derrière elle, François était là, la dominant d'une tête. Elle lui sourit, s'appuya sur lui et ferma les yeux. Le souffle chaud de son amoureux chatouillait son oreille, ses doigts maladroits dénouaient les cordons de son maillot. Il y eut un léger bruissement et le bout de satin fluo se retrouva sur le tapis.

François caressa le galbe provocant qui s'offrait à lui. Plongeant son nez dans ses cheveux pareils aux blés dorés au temps de la moisson, il explora sa nuque, la mit à nu et y déposa des lèvres brûlantes.

Sophie posa doucement ses mains sur celles de François, les fit descendre le long de son corps et, se tournant face à lui, murmura quelque chose qui ressemblait à : «Fais attention, amour!... Ça brûle!»

Le soleil qui avait rougi leur peau avivait l'arôme érotique des lotions de bronzage qui embaumaient l'air ambiant. Sophie appuya sa poitrine fraîche contre François.

– Je t'aime, ma Sophie! dit-il. Je t'aime tellement!

Un goût de mer traînait encore sur leurs lèvres amoureuses. Une douce flamme, étrangère aux rayons du soleil, dévorait leurs entrailles.

– Nous ne sommes pas raisonnables, murmura Sophie. Tout ce sable sur nous, et ce sel. Et la crème à bronzer.

– Viens, ma chérie! Viens avec moi! dit François en entraînant sa femme vers la salle de bains.

Quand il referma derrière eux la porte de la douche capable d'accueillir plus de deux corps amoureux, plus rien n'existait à part leur bonheur présent.

À leurs pieds, quelques grains de sable indiscrets s'accrochaient aux tuiles humides.

8

L'HEURE de la sieste terminée, la voiture des Hernandez refit en sens inverse la distance parcourue quelques heures plus tôt. Sylvia et Roberto étaient silencieux, indifférents au paysage familier. Dans leur esprit, des images prenaient forme. D'ici une semaine, la villa délabrée achetée d'occasion aurait récupéré son statut de résidence digne de commerçants bien en vue.

Ce midi-là, en revenant chez eux, ils n'avaient pris qu'un léger goûter. L'impatience de Sylvia l'avait fait repousser son taco à demi terminé pour une tranche de mangue fraîche. Elle se mourait de sortir les tissus qui gonflaient les deux sacs déposés sur le fauteuil, mais Roberto flânait volontairement devant un café déjà refroidi.

Pour la jeune femme, ces derniers achats signifiaient la fin des rénovations interminables et le début d'une vie calme sans avoir à reconstruire, à repeindre. Elle avait tellement espéré ce moment que, sans s'en rendre compte, elle s'était engagée dans un long monologue. Amusé, Roberto l'écoutait. Il n'avait jamais vu une telle expression de joie dans les yeux de sa femme.

– C'était de la pure folie de s'aventurer dans un projet pareil, mais, aujourd'hui, je ne regrette rien. Nous avons une chance dont peu de jeunes couples peuvent profiter et nous touchons presque au but! s'exclama-t-elle.

– Bon! Tu me les montres, ces trouvailles? dit enfin Roberto.

Elle étala le contenu du sac.

– Regarde-moi le turquoise de ce tissu, Roberto! Il est tout à fait le même que celui de la mer. Avec le blanc des tuiles et le pêche du mur du vivoir, ce sera super! C'est exactement ce que je cherchais pour recouvrir les coussins du fauteuil de rotin.

Roberto s'approcha et entoura ses épaules.

– Es-tu parfaitement heureuse, *querida*? lui demanda-t-il.

Elle laissa tomber le tissu et se blottit dans ses bras. Elle avait besoin de cette étreinte pour dissimuler la tristesse qui risquait de ternir l'éclat de son regard.

Elle fixait la porte de la pièce située à côté de la grande chambre où ils dormaient.

Roberto, lui, attendait toujours qu'elle réponde.

– Si je suis parfaitement heureuse? Bien sûr que je suis heureuse, Roberto. Bien sûr!

Le ton de sa voix était moins enjoué en donnant sa réponse; cette réponse laissait persister un doute dans l'esprit de Roberto qui souvent la surprenait, lointaine, égarée dans des pensées qu'il n'osait deviner. Que voulait-il savoir au juste? Confirmer ses doutes? Faire rejaillir le passé? À quoi bon, tout ça? Ne valait-il pas mieux la croire quand elle affirmait être heureuse, croire ce dont elle-même avait fini par se convaincre? Sylvia ne venait-elle pas d'exprimer sa joie, son bonheur de penser à leur vie future, dans un décor de rêve? Pourquoi serait-elle malheureuse?

Délaissant ce qui cinq minutes plus tôt l'emballait au plus haut point, Roberto entraîna Sylvia sur la terrasse. Ils avaient encore une bonne heure de détente avant de reprendre le boulot.

L'espace qu'ombrageaient trois palmiers géants était déjà joliment aménagé. Sur les tuiles de ciment, autour d'une table basse, deux chaises confortables, invitantes, faisaient face à la mer en attendant les maîtres des lieux.

– Je ne m'habituerai jamais à ce paysage. Quelle splendeur! s'exclama Sylvia. Cette activité permanente qui agite la Bahia des Mujeres me fascine. Quand les bateaux des pêcheurs et les transatlantiques ont pris le large, des catamarans ou des planches à voile coursent sur les vagues. J'adore ce spectacle. Je me sens privilégiée de profiter de ce que les gens du Québec rêvent de vivre quinze jours par année.

Roberto aimait l'entendre parler de son pays. Elle y mettait une telle chaleur!

– Je pense réellement ce que je dis. J'adore vivre ici, confirma-t-elle.

Elle adorait vivre dans ce pays et, pourtant, le jour où elle l'avait quitté, Roberto avait cru que tout était fini, que jamais elle n'y reviendrait. Il voulut le lui rappeler, mais elle ne lui laissa pas l'opportunité de terminer la phrase commencée.

– Oublie ça, veux-tu, Roberto? Aujourd'hui, je suis là et je t'aime, n'est-ce pas tout ce qui doit compter?

Elle était bien décidée à ne rien dire de plus. Se levant prestement, elle servit une limonade à Roberto qui attendait qu'elle s'allonge de nouveau pour revenir à la charge.

– Sylvia, es-tu vraiment heureuse?

– Pourquoi insistes-tu, Roberto? Pourquoi faut-il que je te répète si souvent que je suis heureuse?

– J'ai besoin de te l'entendre dire encore et encore. Je doute de mes capacités à te procurer le bonheur que tu mérites.

– Aucun homme ne saurait me donner plus de bonheur, ni me combler autant que tu sais le faire. Regarde autour de nous. Vois dans quel luxe nous nous apprêtons à vivre. Cette villa sera l'une des plus belles des environs d'ici quelques jours, et...

Au tour de Roberto de ne pas la laisser terminer.

– C'est si important pour toi de vivre dans le luxe?

Sa question glaça son sang dans ses veines. Était-ce vraiment ce qu'il pensait d'elle? Bien sûr qu'elle appréciait un certain confort, mais elle aurait facilement tout sacrifié si son existence avec lui était compromise à cause d'une question de confort et de notoriété. D'ailleurs, ne lui en avait-elle pas donné la preuve à deux reprises déjà?

La sentant résolue à ne pas répondre, Roberto ne se résigna pas pour autant. Il avait besoin de vérifier les sentiments qui l'habitaient.

– Est-ce qu'il t'arrive de regretter?

– Les regrets, dit-elle, songeuse. Les regrets! S'il y a des regrets, ce ne sont pas ceux que tu crois. Nous avons fait ce qui nous paraissait utile pour résoudre nos problèmes. Ne revenons pas là-dessus. Si je te dis que je suis heureuse, alors crois-moi, veux-tu?

Le visage de Sylvia était grave. Ses yeux s'embuèrent un moment. Elle était loin des moments d'enthousiasme qui avaient suivi le repas. Secouant la tête, elle tendit la main pour prendre celle de Roberto appuyée sur le bord de la chaise. Les deux époux fixèrent inlassablement la mer, absorbés dans leurs pensées, hypnotisés par les vagues qui s'échouaient dans un mouvement sans fin.

Quand, plus tard, Sylvia tourna la tête du côté de Roberto, celui-ci s'était endormi. Alors, elle effleura le bras musclé qui l'avait enlacée tant de fois et la main rassurante qui savait si bien la caresser. Elle admira son élégance, son style plutôt espagnol que mexicain.

– Roberto Hernandez, murmura-t-elle. Toi pour qui j'ai laissé famille et pays, tu t'inquiètes de me savoir heureuse. Pauvre amour! Le bonheur, c'est quoi, au juste? Existe-t-il ou faut-il se le fabriquer jour après jour à partir des événements heureux qui arrivent sans s'annoncer? Oui, Roberto Hernandez, ce genre de bonheur est sûrement le seul qui permette d'oublier et d'espérer.

Le murmure de Sylvia fit bouger Roberto. Prenant conscience qu'il s'était endormi, il sursauta et s'excusa de ne pas être de bonne compagnie.

– C'est bien comme ça. Je te regardais dormir et je ne pouvais m'empêcher de te trouver joli garçon. Sais-tu qu'à mes yeux, tu seras toujours le plus bel homme au monde?

– *Querida mia!*

* * *

Le temps avait passé vite. Il était déjà l'heure de retourner à la boutique. Après cette soirée de travail, ils auraient toute une journée de congé, rappela Sylvia.

– Un peu de repos sera le bienvenu avant les fêtes qui s'en viennent, dit-elle.

Effectivement, l'heure du retour à la boutique était déjà venue. Et sur le boulevard Kukulcan, en vue du centre Las Palmas, Sylvia se demandait si Luis serait déjà à l'attendre lorsqu'ils arriveraient.

– Roberto! dit-elle sur un ton indiquant que sa décision était sans retour. Tout à l'heure, j'irai avec Luis au bord de la lagune. Lui et moi avons un rendez-vous très important avec Nacha.

– Avec cette vieille iguane dont il parle tout le temps ?

– Une seule rencontre avec cette merveille suffira à me séduire, paraît-il.

– Les iguanes ne sont pas très sociables. Je doute que tu puisses même t'en approcher.

– Luis affirme le contraire. Il a parfaitement apprivoisé celle-là.

– Ah ! ce *chiquito* ! Dès qu'il a quelque chose dans la tête, aussi bien dire que rien ni personne ne peut lui résister !

Les pensées de sa femme étaient déjà auprès du fils de Catherine et Miguel Perez. D'ailleurs, était-il nécessaire qu'elle lui confirme ce qu'il avait parfaitement compris ?

9

Durant l'après-midi, Miguel Perez avait accueilli les touristes qui, invariablement, finissaient par découvrir son établissement, le seul commerce à demeurer ouvert durant la sieste. Il avait partagé son temps entre le travail et les allées et venues de Luis, très peu intéressé à décorer la façade de la *tienda* de ses parents.

Les fêtes prochaines ne l'enthousiasmaient pas suffisamment pour qu'il oublie son rendez-vous avec Nacha. En attendant le retour de Sylvia, Luis avait préféré flâner dans le centre commercial.

Un bruit familier illumina son visage. C'était bien les clefs de Roberto qu'il venait d'entendre. Abandonnant le précieux papier roulé en flûte qui ne l'avait pas quitté depuis un bon moment, il courut vers ses amis.

– *¡Hola!* C'est moi, je suis là.

Il eût été difficile d'ignorer la présence de Luis qui collait à Roberto, qui gênait ses mouvements et l'empêchait d'ouvrir. Celui-ci lui suggérant de libérer un peu d'espace, Luis se déplaça d'un demi-mètre et, telle une pie bavarde, se mit à raconter ce qu'il avait fait depuis leur départ. Soudain, il se rappela que son père l'avait chargé d'un message pour Roberto.

– Dis, Roberto ! As-tu vu papa ?

Depuis leur arrivée, les Hernandez n'avaient vu personne à part cet enfant bouillant d'énergie. Roberto crut Luis
à la recherche de son père. Il sembla perplexe, inquiet même.

– Ton père n'est pas chez lui ?

– Bien sûr qu'il y est, et tout seul à part ça. Mama est
partie à la maison. C'est pour ça qu'il veut te voir !

Étrange, pensa Roberto. Il allait si souvent lui rendre
visite à l'improviste que Miguel aurait pu attendre pour lui
parler ; il fallait que quelque chose d'important le préoccupe
pour qu'il ait chargé Luis d'un message.

Roberto réfléchissait encore, mais le petit s'était retourné vers sa grande amie qui épiait ses moindres gestes. Il
cligna des yeux et lui offrit un sourire espiègle.

– Tu n'as pas oublié notre rendez-vous, n'est-ce pas ?

– Dès que Roberto et ton père auront discuté, nous partirons tous les deux, dit-elle sur un ton complice.

Baissant la voix à son tour, le petit pointa un doigt dans
les airs et lui affirma être de retour dans une minute.

– Je serai juste ici, répéta-t-il joyeusement.

* * *

Roberto eut l'impression d'être attendu quand il entra
chez Miguel. Sa bonne humeur coutumière et les deux verres
déposés à côté de la bouteille de tequila lui firent comprendre
l'inutilité de ses inquiétudes.

Comme tant de fois depuis qu'ils étaient voisins de
commerce, les deux hommes se tenaient face à face.

– Roberto, dit Miguel. J'avais envie de te parler. Te
rends-tu compte que nous n'avons jamais une minute à nous
depuis quelque temps ?

Le calme de Miguel avait définitivement rassuré Roberto. Assis sur le banc, il observait l'homme remplir les verres.

– J'ai eu une idée. Demain, tout le monde est en congé, pourquoi ne passerions-nous pas la journée ensemble? poursuivit Miguel. Je crois le temps venu de se payer du bon temps comme auparavant.

Les paroles de Miguel évoquant le souvenir des beaux dimanches passés à cinq, Roberto se sentit envahir par une profonde nostalgie. «Comme le temps court, pensa-t-il. Comme les heures dévolues à une chose importante briment la liberté de profiter d'autres aussi précieuses.» Les rénovations de la villa avaient pris beaucoup de leur temps. Il y avait tant à faire pour la remettre en état qu'ils en avaient négligé leurs amis, mais la fin était proche, maintenant, expliqua-t-il.

– Le plus extraordinaire dans tout ça, c'est que Sylvia est encore plus jolie dans notre nouveau décor.

Miguel sourit. Comment imaginer que Sylvia puisse être plus belle? Qui pourrait nier la beauté de cette femme, le charme se dégageant de ses gestes, de tout son être? Miguel mieux que quiconque avait admiré cette douce voisine, mais il était si amoureux de sa Catherine, si inquiet d'elle depuis quelque temps que la réflexion de Roberto ne trouva aucun écho. Il ajouta quelques impressions au sujet des coûts de la rénovation et amena la conversation sur le sujet qui le préoccupait.

– Roberto, je suis inquiet pour Catherine. Pour ne rien te cacher, c'est à cause d'elle que j'ai pensé organiser une rencontre. Elle est différente depuis quelques semaines. Je la sens triste. Dieu sait combien elle est joyeuse d'habitude!

– Serait-elle malade sans l'avouer?

– Elle ne se plaint de rien. À mon avis, Catherine supporte de plus en plus mal d'être séparée des siens. Cette période de l'année est particulièrement difficile. Tu sais qu'elle lui rappelle les circonstances pénibles qui ont entouré son dernier voyage là-bas. De plus, elle pense qu'une autre année s'est ajoutée à la longue méprise causée par l'entêtement de son père. Même si elle en parle rarement, je sais que notre joyeuse Catherine ne rit plus de bon cœur comme auparavant, que son esprit est ailleurs. Tout à l'heure, elle est même partie sans m'embrasser.

– Ces femmes-là ont pris beaucoup de place dans nos vies, n'est-ce pas, Miguel? Elles ont fait de nous de drôles de Mexicains. Je me demande même comment elles sont parvenues à transformer des machos comme nous.

– T'en trouves-tu plus mal?

– Le jour où j'ai rencontré Sylvia a été mon jour de chance. Si les gars nous entendaient!

– Je me fous de l'opinion des gars! Alors, Roberto, que dis-tu de tout cela?

Miguel avait probablement raison. Une journée entre amis aiderait Catherine, mais un embêtement allait contrecarrer leur projet. Jose avait organisé une excursion à Isla Mujeres pour le lendemain et les avait invités, Sylvia et lui. Roberto n'avait pas le choix d'accepter l'invitation de son frère s'il ne voulait pas subir les effets de sa rancune proverbiale.

Miguel dissimula sa déception par une ou deux remarques sur le caractère de Jose et pria Roberto de laisser les choses telles qu'elles étaient.

– Je suis désolé, Miguel.

Visiblement déçu, Roberto ne sut que dire de plus. Il observait attentivement Miguel comme quelqu'un qu'on voit régulièrement sans le regarder. Ses cheveux gris, même dissimulés sous ses boucles ondulées, lui paraissaient plus évidents. Leur différence d'âge devenait indéniable. Tellement de choses avaient changé depuis ce jour où, les rencontrant par hasard sur la promenade du centre commercial, Miguel avait salué Roberto et Sylvia qui tenaient en main le contrat de location de leur boutique. Se sentant déjà en confiance, Roberto l'avait abordé.

– Demain, nous occuperons l'espace libre voisin du vôtre, avait-il dit.

Leur tendant une main chaleureuse Miguel les avait invités à entrer chez eux. La jeune femme qui était à l'intérieur et qu'ils avaient prise pour une touriste était Catherine qui, à cette époque, avait vraiment l'allure d'une toute jeune fille.

Les deux amis s'étaient remémoré ce moment d'étonnement et de joie tant de fois, qu'aujourd'hui le silence observé depuis la réflexion de Roberto était habité par des images familières.

– Tu sais, Miguel, c'est une chance que nos femmes se soient liées d'amitié. Ça les aide à nous supporter, lança Roberto.

– Parle pour toi !

– Je ne badine pas. C'est difficile de vivre avec des gars de mentalité différente. Parfois, je me demande si un jour elles n'en auront pas assez de tout ça, si elles n'auront pas envie de repartir.

– Qu'est-ce qui te fait penser que Sylvia pourrait partir ?

Roberto n'avait rien de précis à exprimer, sauf une crainte qui persistait, malgré tout effort pour s'en départir.

– Crois-tu que tu la rendras plus heureuse en vivant dans la peur ? À mon avis, la vraie question est : est-ce que

Sylvia est heureuse? Et c'est à elle qu'il faut poser cette question, pas à moi. Pour ma part, j'ai la nette impression que tu te casses la tête pour des riens. Sylvia s'est remarquablement bien adaptée au pays.

Sylvia s'était remarquablement bien adaptée au pays. Voilà ce que Roberto voulait retenir de toute sa conversation. Il ingurgita le reste de son verre et se prépara à prendre congé de Miguel. Le retenant, celui-ci mit sa main sur son bras en guise d'amitié et, en souriant, lui dit connaître quelqu'un qui serait aussi malheureux que lui si Sylvia rentrait au Canada.

– Un autre homme? Je peux savoir qui? demanda Roberto sur la défensive, prêt à attaquer quiconque prendrait sa place dans la vie de sa femme.

– Je te parle de Luis. Tu sais à quel point le petit adore Sylvia.

Le manque d'enthousiasme de Roberto donna à Miguel la soudaine impression que l'amitié entre son fils et Sylvia lui déplaisait. Il n'en dit rien, mais l'observa attentivement, cherchant à déceler le fond de sa pensée. Mais Roberto était déjà préoccupé par autre chose. Et maintenant que le sujet portait sur eux, il se souvint que Sylvia et Luis attendaient son retour pour descendre jusqu'à la lagune.

– Nous continuerons cette conversation un autre jour. Il vaut mieux que je parte avant d'ajouter d'autres bêtises, dit-il en serrant la main de Miguel.

Resté seul, Miguel demeura songeur, puis il replaça les journaux sur l'étalage. En première page, on faisait état des dommages causés par l'ouragan *Gilbert*. Miguel lut distraitement les gros titres. Déposant l'exemplaire par-dessus les autres, il se compta chanceux qu'un tel malheur ne soit pas arrivé à sa ville.

10

Sʏʟᴠɪᴀ ᴇᴛ Lᴜɪs disparurent au bout de l'allée. Dans une petite heure, le soleil se laisserait couler dans la mer et, aussitôt après, ce serait la nuit.

Au bord de la lagune, Nacha collait son ventre contre la roche plate et chaude, et tournait la tête d'un côté et de l'autre comme si elle attendait une visite. Luis se plaisait à imaginer qu'au moment où le soleil descendait, la vieille iguane sortait expressément de sa cachette pour l'attendre.

Ce jour-là, jouissant de la compagnie de Sylvia, Luis, inconscient du temps qui passait, s'amusa à lancer des pierres qui roulaient jusqu'aux buissons où fleurissaient quelques hibiscus solitaires. En entendant des voix humaines, deux hérons blancs ouvrirent leurs ailes et s'enfuirent.

Luis avait saisi la main de Sylvia. À brûle-pourpoint, il lui demanda pourquoi elle avait accepté de rencontrer Nacha.

– Quelle drôle de question ! C'est parce que ça me fait plaisir, voyons !, répondit-elle sans hésitation.

– Mama n'a jamais le temps, elle !

Un semblant de reproche avait teinté la remarque du petit. Son insistance auprès de Catherine pour qu'elle l'accompagne à la lagune se heurtait toujours à la même explication.

– Mama dit qu'elle est trop occupée pour ce genre de choses, expliqua-t-il.

Un sentiment confus envahit Sylvia. Était-ce légitime qu'elle vive ce que le petit réservait à sa mère ? Elle crut nécessaire de se disculper et, du même coup, de justifier le refus de Catherine. Luis ne devait pas juger sa mère. Plus tard, il réaliserait quelles corvées une femme doit exécuter dans une journée.

– Les petits bouts de chou comme toi ne savent que profiter des attentions de leurs parents, finit-elle par dire.

Luis haussa les épaules ; Sylvia parlait le même langage que Catherine. Encore un peu et elle lui disait qu'il était trop gâté.

Plus ils se rapprochaient de Nacha, plus le sentier devenait étroit. Soudain, l'enfant s'arrêta net. Regardant Sylvia dans les yeux, il lui demanda :

– Pourquoi m'aimes-tu plus que mama ?

La question du bambin effraya Sylvia. Avait-elle bien entendu ou avait-elle mal interprété ses paroles ? Ses attentions soutenues à l'égard du fils de son amie auraient-elles minimisé les sentiments que sa mère lui témoignait ?

– Mais non ! Allons, petit ! Catherine t'adore ! L'amour d'une maman pour son enfant n'a pas d'égal, pas même celui d'une amie très chère. Il n'y a aucun doute possible là-dessus ! Tu m'as compris, n'est-ce pas ?

Silencieux, Luis se remit à marcher. Il avait délaissé la main de son amie et la devançait, la tête basse. Son attitude éveilla un doute dans l'esprit de Sylvia. Avait-il déjà fait une remarque dans ce sens à sa mère ? Posant la main sur l'épaule du bambin, elle lui posa la question.

– Je le lui ai dit aujourd'hui et elle m'a fait les gros yeux, répondit Luis.

Sylvia se souvint alors du regard de Catherine à travers la vitrine, de son signe de la main à peine poli. Que lui arrivait-il? Pour rien au monde, elle ne souhaitait s'interposer entre Catherine et son fils. Elle eut une soudaine envie de rebrousser chemin; c'était à Catherine que revenait d'accompagner son fils à la lagune.

Encore une fois, Luis eut raison d'elle.

– Que fais-tu? Viens, Sylvia! Nacha va s'en aller, dit-il en constatant que Sylvia avait ralenti.

– Attends, Luis! Avant d'aller plus loin, promets-moi une chose! Tiens! Promets-moi sur la tête de Nacha que tu vas immédiatement chasser ces idées de ta tête. Que tu ne vas plus penser que je t'aime plus que Catherine.

– Ce n'est pas aussi grave que tu crois! Je lui ai seulement dit ça à cause des coquillages. J'ai voulu la punir parce qu'elle m'avait grondé à cause des bonbons rouges...

– Sacré garnement! Dans quelle situation m'as-tu mise? Luis, tu me fais de la peine, beaucoup de peine. Tu mériterais que je te laisse tout de suite et que je remonte à la boutique.

– Non! Ne fais pas ça. Regarde, là-bas! Nacha nous a vus venir! Je t'avais dit qu'elle nous attendrait!

Il avait déjà oublié les propos de Sylvia. Il frappa un dernier caillou en direction des broussailles et s'approcha de Nacha. Dans une petite boîte qu'il gardait dans sa poche, il y avait de quoi la nourrir. Il tendit quelques miettes de son précieux butin à la bête et attendit qu'elle fasse les premiers pas.

La prudence la guidant, l'iguane demeurait immobile, pareille aux rochers qui l'entouraient, prête à battre en retraite au moindre danger, surveillant l'intruse. Sylvia se tenait à distance. Elle devinait que Luis tentait de rassurer l'iguane sur sa présence.

Se faisant discrète, évitant le moindre geste susceptible de faire fuir la bête et de provoquer un drame dans la vie du gamin, elle attendit un signe de l'enfant pour avancer.

Quand Luis l'appela, Sylvia sut tout de suite que la bête resterait là malgré sa présence.

– Approche encore, dit l'enfant. Je t'avais bien dit que tu lui plairais. Tu verras que mon iguane est plus gentille que les *chicos* qui viennent à l'école avec moi. Elle m'écoute toujours. Parfois, je crois qu'elle comprend ce que je lui dis.

Luis avait probablement raison et Sylvia partageait son opinion. Elle avait souvent eu l'impression que certaines bêtes saisissaient les émotions plus rapidement que beaucoup d'humains.

Perdue dans ses réflexions, elle fut surprise par la question inattendue de Luis.

– Sais-tu pourquoi les gens sont méchants? lui demanda-t-il du haut de ses huit ans.

Le raisonnement de cet enfant la confondit. Il était si jeune pour s'interroger sur les motifs contribuant à rendre les gens méchants. Il faudrait connaître le fond des cœurs pour vraiment le savoir, pensa Sylvia, tout à coup soulagée de ne pas avoir à répondre à cette question, car Luis lui en posait déjà une seconde.

– Est-ce que tu connais des gens méchants, Sylvia?

Cette fois, frappée en pleine poitrine, la jeune femme feignit de ne pas avoir entendu. Luis leva la tête et la regarda droit dans les yeux. Il insista.

– Pourquoi tu ne réponds pas ? Je te demande si tu connais des gens méchants et tu ne dis rien.

Cette fois, elle ne pouvait se défiler. Sylvia dit simplement qu'effectivement, elle en avait connu.

– C'est un petit garçon ou une petite fille qui a été méchant avec toi ?

– Cher amour ! Les petits garçons et les petites filles ne sont jamais vraiment méchants avec les adultes.

– Si ce n'est pas un enfant, c'est qui, alors ?

Les hésitations de Sylvia étaient significatives ; l'enfant devina qu'elle aussi avait dû subir la méchanceté humaine.

Quand, presque à voix basse, elle avoua qu'un jour une vieille dame lui avait fait beaucoup de peine, Luis déclara :

– Je déteste les gens méchants ! Je voudrais que tout le monde soit comme toi, comme mama, papa et Roberto.

Tout au long de leur conversation, Luis n'avait cessé de caresser Nacha. Sylvia n'avait rien perdu de cette communion entre les deux êtres, mais il se faisait tard et le temps de dire adieu à Nacha était venu. Luis approcha son visage de la tête ridée et froide de l'iguane. Attendrie et encore bouleversée par cette conversation, Sylvia observa l'enfant et cette vieille bête communiquer au-delà de toutes paroles. Elle s'éloigna d'eux, réfléchissant aux bienfaits de cette amitié palpable, au besoin de partager des secrets, surtout ceux qui finissent par assombrir le plus grand bonheur.

La vieille iguane se retira sous la roche plate et Luis bondit sur ses jambes. Sautillant, tournoyant sur lui-même, risquant une chute sur les cailloux et les ronces, il finit par rattraper Sylvia et, main dans la main, tous deux remontèrent le sentier jusqu'au centre commercial.

Catherine et Miguel entendirent Luis dire à Sylvia de ne pas oublier qu'ils devaient retourner à la lagune le lendemain.

Pour toute réponse, Sylvia caressa une dernière fois la tête ronde du bambin. Puis elle jeta un coup d'œil du côté de Catherine qui la salua en souriant.

* * *

Roberto voulut connaître ses impressions.

– C'était super! Je viens de me faire une amie, oui, une bonne vieille amie! Jamais je n'ai vu autant de bonheur dans les yeux d'un enfant. Tu connais la nouvelle version du conte *La Belle et la Bête*?

Roberto regardait Sylvia raconter sans vraiment l'entendre. Du visage de sa femme émanait une telle tendresse qu'il la trouva plus belle que jamais.

– Tu sais, Roberto, à partir d'aujourd'hui, Luis et moi avons un rendez-vous quotidien avec Nacha!

Roberto aurait voulu trouver à redire, mais, silencieux, il retourna derrière le comptoir et fit semblant de ranger.

11

Lᴀ ɴᴜɪᴛ avait étendu son voile sur la ville. Cependant, la chaleur persistait encore. Dans la chambre de Sophie et François, seul le bruit régulier de leur respiration trahissait la présence des deux corps nus reposant sous le drap blanc. Une sensation de brûlure intense tira Sophie de son sommeil. Elle avait l'impression que toute la peau de son corps avait rétréci. Elle n'osait bouger de peur que le moindre mouvement ne fasse éclater la peau de ses cuisses. En grimaçant de douleur, elle se leva et se dirigea vers la salle de bains. Quand elle en revint, recouverte de crème hydratante, elle se sentait déjà plus confortable.

François s'était réveillé à son tour. Sophie revint vers le lit et se pencha au-dessus de lui. Elle pointa son index sur son nez, l'écrasa et y déposa un rapide baiser. Puis elle s'enfuit de nouveau dans la salle de bains.

– Je meurs de faim! lui cria-t-elle. Si, dans cinq minutes, tu ne m'emmènes pas manger, je pars à la conquête d'un charmant monsieur qui m'invitera à souper, ajouta-t-elle d'un ton enjoué.

François tira le drap sur lui. Son petit sourire entendu signifiait que jamais Sophie n'avait mis si peu de temps à se préparer pour sortir. Il pouvait donc se permettre de regarder la télévision.

Dès qu'il eut allumé le téléviseur, une série d'images apparurent à l'écran. Il devait s'agir d'un bulletin d'information. Le commentateur, qui s'exprimait en espagnol, ponctuait ses commentaires d'explications à l'aide d'une carte géographique et d'images vidéo montrant une mer déchaînée et des dégâts indescriptibles.

François éteignit le téléviseur sans se préoccuper davantage de ce qui venait d'ailleurs. À Cancun, on n'avait pas à craindre le mauvais temps, pensa-t-il.

Du cabinet de toilette, Sophie lui rappela que le temps passait et qu'il ne devait pas oublier son pari !

Cinq minutes plus tard, resplendissante et sans autre artifice que son nouveau teint rosé, Sophie en sortit et offrit le bras à son mari.

François s'appuya au mur et l'admira. Une sorte d'émotion s'était emparée de lui.

– Sophie, est-ce que je t'ai dit que je t'aimais ?

– Pas depuis deux heures, je crois !

– Mais c'est presque une éternité ! Sais-tu que je suis le plus heureux des hommes ? dit-il en ouvrant les bras pour la serrer contre lui.

– Jure-moi que nous serons toujours aussi bien ensemble ! J'ai peur tout à coup. S'il nous arrivait de ne plus nous aimer ? Si un jour, la vie nous séparait de nouveau ?

François posa délicatement ses lèvres sur celles de Sophie. Elle comprit que son geste était une façon gentille de l'empêcher de dire des sottises.

* * *

Ils quittèrent la fraîcheur de leur chambre pour la chaleur des soirées du Sud. Le vent qui s'infiltrait sous chaque porte émettait un sifflement lugubre, tantôt pareil à une plainte, tantôt à un cri d'enfant. En bas, les voitures circulant sur le boulevard Kukulcan répandaient une odeur d'essence qui polluait l'air chaud et humide.

Ils ne rencontrèrent personne dans le corridor, à part un jeune travailleur en salopette bleue qui montait l'escalier avec une vadrouille et une chaudière remplie de ce liquide qui embaumait tout l'hôtel. Cependant, dans le hall d'entrée, l'ambiance avait changé. Les gens se préparaient à la vie nocturne. Quelques touristes endimanchés admiraient les objets déposés sur les tables et les étagères, d'autres détaillaient les toiles gigantesques aux motifs de mer, de palmiers et d'oiseaux marins. Vues de loin, ces peintures apparaissaient comme des fenêtres donnant sur une mer agitée par des vents qui avaient figé les branches des palmiers dans un mouvement sans retour.

François et Sophie s'y attardèrent aussi. Le dépaysement était total et enivrant, semblable au rêve vendu dans les magazines de voyages.

Le rêve ne résistant jamais longtemps aux tiraillements de son estomac, François demanda à un des chauffeurs de taxis se tenant en permanence devant l'hôtel de les conduire au centre-ville.

12

Avenue Tulum, depuis au moins une heure, c'était la course aux clients. Les restaurateurs occupaient le trottoir et déployaient leur charme pour convaincre les touristes. La concurrence, qui se voulait amicale, était pourtant réelle.

Un irrésistible arôme de fruits de mer grillés à l'ail avait finalement convaincu Sophie d'entrer à *La Table du Capitaine*. À l'intérieur de l'immense pièce, les deux seules places libres se trouvaient au bout d'une longue table où déjà six jeunes gens dégustaient la spécialité de la maison. Le couple s'installa timidement, mais quand ils attaquèrent à leur tour le poisson entier qu'on leur avait servi, Sophie et François avaient déjà fait connaissance avec leurs compagnons de table et chacun s'amusait ferme.

À l'autre bout de la salle, un homme était attablé devant une langouste, cet espèce de gros homard qu'on retrouve dans les îles du Sud et au Mexique. Devant lui, dans un vase rempli de glace, refroidissait une bouteille de vin blanc. Cet homme seul, vêtu de façon impeccable, au visage souriant duquel émanait une expression appartenant à un autre monde, fixait l'autre langouste intacte dans l'assiette qui faisait face à la sienne.

Pierre Amyot avait commandé au garçon de servir deux langoustes grillées, une pour lui et une autre pour une invitée.

Il avait même insisté pour qu'il les serve dès que possible parce que son invitée détestait attendre.

– Et n'oubliez pas votre meilleur vin, avait-il ajouté.

Après avoir versé le vin, le garçon de table revint avec les langoustes fumantes. Constatant que le siège réservé était toujours inoccupé, il avait hésité à déposer la seconde langouste sur la table.

Pierre avait dû insister cette fois.

– Non, laissez. Je vous assure que ce n'est qu'une question de secondes.

Un air radieux avait adouci les traits de Pierre. Son sourire s'adressait à un être invisible qui avait sans doute déjà manifesté sa présence car, pas une seule fois, l'homme ne regarda du côté de la porte d'entrée. Minutieusement, il décortiquait son festin, n'ayant d'yeux que pour le couvert dressé devant lui, pour le siège inexorablement vide.

À l'autre bout de la pièce, Sophie avait laissé tomber ses ustensiles et renoncé à terminer l'énorme bête qui la regardait d'un œil vitreux. François, lui, tenait bon tout en discutant avec son voisin de table. Sophie en profita pour s'esquiver au cabinet de toilette. Ses brûlures intolérables exigeaient une nouvelle application de crème apaisante.

En quittant la table, elle regarda autour d'elle pour s'orienter. Elle se dirigea au fond de la pièce, où une enseigne indiquait : «*Damas*» et «*Caballeros*». Soudain, dans la pénombre, lui apparut le profil de l'homme qui s'escrimait sur sa carcasse de langouste. Au premier coup d'œil, cette silhouette lui sembla familière. Elle s'approcha et reconnut Pierre Amyot.

Devant Pierre, qui avait presque terminé son repas, elle vit une autre langouste intacte qui refroidissait et un verre de vin auquel personne n'avait touché. Il se passait quelque chose qu'elle ne comprenait pas. Qu'arrivait-il au charmant monsieur de l'hôtel? Que faisait-il attablé devant un fantôme?

Désarmée, Sophie recula vivement. Elle aurait souhaité ne jamais avoir été témoin du drame qui se jouait devant ses yeux. Tout à coup, elle se sentit devenir énorme et craignit que Pierre, en se retournant, ne voie qu'elle parmi toute cette foule. Elle recula sur la pointe des pieds, se sentant observée par les gens de service et les autres clients. Triste et bouleversée par le comportement bizarre de cet homme, Sophie arriva enfin à la porte du cabinet de toilette. Elle s'y enferma, y demeura un long moment, n'osant sortir, de crainte que Pierre ne l'aperçoive et n'apprécie pas son intrusion.

Elle était différente quand elle revint à sa table. Elle ne tenait plus en place. Elle bougeait sur sa chaise, cherchait inutilement quelque chose dans son sac à main.

– Ce que tu es nerveuse, tout à coup, Sophie! Aurais-tu rencontré un fantôme? demanda François.

Elle trouva sa remarque surprenante et maladroite.

– Ne dis pas de sottises. J'ai seulement la bougeotte. Allons marcher, veux-tu?

Elle se leva brusquement. François ne comprenait vraiment rien à son attitude. Lui qui avait à peine terminé son poisson et pensait s'offrir pour dessert la spécialité de la maison… Quelques minutes plus tôt, c'était Sophie qui faisait les yeux doux à l'étalage, et voilà qu'elle voulait partir, prétextant que les autres avaient terminé et qu'ils parlaient d'assister à un spectacle.

– Demande l'addition et sortons tout de suite, dit-elle. Écoute, on entend les *mariachis*. Ils sont tout près d'ici.

Renonçant à trouver une explication au changement subit de Sophie, François se rangea du côté de la majorité. De toute façon, il avait le goût de s'amuser.

* * *

Sophie avait dit vrai. Tout près de là, les *mariachis* faisaient résonner leurs fortes voix de ténors que soutenaient trompettes et guitares. Les rythmes endiablés interprétés par les gaillards en habits galonnés, brodés d'or et de pierreries, les invitaient à se déplacer en suivant le tempo.

«Guadalajara… Guadalajara…» Le son se rapprochait et ensorcelait littéralement les gens qui marchaient sur l'avenue Tulum.

Sophie et François pressèrent le pas pour rattraper leurs compagnons. La musique s'intensifiant, Sophie oublia Pierre. Elle voulut danser et rire, voir des gens heureux; heureux comme elle et François.

Les *mariachis* envolés, l'avenue Tulum avait perdu tout intérêt. Deux possibilités s'offraient à Sophie et François : suivre la bande d'amis qui allaient terminer la soirée à l'hôtel America ou rentrer au Mariposa. Ils optèrent pour le premier choix, mais, auparavant, Sophie insista pour que François vienne avec elle à *La Table du Capitaine*. Elle était curieuse de vérifier si Pierre y était toujours.

Encore une fois, François la suivit à l'intérieur sans comprendre le but de sa démarche. La salle à manger était presque vide, et la table de Pierre désertée.

* * *

Quand, deux heures plus tard, un taxi les ramena à l'hôtel, la terrasse du Mariposa leur parut méconnaissable. Seuls quelques lampadaires faiblards éclairaient les lieux.

Le vent effleurait l'eau de la piscine et la faisait frissonner. Comme le couple empruntait l'allée aux mille coquillages, la brise souleva les cheveux de Sophie et releva sa jupe. La jeune femme en rattrapa le pan et l'enroula autour de son bras. Les jambes nues jusqu'à mi-cuisses, ses sandales à la main, elle courut à la rencontre des vagues dont le bruissement sur le sable ressemblait à une fine pluie tombant sur du métal.

Le ciel était lourd. Les nuages résistaient à la poussée du vent et s'accrochaient au-dessus de leur tête. Sophie fit la moue dans le noir; elle aurait souhaité voir les étoiles et constater si la Grande Ourse se voyait du Mexique.

François roula le bas de son pantalon et, six pas derrière, suivit Sophie sur le sable mouillé. L'écume blanche venait mourir à leurs pieds et retournait à la mer où la vague suivante se soulevait à son tour. Le mouvement semblait régulier, jusqu'à ce qu'une vague plus forte, inattendue, s'engouffre entre d'énormes pierres. Sophie attendit qu'elle retourne à la mer et s'avança vers la plus grosse des deux pierres pour y grimper. Elle appela François :

– Viens! C'est merveilleux! Il y a de la place pour nous deux.

François la distinguait à peine en haut de son promontoire. Il vint vers elle sans soupçonner que la mer avait grugé le sable entre les deux rochers et qu'elle y avait préparé un piège pour les imprudents.

Quand Sophie lui tendit la main, la vague revint plus puissante que la précédente et entraîna François dans le gouffre tourbillonnant.

– François! François! Mon Dieu! Non! François!

Un cri de désespoir déchira la gorge de Sophie. Il lui sembla que la terre avait cessé d'exister. Le bruit de la vague s'était transformé en grondement sourd et méchant, son roulement emportait dans son ventre tout ce qu'elle avait recueilli sur la plage. François était prisonnier, à la merci de cette force sournoise qui l'amenait au large, songeait-elle avec angoisse. Soudain, une main agrippa sa cheville. François, qui avait réussi à s'accrocher à une arête du rocher, lui dit la plus belle phrase qu'elle ait jamais entendue de sa vie.

– Ouf! Pour un bain de minuit, ce n'était pas manqué!

Tremblant de tous ses membres, la jeune femme se mit à pleurer. Elle ne pouvait croire qu'il était là à ses côtés.

– J'ai eu si peur, François! J'ai cru que le ressac t'emportait.

– Disons que nous avons été imprudents de venir sur la plage le soir. Viens, descendons avant de retourner là d'où je viens.

Les pleurs de Sophie se transformèrent en rire hystérique qui, porté par le vent, s'apparentait à des cris d'oiseaux dans la nuit.

Elle était encore sous le choc et tremblait de la tête aux pieds lorsque François l'entraîna là où le sable était sec et tout chaud. Il la serra très fort sur son cœur et, dénouant le bouton de sa jupe trempée, il étendit le vêtement sur la plage et tous deux se couchèrent dessus.

Pendant de longues minutes, le temps de reprendre leur calme, d'entendre de nouveau le bruit du vent et des vagues, les deux amants demeurèrent étendus sur le sable. Ils se tenaient tout près, la main dans la main.

Quand François se tourna vers Sophie, ce fut pour détacher un à un les boutons nacrés qui retenaient encore sa blouse. Il caressa son visage, devinant ses joues rondes et rosies par le soleil. Ses doigts frôlèrent ses lèvres, descendirent le long de son cou, s'aventurèrent jusqu'à sa poitrine dénudée.

– Je voudrais vivre ainsi le reste de ma vie, dit Sophie en guidant les mains de François.

– Chut! dit-il. Ne parle pas, Sophie. Écoute…

13

À QUELQUES kilomètres de là, une lumière tamisée éclairait encore la salle à manger des Hernandez. Roberto et Sylvia avaient depuis longtemps repoussé le plat de service sur lequel séchaient les coquillages de la paella et discutaient tranquillement. Soudain, Sylvia se leva et vint derrière son mari. Elle appuya sa poitrine contre sa tête et caressa ses épaules. Roberto savourait ces caresses, attendant la proposition qui devait suivre. Tout doucement, Sylvia tourna la tête de Roberto du côté des épaves répugnantes qui encombraient le comptoir. Elle n'eut pas le cœur d'insister lorsqu'il trouva un prétexte pour retarder la corvée qui les attendait. Elle le suivit sur le balcon.

C'était une fin de soirée calme, et le ciel était une immensité sombre sans étoiles.

Soupirant de bien-être, Roberto prit place dans un des fauteuils de rotin adossés au mur. Sylvia regrettait d'avoir accepté sa proposition. Elle était partagée entre son désir de détente et son hésitation à pénétrer dans cette obscurité contre laquelle les rayons de la lampe de la salle à manger demeuraient impuissants. Elle restait appuyée au cadre de la porte, figée devant cette nuit plus sombre que les précédentes. Elle aurait allumé le lampadaire si ce n'avait été de la fascination de Roberto pour le mystère des nuits sans étoiles.

Elle se fit violence et le rejoignit. Son bavardage finirait peut-être par dissiper le malaise que la noirceur faisait inévitablement surgir en elle.

Il lui avait raconté que lorsqu'il était petit et qu'il faisait une nuit comme celle-là, il s'amusait à reproduire de mémoire chaque détail du décor. Le jour venu, si un objet avait échappé à son sens de l'observation, il rageait et recommençait la nuit suivante.

Inconsciemment, Sylvia se livrait à ce jeu quand Roberto l'interrogea sur son appréciation des nuits sans étoiles. Elle fut prise au dépourvu, n'osant avouer qu'elle détestait les nuits trop noires, car elles lui inspiraient un sentiment d'impuissance et d'effroi. Elle dissimula son aversion en affirmant simplement préférer un ciel étoilé.

Selon Roberto, il suffisait d'être attentif pour deviner ce qui se passait dans le noir. Il lui suggéra d'écouter attentivement le bruit des vagues qui éclataient sur les dunes et le vent qui sifflait entre les volets et secouait les branches de leurs vieux palmiers.

Les ardeurs poétiques de Roberto ne convainquaient pas Sylvia, aux prises avec le souvenir d'une autre nuit aussi noire que celle-ci. Afin de chasser les fantômes du passé, elle respira profondément et tenta désespérément de tourner ses pensées vers un sujet susceptible de ramener le calme dans son esprit. Lentement, un doux sentiment naquit en elle. Elle revit la lagune, puis des pierres empilées les unes sur les autres. À côté de ces pierres, un petit garçon aux cheveux bouclés en conversation avec une vieille iguane.

– Cher trésor ! Comme il est attachant, laissa-t-elle échapper à voix haute.

Roberto réagit négativement. La réflexion de Sylvia parut le vexer. Elle n'avait rien entendu des propos qu'il s'était appliqué à rendre captivants.

La jeune femme s'excusa, avouant avoir été distraite par le souvenir de sa promenade avec Luis.

Roberto lui en fit reproche. Pourtant, s'il avait été disposé à l'écouter, elle lui aurait fait partager son sentiment à l'égard de cet enfant. Mais Sylvia évitait de lui en parler, connaissant l'opinion de Roberto sur Luis, qu'il considérait comme un démon trop gâté. De plus, depuis quelque temps, elle avait remarqué que leurs avis différaient souvent au sujet du jeune Perez. Malgré cela, elle sentit le besoin de connaître son avis au sujet du rejet de Luis par ses compagnons de classe. Était-ce donc si difficile pour un enfant différent de prendre sa place parmi les autres? Roberto devait se souvenir de son enfance; bien que ses parents aient été du pays, il avait le teint plus pâle que la plupart des Mexicains.

À contrecœur, Roberto se laissa entraîner dans cette discussion.

– Je n'ai jamais considéré leurs taquineries comme un rejet. Il est vrai que moi, j'étais plutôt fier de ne pas avoir hérité du type maya. Tu ne crois pas que ce que Luis recherche, c'est une excuse pour s'accrocher davantage aux adultes? Il est temps que vous cessiez de couver ce gamin.

Dans l'esprit de Sylvia, les adultes avaient pour fonction de protéger les enfants. Elle en voulut à Roberto de poser un tel jugement. Le silence qui suivit demandait une explication. Alors, pressé de changer de sujet, Roberto précisa :

– Ce que je veux dire, c'est que Luis n'a qu'à exprimer un désir pour qu'il soit aussitôt comblé par l'un d'entre nous. Si cette situation persiste, il évitera toujours la compagnie des autres enfants, surtout de ceux qui risquent de le bousculer ou de le contrarier.

Ainsi résumée, la réalité était indéniable. Cependant, dans l'esprit de Sylvia, persistait une inquiétude d'un autre ordre et d'une plus grande gravité. Le doute qui habitait le

petit au sujet de l'amour de Catherine était lourd de conséquences.

Le silence s'était réinstallé entre Sylvia et Roberto.
Celui-ci reprit en abordant un sujet qui, à coup sûr, saurait
faire réagir Sylvia. Il lui parla de Nacha. Comme elle ne
répondait pas, il sut qu'il avait touché une autre source de
préoccupations.

– Tu ne vas pas t'en faire pour autre chose, à présent?
C'est bon! Dis-moi ce qui se passe avec Nacha, maintenant?

– La relation qui existe entre Luis et Nacha est inexplicable, commença-t-elle. Comme tu l'as déjà mentionné,
les iguanes ne se laissent pas approcher par les humains. J'ai
été témoin de la profondeur des liens qui existent entre eux.
En fait, ma crainte est que si un malheur arrivait à Nacha,
Luis puisse en être très affecté.

Cette fois, les paroles de sa femme avaient définitivement chassé les élans poétiques de Roberto. Leur doux
moment d'intimité n'existait plus. Toute la place entre les
deux fauteuils de rotin blanc était occupée par une présence
invisible. L'esprit de l'homme était de nouveau perturbé par
un sentiment indéfinissable, par des pensées troublantes. Il
se ressaisit. Sylvia devait tout ignorer de ce qui se passait
en lui.

– Tu ne dis rien. Que penses-tu de cet attachement de
Luis pour Nacha? insista-t-elle, inconsciente de la répu-
gnance de Roberto à poursuivre cette conversation.

– Je n'en sais rien. Ce que je peux en dire, c'est que
les iguanes vivent très longtemps. Je ne vois aucune raison
pour que celui-ci ne vive pas encore de longues années.

Son ton sec marquait clairement sa contrariété à prolonger cet entretien. Le temps était venu de clore la discussion.

Sylvia posa la main sur celle de Roberto, rivée au bras de sa chaise.

– Pardonne-moi. Je deviens irrationnelle dès qu'il s'agit de ce *chiquito*. C'est plus fort que moi.

Un silence encore habité par l'ombre du mioche s'ensuivit. Roberto quitta son fauteuil pour venir s'accroupir devant elle en arrondissant le dos comme un chat mendiant une caresse. Il prit un ton mi-séducteur, mi-enfantin pour s'attirer les égards de sa femme.

– Si, pour un moment, tu pensais plutôt à ton mari qui ne demande qu'à t'entretenir de sujets plus passionnants?

Elle fut émue par son attitude soudaine. Le sourire qui naquit sur ses lèvres la détacha de Luis et de ses ennuis éventuels.

– Est-ce que tu t'en remettrais, toi, s'il arrivait un malheur à ta vieille bête? murmura-t-il.

Sa question la rendit songeuse. Cette fois, Roberto avait gagné, sa femme avait complètement oublié les problèmes de Luis. Elle glissa sa main dans les cheveux de son homme, laissant ses coudes froisser sa jupe. Elle réfléchit à son étrange question. Pourquoi ne s'était-elle encore jamais arrêtée à cette possibilité? Elle lui en voulut de l'avoir mise face à sa réalité de femme sans famille, vivant dans un pays autre que son pays d'origine; devant sa réalité d'épouse ayant misé son existence entière sur sa vie avec cet homme. En vérifiant une fois de plus la profondeur de ses sentiments, Roberto l'avait touchée. Combien de fois encore faudrait-il qu'elle le rassure?

– Je te défends de parler de ça, tu m'entends? Je tiens à toi plus qu'à tout au monde. Ça, ne l'oublie jamais, dit-elle avec une émotion qui la surprit elle-même.

Avant que la discussion devienne trop sérieuse, elle ajouta sur un ton solennel que c'était la dernière fois qu'il l'entendait ce soir-là. Puis elle l'invita à entrer avec elle. Il y avait encore beaucoup à faire avant d'aller au lit et, le lendemain matin, ils devaient se lever tôt s'ils tenaient à profiter de l'excursion avec Jose.

Ils avaient effectivement projeté une excursion à Isla Mujeres pour le lendemain, mais comme le vent n'avait pas cessé depuis deux jours, Roberto n'élabora pas sur le sujet. La crainte que Sylvia éprouvait face à la mer et au temps incertain avait trop souvent fait échouer des excursions projetées d'avance.

– C'est bon, dit-il simplement. Allons-y ! Nous verrons ce que demain nous réserve.

* * *

Les heures passèrent. Était-ce à cause du vent bourru qui faisait claquer les vénitiennes ou de sa conversation avec Roberto que la jeune femme demeurait éveillée ? À force de se raisonner, elle finit par faire taire le spectre d'une vie sans cet homme qui, depuis la mort accidentelle de ses parents, représentait sa raison d'exister. Elle expulsa l'air qui tiraillait sa poitrine et, finalement, le sommeil l'engourdit pour quelques heures. Quand la sonnerie du réveille-matin se fit entendre, elle avait déjà les yeux grands ouverts. Elle tendit le bras pour faire taire l'engin tapageur et s'approcha de Roberto qui dormait profondément. Elle lui chuchota à l'oreille :

– Ton frère ne va plus tarder, maintenant. Roberto ! Il faut te réveiller.

Les lèvres aussi épaisses que la voix, Roberto bafouilla quelques paroles incompréhensibles. Sylvia comprit qu'elle venait de le tirer d'un rêve, mais quand il ouvrit les yeux et qu'il la vit penchée au-dessus de lui, qu'il constata qu'aucun rêve ne valait cette réalité, il l'attira sur lui et caressa ses épaules nues et sa nuque. Il glissa ses doigts à travers ses cheveux défaits. Fermant les yeux, elle s'abandonna.

Sur la terrasse, une ombre s'avança. Des coups heurtèrent la porte. À travers le bruit, ils entendirent des éclats de voix :

– Debout, là-dedans! Mon bateau est au quai depuis une demi-heure. Si, dans quinze minutes, vous n'êtes pas là, je pars sans vous.

– Qu'est-ce que c'est? Quelle heure est-il donc? C'est Jose! *El bandito!* Je vais le tuer! On devrait enfermer ceux qui se permettent de déranger les gens! Je te jure qu'il va me le payer! Je vais le tuer!

Pendant que Roberto cherchait ses vêtements en maugréant, Sylvia se dirigea vers la cuisine. Quand il la rejoignit, elle l'attendait, adossée au comptoir.

– Je ne vais pas avec vous, dit-elle en lui tendant un panier de victuailles. La mer est encore plus agitée qu'hier. Il y a ici mille choses que je n'arrive pas à faire pendant la semaine. J'aurai de quoi passer la journée.

– Tu es sérieuse? Tu sais que Jose est un excellent capitaine. Il a navigué sur des mers beaucoup plus méchantes que celle-là. Rien ne laisse supposer que le temps change d'ici quelques jours.

– Vraiment, je préfère rester ici. Je n'aurais aucun plaisir de toute manière.

S'il avait cru utile d'insister, Roberto l'aurait fait, mais comme il avait appris à respecter les limites de sa femme, il lui fit simplement remarquer qu'elle allait manquer la chance de rencontrer Pepe, le vieux pêcheur d'El Carrafon.

Roberto lui avait souvent parlé de ce Pepe. L'idée de rencontrer ce bonhomme qu'il considérait comme un vieux sage, comme quelqu'un qu'on écoute pendant des heures, lui sembla être un argument déguisé pour la convaincre sans en avoir l'air.

– Je regrette, Roberto. Ce n'est que partie remise. Nous aurons d'autres occasions de le rencontrer, ce Pepe. Aujourd'hui, Jose et toi discuterez entre frères. Profitez de cette chance que je vous offre. Depuis le début des rénovations, c'est à peine si tu l'as vu trois fois.

– À mon retour, pourrons-nous reprendre mon rêve là où nous l'avons laissé?

Souriante, Sylvia se pressa contre son mari.

* * *

Au bout du quai, les vagues bousculaient *La Paloma*. Debout sur le pont, Jose regardait venir son frère et sa femme marchant côte à côte. Il fixait cette étrangère qui lui inspirait une certaine réserve, cette femme qu'il n'avait jamais réellement considérée comme faisant partie de la famille. Son élégance, sa beauté l'éblouissaient. Au fond de lui-même, sans se l'avouer, il enviait son frère d'avoir une telle créature dans son lit.

Encore perdu dans ses pensées, il salua distraitement Roberto d'un signe de tête et, sans quitter Sylvia du regard, il lui demanda si elle allait bien. Sans aucune trace d'émotion, elle lui répondit poliment :

– Tout va très bien. Et vous, Jose?

Roberto monta à bord. Sylvia demeura sur le quai, les bras croisés. Jose se rendit compte alors de ce qui se passait. Il sembla déçu.

– Vous ne venez pas avec nous ? dit-il.

Le regard de Sylvia croisa celui de Roberto. Elle espérait que l'explication vienne de lui. Mais pour toute réponse, Roberto fit signe à son frère de dénouer les câbles.

Visiblement contrarié, Jose blâma Roberto de ne pas savoir s'y prendre avec les femmes.

– Il aurait dû insister, dit-il à Sylvia avant d'obtempérer.

En souriant, Sylvia lui fit remarquer qu'au contraire, son frère la connaissait suffisamment pour savoir quand il était inutile d'insister.

– Ce sera pour une prochaine fois, peut-être, dit-elle en se tournant vers Roberto.

Puis, à cause de l'inquiétude qui l'habitait, elle crut nécessaire de leur rappeler la prudence.

– Nous serons de retour à dix-huit heures. Ne t'inquiète surtout pas pour nous.

– Je serai là, mon chéri ! Je vous attendrai !

* * *

Le vent faisait claquer la voile de l'embarcation, la vague agressait son flanc. *La Paloma* supportait la gifle sans broncher. Elle creusait la vague, disparaissait dans son ventre pour ressurgir sur la suivante. Lentement, elle emporta les deux frères loin de la terre ferme. Sylvia observa le manège jusqu'à ce qu'elle ne voie plus l'écume blanche rouler sur la crête des vagues, jusqu'à ce qu'elle devienne totalement inconsciente de son entourage. N'éprouvant aucune envie de rentrer à la villa, elle s'étendit sur la plage. Avec une branche rejetée par la mer, elle se mit à tracer des lignes informes sur le sable. Rapidement, elle s'égara dans une rêverie lointaine.

Elle avait tout son temps, Roberto et Jose ne rentreraient qu'à dix-huit heures.

«Roberto!», murmura-t-elle. Puis, à haute voix et à plusieurs reprises, elle répéta son nom avec une douceur inhabituelle dans la voix, comme une dernière caresse prodiguée à quelqu'un qui s'en va.

Elle s'allongea sur le sable. Un rayon de soleil qui s'aventurait entre deux nuages l'obligea à fermer les yeux. C'était bon et chaud de s'abandonner à cette chaleur, à cette brûlure soudaine qui lui rappelait une certaine plage, à un certain moment de sa vie.

– Veracruz! C'est comme à Veracruz, murmura-t-elle.

La morsure du soleil sur sa peau évoquait le souvenir de cette plage de Veracruz sur laquelle elle s'était allongée à une époque où personne ne l'appelait encore Sylvia. Ce jour-là, déchirée par un chagrin qui l'avait rendue amère, Sylvie Gallant avait accueilli les caresses du soleil comme si elles étaient les dernières à lui être destinées. Le fantôme de Richard Craig hantait alors son esprit, une peine atroce lui enlevait toute envie de vivre. Elle en voulait aux hommes et avait juré que jamais personne ne lui briserait le cœur.

Le souvenir de cette promesse fit sourire Sylvia. Si peu de temps s'était écoulé avant que vienne se placer entre elle et le soleil ce jeune Mexicain aux belles manières, avant qu'il arrive dans sa vie sans s'annoncer.

Il avait tout juste dit dans un très mauvais français : «Bonjour mademoiselle. Je peux parler avec vous?» Puis il avait attendu sa réaction.

Il n'allait pas partir sans avoir obtenu de réponse, ça, Sylvie l'avait lu dans la détermination de son regard. Alors, elle s'était relevée, en proie à un malaise difficile à expliquer, incapable de soutenir ce regard inconnu. Hésitant à accorder son attention à ce garçon, elle avait déposé le roman sans intérêt qu'elle s'efforçait de lire avant qu'il l'aborde. Et pourquoi pas? s'était-elle dit. Il n'y a rien de mal à parler avec quelqu'un.

Il s'était assis directement sur le sable, juste en face d'elle. Puis il lui avait confié son désir de pratiquer le français, expliquant du même souffle qu'il suivait des cours de cette langue deux fois la semaine.

Une façon plutôt directe, mais combien charmante de l'aborder, avait pensé la jeune vacancière. Était-ce là sa manière habituelle de s'adresser aux filles ou l'avait-il remarquée entre toutes celles qui se doraient au soleil? Peu importait; elle se sentait en confiance.

À cette époque, Sylvie connaissait déjà suffisamment l'espagnol pour l'entretenir dans sa langue, mais ni l'un ni l'autre n'avait semblé pressé d'entamer la conversation.

Il s'était contenté de la regarder intensément avant de lui demander son nom.

– Je m'appelle Sylvie Gallant et je suis canadienne, avait-elle précisé.

Cela avait paru lui plaire. Il entretenait déjà un préjugé favorable à l'égard de ce peuple et avait remarqué l'éclat particulier des rares femmes de ce pays qu'il avait rencontrées.

– Moi, je me nomme Roberto Hernandez, pour vous servir, Sylvia, avait-il dit en glissant la main jusqu'au sol en guise de révérence.

C'était la première fois qu'elle entendait prononcer son nom de cette manière. Il l'avait fait exprès pour juger de sa réaction.

Elle lui avait tendu la main en souriant, se disant enchantée de faire sa connaissance. Tout de suite après, une seconde question était de mise.

– Vous êtes en vacances à Veracruz pour la première fois? avait demandé le jeune homme.

Sylvie Gallant avait baissé les yeux. Devait-elle répondre à sa question? Trop d'émotions remontant en elle, elle avait choisi d'éviter son regard et de se taire. Cet étranger n'avait rien à faire de ses confidences. Bien sûr qu'elle connaissait sa ville! Si elle y était revenue, ce n'était pas pour le plaisir de revoir le pays. Fallait-il qu'elle lui explique que c'était ici, sur les plages de Veracruz que demeurait vivant le souvenir de ses derniers jours de bonheur avec Richard?

Elle avait fait un léger signe de tête affirmatif et il avait compris qu'elle ne tenait pas à en dire davantage. Il lui avait alors demandé s'il pouvait s'asseoir à ses côtés.

Elle avait ramassé son sac et ses sandales pour qu'il ait une toute petite place sur sa serviette. Pendant qu'il s'installait, elle lui avait demandé ce qu'il faisait dans la vie.

– Je travaille à la Banque Nationale, avait-il répondu avec un brin de fierté dans la voix.

Sylvie qui s'était imaginée qu'il était un étudiant à cause de ce petit air particulier, semblable à celui qu'empruntaient les rares Mexicains qui fréquentaient l'université, avait eu du mal à dissimuler son étonnement. Pendant un moment, ils s'étaient tus. Le jeune homme s'était mis à tracer des signes bizarres dans le sable. Tout à coup, sans relever la tête, il avait dit :

– Vous êtes jolie.

Faisant mine de n'avoir rien entendu, elle avait ramassé ses affaires et lui avait demandé de l'accompagner jusqu'à la pointe rocheuse.

* * *

Le souvenir de cette première rencontre avec Roberto était si vivant que, pour un instant, Sylvia oublia qu'elle était à Cancun. Elle renversa la tête en arrière et, l'astre de feu l'aveuglant, elle murmura :

– Comme il sentait bon, le soleil ! C'est à cet instant précis qu'il a changé ma vie. Maintenant, je le sais.

Éprouvant une envie soudaine de se lever, de marcher comme ils l'avaient fait ce jour-là, elle imagina les traces de leurs pas dans le sable, cette première fois et toutes les autres où, après s'être arrêtés pour une consommation, ils s'étaient dirigés vers la pointe rocheuse.

Quelques jours après leur rencontre, Sylvie Gallant avait recommencé à rire. Parfois, les heures passées à attendre la fin du travail de Roberto Hernandez lui semblaient s'éterniser. Elle était bien en sa compagnie. Ce nouvel ami était-il apparu dans sa vie pour lui faire vivre des moments magiques, sans histoires, sans heurt, des moments qui la rendraient enfin heureuse ?

Hélas, un jour, était arrivé la fin des vacances. La veille du départ de Sylvie, Roberto et elle s'étaient donné rendez-vous dans un petit restaurant pour un repas d'adieu. Sans se consulter, tous deux s'étaient dirigés vers une table à l'écart.

L'ambiance était lourde comme le temps. Ils avaient laissé fondre la glace dans leur apéro. Ni l'un ni l'autre n'avait envie d'aborder la conversation, mais il fallait bien que quelqu'un se décide à en parler. Sylvie avait posé sa main sur celle du jeune homme qui chiffonnait son napperon.

– Tu sais, grâce à toi, j'ai passé des vacances extraordinaires. Tu es un garçon charmant, Roberto Hernandez.

– Vous me trouvez charmant, mais moi, Sylvia, comme un pauvre idiot, je vous aime, avait-il répondu.

La belle amitié et la grande complicité qui s'étaient établies entre eux ne pouvaient être de l'amour. Deux semaines ne suffisaient pas à changer une vie. Roberto avait existé avant sa venue à Veracruz; il était impossible qu'aucune fille n'ait remarqué un tel homme. Sylvie avait refusé de l'écouter et s'était empressée d'aborder un sujet banal.

– Es-tu déjà allé à Mexico? avait-elle dit bêtement.

Roberto avait fait un léger signe de tête et haussé les épaules. Le fait de discuter d'une visite à Mexico était d'une insignifiance flagrante. Sylvie s'était sentie ridicule et avait repoussé son verre.

Après le repas, que ni l'un ni l'autre n'avait apprécié, ils étaient sortis. Roberto l'avait invitée à aller une dernière fois à la pointe rocheuse. Sylvie avait refusé. Pourquoi lui faire plus de mal? Tous deux ne devaient-ils pas garder un bon souvenir des merveilleux moments vécus ensemble.

– Laissons-nous au bout de l'allée, comme si demain devait nous procurer le plaisir de cette dernière promenade que tu me demandes, avait-elle proposé, se dissimulant ainsi sa propre fuite.

– Alors, laisse-moi venir à l'aéroport demain.

Elle détestait les adieux qui se transforment trop facilement en souvenirs déchirants. Était-ce bien nécessaire qu'il soit là? Elle n'avait pas répondu.

– Tu ne peux me refuser ce dernier bonheur! avait-il insisté avec une sorte de détresse.

– Si tu y tiens vraiment, viens me rejoindre dans le hall de l'hôtel. Notre autobus part à seize heures.

S'étant approché, il l'avait prise dans ses bras et, tendrement, avait posé ses lèvres sur les siennes. Et comme elle n'avait pas résisté, il avait supplié une dernière fois.

– Reste. Je t'en prie !

Elle l'avait regardé droit dans les yeux, puis s'était enfuie en courant. Il avait entendu ses pas frapper le sol. Sylvie avait couru jusqu'à avoir mal aux pieds, souhaitant que la douleur lui fasse oublier la déclaration d'amour de Roberto et chasse de son corps le frisson qui l'habitait. Ne plus goûter ce baiser ! Tout ça n'était pas sérieux et, de toute façon, les hommes, c'était fini, et les peines d'amour aussi. Pourquoi écouter celui-là plus qu'un autre ? Demain, Sylvie Gallant rentrerait au Canada et la vie continuerait !

Un sentiment étrange entoure inévitablement le moment de vide laissé par la dernière image de quelqu'un qui s'en va. Le lendemain, les nuages attristaient le ciel de Veracruz. D'où lui venait ce malaise envahissant, s'était demandé Sylvie en suivant Roberto des yeux. Celui-ci avait juré le silence sur ses sentiments, mais son attitude en disait long. À un moment, il avait eu un geste d'impatience à l'égard d'un petit chat qui avait frôlé la jambe de Sylvie. Les derniers moments avant son départ lui appartenaient à lui seul.

Surprise de son geste, Sylvie avait voulu s'expliquer une dernière fois.

– Roberto ! Sois réaliste ! Tu sais que je dois rentrer chez moi. Ma famille, mon emploi et ma vie sont au Québec. On ne plonge pas tête première dans l'inconnu. Allons ! Ce n'est pas sérieux.

– Pour moi, oui, c'est sérieux, même très sérieux. Je n'ai pas à te connaître davantage pour savoir que tu es la femme de ma vie ! Si je n'étais pas certain que tu reviennes, je ne te laisserais pas partir.

– Disons que c'est possible que je revienne un jour à Veracruz, mais ne m'attends pas, Roberto Hernandez. Oublie-moi !

* * *

L'avion avait ramené Sylvie Gallant à Montréal. Pendant toute la durée de l'envolée, elle avait revu l'image du jeune homme qui l'avait quittée à la barrière d'embarquement. Aucun magazine n'était parvenu à capter son attention, même la turbulence lui avait été indifférente. Elle s'était efforcée de penser à l'accueil de ses parents à l'aéroport, au plaisir de revoir ses amies de travail et de leur faire voir son teint basané ; rien n'avait pu la distraire.

Une surprise l'attendait à sa descente de l'avion. Ses parents n'étaient pas derrière les rampes des visiteurs. À travers les portes vitrées, une silhouette s'était détachée de toutes les autres. Richard Craig se tenait en première ligne, un bouquet de violettes à la main, le visage tourmenté.

Sylvie avait déposé ses valises pour reprendre son souffle, pour calmer la rage qui montait en elle. Pourquoi était-il là ? N'était-ce pas cet homme qui lui avait clairement signifié que tout était fini entre eux ?

La foule qui se pressait autour des voyageurs lui était devenue invisible. Il n'y avait plus que Richard, qui, craignant qu'elle ne refuse de lui parler, lui obstruait le passage. Elle avait laissé tomber le bouquet qu'il avait déposé au hasard quelque part entre ses mains et son sac.

– Sylvie ! Il faut que je te parle, avait-il répété en s'emparant de ses bagages.

– Comment as-tu su que j'arrivais ce soir ?

– J'ai longuement parlé avec ta mère. Cette brave femme a compris que nous avions encore des choses à nous dire. C'est elle qui m'a fourni les renseignements concernant ton arrivée et qui m'a laissé venir à sa place.

Sylvie avait presque oublié le charme qui se dégageait de Richard Craig. Sa prestance, sa force de persuasion qui l'avait maintenue à sa merci pendant plus de trois ans.

Tout cela s'était estompé avec le temps et la distance. Consciente des pouvoirs qu'il avait exercés sur elle, elle était sur la défensive.

– Que veux-tu de moi, Richard? Tout a pourtant été assez clair entre nous.

– Il a fallu que tu t'absentes pour que je me rende compte que j'ai failli faire la plus grande bêtise de ma vie. Sylvie! Je t'aime! Il faut que nous parlions ailleurs qu'ici.

Sylvie avait baissé les bras et accepté de prendre une consommation au bar de l'aéroport, mais Richard demandait plus.

– Viens chez moi, tu préviendras tes parents de ton arrivée et nous discuterons sérieusement. Ma chérie, si tu me refuses ton pardon, ma vie est sans lendemain. J'ai besoin d'une dernière chance, je t'en prie, viens avec moi.

En quittant Mirabel, elle s'était sentie piégée. Le charme de Richard avait déjà eu raison d'elle et de ses promesses d'indépendance. Jamais auparavant il n'avait pleuré, supplié avec la force du désespoir; jamais il n'avait fait preuve de tant de tendresse à son égard.

Se redressant vivement, Sylvia fronça les sourcils. Du bout de sa branche fragile, elle fouetta le sable comme si la force de son geste pouvait effacer à jamais le souvenir de cette soirée et surtout l'expression triomphante sur le visage de Richard quand, après avoir fait l'amour, elle avait reconnu dans son regard la satisfaction d'un parieur qui venait de remporter une gageure. Lorsqu'il avait poussé l'indécence jusqu'à lui dire que jamais elle ne pourrait se passer de lui, elle s'était sentie honteuse, sale. Si bien qu'en pleine nuit, elle avait quitté l'appartement de Richard. Cette fois, la rupture avait été définitive.

Les jours suivants avaient été habités par une sorte de rage sourde, un mépris grandissant qui rongeait son énergie. Pour survivre, elle s'était réfugiée dans un souvenir heureux, se revoyant sur la plage auprès de Roberto Hernandez. Trop de jours sans joie, vides et amers s'étaient écoulés quand elle avait enfin pris conscience combien son Mexicain qui sentait si bon le soleil lui manquait.

* * *

Toujours allongée sur le sable, le visage resplendissant, Sylvia se laissait bercer par ce souvenir heureux quand deux joggeurs passèrent tout près d'elle. Leurs pas soulevèrent une traînée de sable qui vola au-dessus de sa tête. Elle secoua la poussière qui embrouillait sa vue et délaissa la branche devenue inutile. Il n'y avait plus rien à dessiner, maintenant que ses souvenirs s'étaient envolés.

14

SOPHIE ET FRANÇOIS s'étaient levés tôt et avaient projeté de descendre sur la plage avant de prendre leur petit-déjeuner sur la terrasse.

Une étincelle allumait le regard de Sophie à la seule pensée de revoir la mer. Elle eut une impression bizarre en s'apercevant que le rocher sur lequel elle était montée la veille était à demi submergé par la marée et que l'autre l'était complètement. La vague qui avait failli entraîner François, la panique qui s'était emparée d'elle, ses cris de désespoir et la joie de sentir sa main l'agripper, tout lui revenait comme si l'incident s'était passé au grand jour.

De leur observatoire, François aussi se souvenait. Moins traumatisé et préférant se souvenir des moments qui avaient suivi, il entoura la taille de sa femme, l'embrassa tendrement et l'entraîna jusqu'à la mer.

Malgré un soleil radieux, les vagues semblaient différentes ce matin-là. La mer était en colère. Pourtant, elle n'avait rien de comparable avec ce que François se souvenait avoir vu à la télévision la veille. Tout en regardant les vagues se fendre au contact du rocher, il tentait de se représenter la force de cette masse d'eau.

Sophie goûtait chaque instant, chaque nouvelle découverte, quand elle sentit soudain l'arôme du café. Aussitôt, cela lui rappela leur repas de la veille à *La Table du Capitaine* et, par le fait même, le souvenir de Pierre Amyot attablé seul devant deux couverts. Un sentiment de tristesse l'envahit. Tout en marchant au bras de François, cherchant à être rassurée, elle jeta un regard discret aux alentours. Si Pierre était déjà levé, elle le repérerait facilement.

À quelques mètres sur la gauche, elle l'aperçut en compagnie de touristes rencontrés la veille à la plage. Il lui sembla en aussi bonne forme que lorsqu'ils l'avaient rencontré la première fois dans le hall de l'hôtel. Tout à fait rassurée, elle revint au présent pour entendre François lui dire que les vacances ne devraient pas leur faire perdre leurs bonnes habitudes.

– Que dirais-tu d'aller courir avant le petit-déjeuner? proposa-t-il.

– Très bonne idée, rétorqua Sophie, mais je n'ai pas pensé à mettre mes souliers de course.

François s'offrit à aller les chercher, prétextant qu'il avait justement besoin de monter.

En attendant qu'il revienne, elle s'installa dans une des chaises longues bordant la piscine, mais n'y trouva pas le bien-être escompté. Son esprit était ailleurs, préoccupé par ce Pierre Amyot. Qu'arrivait-il à cet homme?

Assise là, elle perdait son temps et se torturait l'esprit. Elle devait agir avant que François revienne. Elle se leva et se dirigea dans la direction du groupe qui semblait sur le point de partir pour la plage. Pierre la vit venir et lui fit signe de se joindre à eux. Il lui présenta Michel, Liette, Jean et Martha.

– Très heureuse. Je vois que vous alliez à la plage, dit-elle.

– On ne peut rien vous cacher! dit Michel. Vous venez avec nous?

Sophie refusa l'invitation, expliquant qu'elle attendait son mari. Elle fut heureuse d'entendre Pierre dire qu'il restait encore un moment pour profiter de l'ombrage des palmiers avant d'affronter les rayons du soleil.

Restée seule avec lui, Sophie s'éloigna de quelques pas comme si elle s'apprêtait à retourner à sa chaise, mais Pierre la retint.

– Vous ne voulez pas vous asseoir près de moi en attendant le retour de votre mari?

Elle hésita et jeta un regard du côté de la porte de l'hôtel avant d'accepter le fauteuil qu'il avait approché pour elle. Ce fauteuil rembourré lui semblait aussi inconfortable que le précédent. Elle avait l'impression de ne pas y être à sa place. En outre, elle se sentait observée par cet homme dont la prestance et le silence l'intimidaient. Elle ne s'expliquait pas comment et pourquoi elle était arrivée, en l'absence de François, à aborder cet homme. Pourtant, malgré son inconfort, elle ne souhaitait pas être ailleurs.

Timidement, elle osa rompre le silence en utilisant une formule toute faite.

– Vous avez bien dormi? Le bruit du vent sous les portes ne vous a pas trop incommodé?

Pierre tourna son visage du côté de la mer avec une telle insistance que Sophie crut que la réponse devait venir de là; en réalité, cette attitude lui évitait de croiser le regard de la jeune femme.

– Le vent? dit-il. J'ai effectivement mal dormi, mais le vent sous la porte n'y était pour rien.

– Alors, peut-être que votre repas d'hier soir était trop lourd.

Pierre sursauta. De quoi parlait cette petite qui avait baissé les yeux? Pourquoi avait-elle mentionné ce repas? Pierre répondit en lui donnant raison.

– C'était sûrement la langouste! J'ai dû faire abus de bonne nourriture et de bon vin.

– Et de bons souvenirs, ajouta prestement la jeune femme qui se mordit aussitôt la lèvre inférieure.

Comment rattraper ses paroles? Maintenant, il était trop tard. Pierre avait été pris au dépourvu, mais elle en avait dit juste assez pour piquer sa curiosité. Sans un cillement, il attendit son explication.

– Je... Nous aussi étions à *La Table du Capitaine*, hier soir.

Elle n'avait pas à en dire plus. En entendant le nom du populaire restaurant, il avait déjà compris que Sophie l'avait vu à cette table dressée pour deux personnes sur laquelle une langouste était demeurée intacte.

– Ne dites rien de plus, je vous en prie. Je suis peiné que vous ayez été témoin de mes étranges agissements.

– Je suis la seule à vous avoir vu, s'empressa de dire Sophie pour le rassurer. François n'en sait rien.

Pierre baissa la tête. Que lui importait que François sache ou non? Sur un ton mélancolique, presque amer, semblable à une lamentation, il admit que son projet était illusoire.

– J'ai choisi la façon la plus difficile de revivre mes souvenirs. Si chaque événement me torture à ce point, mon pèlerinage sera très pénible. J'ai peur de craquer!

Il pinça les lèvres et retint sa respiration si longtemps que Sophie crut qu'il allait éclater. Puis, tout naturellement, il se mit à réfléchir à haute voix devant cette jeune femme qui demeurait silencieuse.

– Quelle autre raison m'aurait ramené à Cancun si ce n'était ce besoin de revoir ces endroits témoins de notre bonheur ? Jane et moi avons été tellement heureux ! Tellement ! Comment expliquer ? Comment même s'en souvenir ?

Le désarroi s'était emparé de Pierre qui courba la tête. Sophie avança sa main sans pour autant le toucher.

– C'est difficile, n'est-ce pas ?

– Je n'arrive pas à admettre que je suis ici sans elle. C'est impossible ! Tout simplement impossible !

Cette fois, Sophie posa sa main sur celle de l'homme mûr qui tremblait. Sa triste réalité cadrait mal avec ce décor où tout aurait dû s'harmoniser avec le bonheur. La fillette sensible qui habitait encore la jeune femme était troublée, impuissante devant cette souffrance. Elle regrettait d'être là, incapable de trouver les mots qu'il fallait, ne sachant qu'écouter Pierre raconter le Cancun de ses premières visites, les heures, les jours passés avec Jane à découvrir les plages qui n'en finissaient plus. Chaque parole jaillissant de la bouche de Pierre éveillait en lui une sensation de bien-être. Sophie, elle, découvrait un décor à jamais disparu. Pouvait-elle imaginer ce Cancun d'autrefois ? Partager avec lui le plaisir de voyager avec cette femme merveilleuse qui s'amusait de tout, cette personne amoureuse de la nature, de la vie, de tout ce qui bouge ?

Pour un instant, il lui sembla que le présent n'existait plus au point qu'elle fut surprise d'apercevoir François tout près d'eux qui balançait ses souliers de course au bout de leurs lacets.

– Bonjour Pierre ! Beau temps, n'est-ce pas ? dit le jeune homme sans se douter qu'il interrompait des confidences. Pierre n'eut d'autre choix que de sourire devant sa fraîcheur, son inconsciente jeunesse, et de confirmer ce qu'il venait de signaler.

Tout à coup plus léger, en proie à un pressentiment étrange, Pierre se dit intérieurement que son voyage allait prendre un tournant inattendu.

Toujours ignorant de ce qui se passait, François se tourna vers sa femme qui, s'étant levée, s'approchait de lui.

– Te sens-tu d'attaque pour courir, ma chérie?

– Je crois même que j'en ai le plus grand besoin!

L'air détendu, Pierre les regarda un moment et leur dit :

– Allez, les petits! Profitez du fait que la chaleur est encore supportable. Dans une heure, il sera trop tard pour courir.

Après leur routine de réchauffement, François et Sophie partirent au pas de course. Leurs foulées accordées laissaient une double trace sur le sable humide. Quand ils délaissèrent le bord de la mer pour remonter vers la plage, ils soulevèrent une traînée de sable qui tournoya au-dessus de la tête d'une jolie dame qui traçait un cœur dans le sable.

* * *

Pierre les avait laissés partir et était entré ensuite à l'hôtel. Une idée lui était venue qu'il était pressé de mettre à exécution. Une demi-heure plus tard, c'était un homme complètement transformé qui attendait le retour du couple.

Quand il les vit venir de loin, il se leva et vint à leur rencontre.

– La forme est bonne, à ce que je vois, dit-il joyeusement.

Entre deux respirations, François avoua n'avoir aucune chance à donner à Sophie parce que celle-ci pouvait le battre sur son propre terrain. Cette réflexion plutôt flatteuse passa inaperçue pour Sophie, intriguée du changement qui s'était opéré chez Pierre depuis leur départ. Quelque chose lui disait qu'un événement nouveau devait être survenu pour qu'il rayonne de la sorte.

Mais l'air réjoui de Pierre fut de courte durée. Visiblement embarrassé, il hésitait à leur faire part des projets qu'il avait élaborés en leur absence. Craignant leur réaction, il leur suggéra simplement de prendre leur petit-déjeuner et leur dit qu'ensuite il souhaitait leur parler.

Sophie et François en étaient à leur second café quand Pierre les rejoignit. Il tira une chaise, la tourna de façon à appuyer les coudes sur le dossier et leur dit sans autre préambule :

– Mes petits, vous allez me prendre pour un vieux fou, mais j'ai une proposition à vous faire.

Pierre n'avait encore jamais démontré une telle assurance. Il était fascinant. Les yeux rivés à ses lèvres, Sophie et François ne savaient que penser.

– Tout à l'heure, continua-t-il, j'ai loué une voiture avec l'intention de vous faire partager mon expérience des voyages. Vous vous interrogez sur les raisons qui ont motivé mon geste ? C'est simple, vous me plaisez et, pour moi, c'est suffisant !

Pierre avait prévu toutes les questions. Qui mieux que lui pouvait comprendre ce qui se passait dans la tête d'un couple en voyage de noces ? Avant même qu'ils aient pu répondre, il leur expliqua toutes les possibilités de passer une semaine agréable sans brimer l'intimité de chacun.

Il restait tout de même un point à éclaircir.

– Et que devient votre pèlerinage ? questionna François.

Pierre posa son regard sur Sophie qui n'avait pas encore émis d'opinion sur le sujet. Sa réponse ne fit que confirmer ce que son intuition de femme lui avait déjà révélé.

– Mon pèlerinage sera moins douloureux à vivre en compagnie de gens aussi heureux que Jane et moi l'avons été jadis.

Il n'avait mis aucune réserve dans son explication, mais il savait qu'une telle offre de la part d'un étranger pouvait surprendre. Il leur proposa un moment de réflexion.

– Si l'idée vous plaît, venez me rejoindre à la piscine d'ici trente minutes. Apportez votre maillot pour une baignade à la Playa Chac-Mool ! dit-il en s'éloignant d'un pas alerte.

Bien qu'elle ne doutât pas de la spontanéité de son geste, Sophie sentait qu'il cachait quelque chose. Cet homme encore sous le choc de la disparition de sa femme cherchait à recréer un monde où elle serait toujours présente. Poursuivre son pèlerinage demeurait son vœu le plus cher, mais aussi sa plus grande source d'inquiétude.

– Pierre s'entoure de protection pour continuer son pèlerinage, dit-elle simplement. Ce n'est pas un hasard qu'il nous ait choisis. Toi et moi sommes l'image de son bonheur passé et nous avons la chance d'être bien vivants.

Le raisonnement de Sophie semblait logique.

* * *

Allongé sur une chaise longue face à la porte donnant sur la terrasse, Pierre salua l'arrivée de François et Sophie d'un large sourire et leur fit signe de le suivre jusqu'à la voiture stationnée devant l'hôtel. D'un geste courtois, il ouvrit la portière arrière.

– Mes amis! «Nous» allons vous faire profiter d'un tour de ville sur mesure!

Sophie constata que le siège avant restait inoccupé. Avait-elle bien entendu? Pierre avait bien dit «nous»? Jane serait-elle du voyage? Devant son expression contrariée, Pierre s'empressa de trouver une excuse à ses paroles.

– Il faudra un jour que je perde cette mauvaise habitude de parler à la première personne du pluriel, dit-il en cherchant le regard de Sophie qui, pas tout à fait rassurée, tenta de le soustraire au sien.

* * *

La voiture s'engagea sur le boulevard Kukulcan. La première partie de la visite se ferait du côté du centre-ville qu'ils connaissaient déjà pour y avoir mangé la veille. Selon le plan de Pierre, ils visiteraient en premier lieu le marché aux puces, qu'il qualifiait de particulièrement intéressant. Sophie profitait de sa promenade et chaque nouvelle découverte était une source d'émerveillement.

Plus tard, lorsqu'ils se dirigèrent vers la Playa Chac-Mool, toute appréhension semblait avoir disparu. Pierre affichait une amabilité irrésistible et des liens spéciaux se créaient entre les trois compatriotes.

Leur descente de voiture fut accueillie par un soleil brûlant. Pierre, qui était familier avec l'entourage du Regency, s'avança d'un pas ferme, suivi de ses nouveaux amis. Ils pénétrèrent dans l'édifice dont la structure exceptionnelle impressionne quiconque y met les pieds. Ensuite, traversant le hall, ils se dirigèrent vers la terrasse où de puissants haut-parleurs crachaient une musique endiablée pour les vacanciers qui semblaient s'amuser en profitant des splendeurs du décor.

Le trio longea la piscine et se retrouva près des cordages qui délimitaient l'espace. Là, la musique était moins agressante. Admirant le panorama qui s'étalait sous leurs yeux, Sophie et François en oublièrent la présence de Pierre qui s'était arrêté à quelques pas derrière eux. Rien n'existait plus à part la mer et les vagues qui s'acharnaient contre la muraille et les dunes de sable, et ce vent chaud qui fouettait leur peau encore sensible.

Les cheveux balayant son visage, un sourire béat figé sur ses lèvres, Sophie cherchait les mots capables d'exprimer ses sentiments.

– C'est beau! Beau à couper le souffle! dit-elle en s'agrippant à François. J'ai l'impression d'être sur le pont d'un navire grand comme le continent! Ça me fait tout drôle!

Oubliant le temps, témoins de la lutte des vagues qu'éventraient les parois abruptes des rochers, ils admiraient cette mer trompeuse qui s'apprêtait à devenir monstrueuse. Quand ils s'arrachèrent enfin à leur rêverie, Pierre avait disparu. Ils ne le cherchèrent pas, ils avaient compris la délicatesse de son geste.

Après s'être imprégné de leur jeunesse amoureuse, l'homme les avait délibérément laissés seuls. Maintenant, il vivait un moment sans nom. Jane habitait ce décor familier; Jane était tout près. Elle marchait à son bras, cent pas derrière Sophie et François. Soudain, Jane devint le vent qui soulevait les vagues, qui les abandonnait dans un vacarme fracassant. L'instant d'après, Jane n'était plus.

Pierre admira encore une fois la silhouette de Sophie et comprit subitement ce qui l'attirait tant chez elle. Cette chevelure abondante était différente de celle de Jane, mais la courbure de ses reins, ses épaules frêles et gracieuses, sa démarche même avaient une ressemblance indéniable avec Jane. Tout à coup, il fut jaloux de François qui entourait cette taille où suintaient quelques gouttes de sueur. Il se souvenait que rien n'était plus enivrant que de sentir des reins de femme chauds et humides. Il serra les poings et tourna brusquement le dos aux amoureux. Revenant lentement sur ses pas, il marcha dans ses propres traces que bientôt la mer allait effacer pour faire place à une plage lisse, absente de toute marque de sa solitude.

* * *

Seize heures avaient sonné. Avant de descendre de la voiture, Pierre avait mentionné que chacun devrait revenir à l'hôtel à seize heures trente. Mais lui était déjà de retour et, nerveusement, tapotait le cuir brûlant de son volant en attendant le couple.

L'excursion tirait à sa fin et Pierre savait que d'ici une heure, du hall du Mariposa, il les verrait s'éloigner en direction de leur chambre. Même si, de loin, il leur crierait un dernier au revoir, eux se contenteraient de répondre sans rebrousser chemin.

Alors, lui, Pierre Amyot, resterait seul. Encore seul !

15

Sʏʟᴠɪᴀ délaissa le bouquet garni sur la planche de travail et consulta sa montre. Il était à peine seize heures quand elle entendit un bruit de moteur qui ressemblait étrangement à celui de la vieille embarcation de Jose. Roberto avait pourtant dit que son frère et lui ne rentreraient qu'à dix-huit heures. Elle s'interrogea sur la cause de ce retour prématuré.

Au bout du quai, l'embarcation ballottée par l'écume blanche tanguait dangereusement malgré les amarres fixées aux taquets. Roberto profita d'un moment d'accalmie pour sauter sur le quai et attraper la main de Sylvia venue comme promis à sa rencontre.

La Paloma creusa un sillon argenté. Son moteur vomit une épaisse fumée noire alors qu'elle reprenait la mer en direction de son mouillage.

– *Adios!* cria Jose en s'éloignant de la rive. Je vous donne des nouvelles bientôt!

Ils le regardèrent s'éloigner. Roberto avait passé son bras autour des épaules de sa femme. Elle le sentit accablé malgré son sourire distrait. Elle lui demanda pourquoi ils rentraient plus tôt que prévu.

– Vous avez eu des ennuis, n'est-ce pas?

– En effet, nous avons subi quelques ennuis, rien de vraiment grave, cependant. *La Paloma* nous a joué de mauvais tours que tu n'aurais pas appréciés. Tu as pris une bonne décision en demeurant à terre ; la mer était agitée. Il y a sûrement du mauvais temps au large.

– Que s'est-il passé ?

– Je ne saurais t'expliquer vraiment. Le moteur fonctionnait mal. À un certain moment, il s'est arrêté complètement. *La Paloma* commence à montrer des signes de fatigue ; elle aura besoin de réparations majeures dans peu de temps. De toute façon, Jose se propose de faire une vérification complète du moteur à son retour de Veracruz.

– Jose va à Veracruz ? Il se passe quelque chose là-bas ?

Roberto hocha la tête en guise de réponse. Sylvia retint son souffle. Veracruz ! Son mari avait prononcé le nom de cette ville. Il y avait tellement longtemps qu'ils vivaient comme si Veracruz n'existait plus.

Roberto lui parut soudain différent. Quelque chose avait changé en lui depuis son départ. Elle insista pour qu'il réponde.

– Il ne se passe rien de grave. S'il te plaît, Sylvia, je préfère ne pas parler maintenant. Donne-moi une heure de repos. Après, ça ira mieux et nous en parlerons.

– Comme tu voudras, mon chéri !

Ayant déposé le panier de provisions sur la table, Roberto alla se jeter sur le lit. Laissée seule à elle-même, Sylvia prit place dans le fauteuil près de la fenêtre panoramique. Les pages inondées de réclames de son magazine n'arrivaient pas à dissiper l'impression malsaine qui empoisonnait ses pensées. À son retour, Roberto semblait préoccupé, absent, et maintenant, son sommeil agité trahissait l'angoisse qui l'habitait.

Que se passait-il à Veracruz ? Pourquoi avait-il retardé le moment d'en discuter ? Une image vint à son esprit, mais elle la chassa, préférant attendre le réveil de Roberto pour qu'il aborde le sujet lui-même.

* * *

La noirceur enveloppait la ville quand, enfin, Roberto ouvrit les yeux. Un filet de lumière éclairait la pièce. Sylvia avait laissé le soleil descendre sans s'en préoccuper, laissant la pénombre envahir la pièce sans prendre la peine d'allumer la lampe. Pas plus que lui, elle n'avait vu le temps passer. Ses pensées s'étaient envolées une fois encore vers Veracruz, vers ce jour d'août où elle était revenue pour confirmer la nature des sentiments qui perturbaient sa vie.

Roberto se leva. S'approchant de sa femme qui ne l'avait pas entendu venir, il fut surpris de la trouver dans le noir.

– Roberto, te voilà réveillé! Je ne m'étais pas rendu compte qu'il était si tard. J'ai dû somnoler moi aussi.

– À quoi pensais-tu?

À quoi elle pensait? Pouvait-elle partager avec lui le retour en arrière qui avait meublé sa journée? Ils avaient fait le pacte de ne plus parler de Veracruz. Pourquoi, aujourd'hui, les événements semblaient-ils tous converger dans le même sens? Devait-elle lui dire que, tout au long du jour, ses pensées l'avaient ramenée là-bas? Pouvait-elle lui rappeler ce jour qui avait été le début de leur vie commune, ce bonheur qui l'avait envahi quand, deux mois plus tard, elle avait accepté de l'épouser? Si elle évoquait ce souvenir, d'autres aussi ne demanderaient qu'à revivre. Entre autres, cette phrase qui lui était venue spontanément en apprenant la nouvelle.

– Il faut que je l'apprenne tout de suite à mes parents. Ma mère va être tellement heureuse, s'était-il écrié, fou de joie.

Sylvia jugea préférable de ne pas lui confier ses réflexions. Elle frissonna malgré la chaleur du soir et murmura pour elle-même :

– Maria Paola! Maria Paola Hernandez, pourquoi êtes-vous apparue dans ma vie?

Roberto alluma une lampe. Il semblait reposé, en pleine forme même. Sylvia lui en fit la remarque. Il aurait aimé en dire autant d'elle, mais l'air préoccupé de sa femme l'inquiéta.

– Tu sembles fatiguée. Qu'est-ce qui t'arrive?

Sylvia esquissa un petit sourire triste, étira ses membres engourdis et passa ses bras autour du cou de Roberto.

– Ce n'est pas la fatigue, c'est autre chose. Tu m'as manqué aujourd'hui, mon chéri.

– J'ai une idée! Sortons manger. Ça nous fera le plus grand bien à tous les deux de prendre le temps de bavarder tranquillement. Et, qui sait, peut-être que la *señora* Hernandez me fera l'honneur de danser avec moi?

– Ne m'appelle pas ainsi! Ne te l'ai-je pas assez répété?

– C'est pourtant ton nom. Est-ce si déplaisant pour toi de porter mon nom?

– Je préfère que tu m'appelles Sylvia!

– Alors, *querida*, Sylvia. On accepte?

Un large sourire illuminait le visage de Roberto et, sa magie opérant, Sylvia sourit à son tour. Elle accepta de sortir, elle avait besoin de s'amuser. Elle avait des fourmis dans les jambes, comme disait sa mère quand il y avait apparence de mauvais temps!

Il ne se passa pas une heure avant qu'ils se retrouvent attablés devant deux coupes de margarita givrées. Sylvia portait une robe d'un rose criard que lui avait offerte Roberto pour son anniversaire. Celui-ci ne put s'empêcher de la complimenter et de lui susurrer à l'oreille :

– *Querida, te amo! Te amo mas que todo.*

Combien de fois lui avait-il répété qu'il l'aimait plus que tout? Que dire encore? Qu'ajouter au silence complice, à la profondeur des regards, aux sourires émus?

Il lui tendit la main et l'entraîna jusqu'à la piste de danse. Après deux ou trois sambas et une danse langoureuse, ils en eurent assez et Roberto ramena sa compagne à leur table où leurs consommations les attendaient.

– Viens, dit-il. Viens t'asseoir. Je voudrais que nous parlions avant de retourner à la villa.

Elle avait attendu qu'il parle et maintenant, elle craignait ce qu'il avait à dire. Roberto faisait tournoyer la boisson dans son verre en cherchant une façon d'aborder le sujet. Sylvia attendait, silencieuse.

Il commença par avouer qu'elle avait deviné juste en affirmant que Jose et lui auraient à discuter, puis raconta que, comme prévu, ils étaient allés directement à El Carrafon. Il ajouta qu'il n'avait pas vu Pepe qui était déjà parti sur *La Maria Blanca*.

– Son fils l'attend d'ici quatre ou cinq jours, ajouta-t-il, songeur. Quand on connaît Pepe qui n'a jamais appris à compter les jours, aussi bien dire qu'il oubliera de rentrer tant que les prises seront bonnes.

– Quel genre de bateau est *La Maria Blanca*?

– *La Maria Blanca*, c'est la sœur jumelle de *La Paloma*, mais avec dix ans de plus. Elle en a vu, des gros nuages noirs et des coups de vent dans ses voiles rapiécées, *La Maria Blanca*!

Inconsciemment, Roberto avait parlé de nuages et de vent. Avec Jose, il avait été question de cet ouragan en formation quelque part au large. Les images subitement apparues dans son esprit n'avaient encore rien de fondé, alors pourquoi était-il inquiet pour Pepe?

Roberto tournait toujours son verre vide. Il le scrutait à la manière des diseuses de bonne aventure, quand Sylvia le ramena à la réalité.

– Lorsque vous avez su que Pepe était absent, qu'avez-vous fait?

– Nous avons poussé une pointe jusqu'à l'autre bout de l'île. C'était bon de naviguer avec Jose. Ça me rappelait le temps où nous travaillions sur le bateau de papa. Nous avons même reconnu un chalutier cubain qui était ancré à quelques kilomètres au large.

Sylvia l'écoutait raconter. Comme lui, elle avait imaginé Pepe, loin au large, puis le chalutier cubain ancré au bout de l'île. Mais elle attendait toujours que Roberto aborde le vrai sujet, celui dont elle ne voulait plus entendre parler.

– Je t'ai dit que Jose partait ce soir pour Veracruz? C'est à cause de mama, dit brusquement Roberto comme quelqu'un qui se jette à l'eau. Elle a écrit à Jose. Elle n'est pas bien et elle s'ennuie… Elle s'est informée de moi, en fait, de nous deux.

Le visage de Sylvia s'était refermé. Il fallait bien qu'un jour le fantôme réapparaisse.

– Maria Paola Hernandez aurait donc retrouvé son instinct maternel!

Sylvia n'avait pas voulu être méchante, mais ses paroles avaient touché Roberto droit au cœur. Elle le sentit et s'excusa.

– J'avais promis de ne plus revenir là-dessus. Ce qui arrive est tellement étrange. Aujourd'hui, j'ai eu une sorte de pressentiment, comme si le passé allait rejaillir tout à coup.

– Le passé est le passé. Tu sais que mon choix est fait pour toujours. C'est toi que j'aime et c'est avec toi que je passerai ma vie. Mais cela n'empêche pas que, parfois, j'aimerais retourner à la maison de mes parents. Te souviens-tu de cette belle grande maison? Nous y avons tout de même vécu des moments de bonheur.

– En effet, je me souviens de notre chambre sous le toit. J'y ai de beaux souvenirs. Pour ce qui est du reste de la maison, on y respirait un air inconfortable, empreint d'une fausse noblesse acquise aux dépens de quoi, au juste?

Sylvia était amère. Tant de choses restaient embrouillées, tant de choses restaient encore à dire. Roberto se souvenait du jour où il avait présenté Sylvia à sa mère avec la conviction qu'elles deviendraient vite de bonnes amies. Pour lui, il allait de soi que sa fiancée retrouve une famille après avoir laissé la sienne pour le rejoindre, mais la vie en avait décidé autrement.

– Ta mère fraîchement établie dans le monde des snobs n'avait rien à faire d'une petite Canadienne au sein de sa famille, dit Sylvia.

– Ne la juge pas aussi sévèrement. Mama avait économisé peso par peso pour payer ce que tu qualifies de demeure empreinte de fausse noblesse.

– Mais ton père, dans tout ça, ton pauvre père! As-tu pensé aux heures supplémentaires qu'il a dû faire pour que madame assouvisse son besoin de notoriété? Tu n'as jamais été dupe, Roberto. Ses petites manigances pour se procurer ce dont elle avait envie, tu les as vues. Elle était obsédée par le désir de se hisser jusqu'à la classe supérieure, d'y parvenir coûte que coûte, pourvu que la façade soit sauve.

– Sylvia! Il y a du venin dans tes paroles. Jamais je n'aurais cru que tu la détestais à ce point. Nous en sommes venus à ne même plus prononcer son nom.

Sylvia regarda autour d'elle. Roberto avait suffisamment élevé la voix pour attirer l'attention de leurs voisins de table. Baissant le ton, elle voulut aller plus loin.

– Dis-moi, pourquoi ta mère s'informe-t-elle de nous?

– Depuis notre départ et celui de Jose, la maison est vide. Ma mère supporte mal la solitude dans laquelle nos départs l'ont plongée. Il lui restait son cercle d'amis, mais les amis, c'est comme tout le reste, quand on n'a plus rien à leur offrir, ils s'en vont.

– Que veux-tu dire?

– Les choses vont de mal en pis, là-bas. Mon père se fait vieux et son commerce devient trop lourd pour lui; il soupçonne que ses employés l'exploitent sans qu'il puisse le prouver. Si les choses ne changent pas rapidement, il risque de tout perdre.

Sylvia ne dit rien. Elle se contenta de penser que sans l'intervention de leur mère, Jose et Roberto auraient été les bras droits de leur père. De son côté, Roberto attribuait la situation au malentendu qui s'était installé entre sa mère et sa femme.

– Si vous aviez pu vous entendre, la vie aurait été tout autre.

– Est-ce un reproche, Roberto?

– Ce n'est pas un reproche, c'est seulement une constatation. Je n'attribue la responsabilité ni à l'une ni à l'autre. C'est comme ça, voilà tout. Pourtant, quand elle et toi êtes parties ensemble pour acheter notre trousseau de mariage, j'ai cru que des liens allaient se former entre vous deux. Mais plutôt que de lui être reconnaissante, tu es repartie au Canada.

Sylvia se leva de sa chaise comme si un éclair avait transpercé ses entrailles. Elle saisit son sac à main et dit à Roberto :

– Viens, partons! Pourquoi se faire souffrir inutilement? Je suis fatiguée et je ne veux plus entendre parler de cela, ce soir. As-tu pris conscience que c'est la première fois que nous nous parlons sur ce ton? C'est aussi la première fois que nous discutons à son sujet depuis des années.

Sylvia avait raison. Depuis qu'ils vivaient à Cancun, rien n'avait fait entrave à leur bonheur, sauf ces moments de tristesse subite. Avaient-ils une relation avec ce sujet qui faisait découvrir à Roberto une Sylvia agressive, amère?

Un coup de vent les accueillit à leur sortie du restaurant. Sylvia s'offrit à son souffle puissant, le supplia d'emporter ses pensées. Mais sur le chemin du retour, une image revenait constamment à son esprit, le visage d'une dame aux cheveux noirs, toujours parfaitement placés en chignon.

Une main sur le volant, Roberto ne disait rien, pensant lui aussi à cette femme qu'il percevait d'une façon différente. Au fond de lui-même, une interrogation restait sans réponse : que s'était-il réellement passé pour que sa mère change tellement avec les années? Ses souvenirs d'enfant étaient remplis d'images complètement opposées à celles évoquées par Sylvia. Sur *La Paloma*, Jose et lui avaient pris plaisir à se remémorer le temps où ils habitaient la maison que la cuisine mexicaine embaumait, le temps où leur père exploitait un commerce à peine suffisant pour procurer le nécessaire à sa famille. Et voilà qu'un jour, à cause d'un contrat inespéré, à cause de quelques pesos supplémentaires, sa mère avait décidé qu'elle en avait assez de sa vie misérable. Un jour, elle avait décidé qu'elle vivrait dans une grande villa et que ses deux garçons fréquenteraient l'école des riches.

À partir de ce jour-là, la vie n'avait plus jamais été la même pour Roberto et Jose. Il n'y avait plus eu de temps pour s'amuser avec les enfants du voisinage, plus de temps pour flâner au bord de la mer. Chaque heure devait rapporter. Le plus grave était que leur mama n'existait plus pour eux ; elle était tellement occupée, la mama.

Pendant leur excursion de l'après-midi, Jose avait dit à Roberto :

– Mama n'a plus le goût de vivre. Dans sa dernière lettre, elle m'avouait que son plus grand bonheur serait de nous revoir, tous les trois ensemble, ne serait-ce qu'une heure.

Roberto avait d'abord été surpris, puis il avait douté de la sincérité de ce désir.

– Si nous lui manquons à ce point, pourquoi passe-t-elle par ton intermédiaire pour nous le faire savoir ?

– À mon avis, sa crainte d'un refus de ta part dicte sa conduite, avait présumé Jose. Tant que mama adresse sa requête par mon entremise, elle conserve l'illusion que son message ne t'est pas parvenu. Tu devrais revoir tes positions, Roberto.

Dans le temps, une foule d'événements encore obscurs avaient rendu difficile la cohabitation de sa femme et de sa mère. Si Roberto n'avait pas accepté de venir vivre à Cancun, Sylvia n'aurait pu tenir le coup plus longtemps. Le seul moyen de sauver leur union avait été de partir. Il avait eu raison d'agir de la sorte pour ne pas perdre celle qu'il aimait. Puis, quelques mois plus tard, Jose était parti à son tour sans toutefois avoir les mêmes raisons de quitter la maison. Il n'y avait encore aucune femme dans sa vie.

Après discussion, les deux frères en étaient venus à la conclusion que, tant qu'une femme ne risquait pas de lui prendre ses fils, Maria Paola ne s'opposait pas à leur liberté. Cependant, Roberto continuait de s'interroger. Pourquoi, pendant la période où elles vivaient sous le même toit, Sylvia et sa mère ne s'étaient-elles presque jamais adressé la parole ?

Roberto était demeuré songeur tout le reste du voyage à bord de *La Paloma*. Lorsque Jose l'avait ramené au quai, il avait pris la décision de parler à Sylvia. Mais au restaurant, leur discussion avait été difficile. Et maintenant, sur le chemin du retour, il constatait que le sujet à peine abordé avait rendu sa femme triste.

Boulevard Kukulcan, un panneau d'affichage détaché de son support vola au-dessus de leur véhicule.

– Quel coup de vent ! dit Roberto, heureux que cet incident lui permette de briser le silence accablant.

* * *

La petite voiture américaine roula dans l'allée et s'arrêta à côté de la villa. Quand Sylvia et Roberto en descendirent, l'heure d'aller au lit était venue. Sylvia s'attarda tout de même sur le balcon. Elle écouta le bruit des vagues qui témoignaient de la présence de cette immensité, à quelques mètres à peine.

16

C'ÉTAIT le lundi matin. Carmen était arrivée à l'heure prévue. Des touristes avaient aussitôt envahi son bureau et la jeune représentante semblait embarrassée par des questions pour lesquelles elle n'avait pas de réponse dans l'immédiat.

Sophie, descendue seule pour le petit-déjeuner, s'expliquait mal l'excitation des touristes qui discutaient entre eux. Elle reconnut les quatre Québécois que Pierre Amyot lui avait présentés le jour précédent. Michel parlait plus fort que les autres.

– En tout cas, n'oubliez pas que l'agence est responsable de notre sécurité ! J'ai acheté un forfait qui précisait qu'ici des gens étaient mandatés pour s'occuper de nous en cas de besoin. Alors, faites votre travail !

La violence du ton de Michel avait surpris Carmen. Consciente de n'avoir pu le rassurer, elle l'avait regardé sortir avant de ramasser les feuillets qu'il avait fait glisser sur le plancher.

Sophie s'était tenue à distance. Elle exécrait ce genre de manifestation où on se heurte, où on est incapable de discuter calmement. Les cris éveillaient en elle une sorte d'inconfort.

Carmen allait ramasser son porte-documents quand son regard croisa celui de Sophie. Elle lui sourit et haussa les épaules en signe d'impuissance. Sophie lui rendit son sourire et pénétra dans la salle à manger où, près de la grande vitrine panoramique, Pierre Amyot flânait devant un café au lait tout en gribouillant des notes dans son carnet de voyage. Quand il aperçut Sophie près de sa table, il fut surpris de constater l'absence de François.

– Eh oui! Je suis toute seule! François descendra plus tard, dit-elle sur un ton à peine résigné.

– Ce grand gaillard serait-il malade, par hasard?

– Ce n'est pas par hasard! Il a abusé de la fiesta mexicaine et, comme il a un petit estomac fragile, mon François fait la grasse matinée.

Un petit air moqueur habitait le visage de Sophie pendant qu'elle racontait les malheurs de François.

– Il a si peu dormi que, lorsque j'ai vu qu'il se reposait enfin, je lui ai laissé un mot et je suis descendue.

Pierre, un tantinet amusé, l'écoutait sans s'inquiéter, car son expérience lui avait appris que ces désagréments perturbaient souvent un voyage.

– Avec du repos et un peu de temps, il finira par s'en remettre. Il y a mieux à faire en voyage que de couver la *turista*.

Sophie commanda son petit-déjeuner en signifiant au serveur de lui apporter la même chose qu'il venait de déposer sur la table voisine. Quand celui-ci repartit, elle regarda par la fenêtre et vit la voiture de Pierre dans le stationnement de l'hôtel. Comme elle le questionnait sur ses projets de la journée, Pierre sembla hésiter à répondre.

– Je crains que nous ayons à modifier nos plans de vacances. Je pourrais fort bien m'être trompé en affirmant que le temps se maintenait au beau à Cancun. Vous devez déjà être au courant si vous avez regardé la télévision. Sophie évoqua mille raisons qui les avaient empêchés de regarder la télévision. Elle rougit légèrement en disant que de toute façon, elle ne comprenait pas l'espagnol.

Ce que Pierre et les autres avaient vu aux nouvelles de fin de soirée ne nécessitait aucune explication. L'ouragan *Gilbert* ne semblait pas régresser, au contraire, il s'intensifiait d'heure en heure. Les dommages étaient élevés, mais le plus dramatique était qu'on avait déjà dénombré plusieurs pertes de vie.

Soudainement inquiète, Sophie s'imagina que cet ouragan était près de Cancun, que leur voyage était menacé. Pierre la rassura.

– Nous n'avons rien à craindre pour le moment. Le moins qu'on puisse dire, c'est que *Gilbert* est suffisamment près pour nous apporter quelques jours de pluie. On ne sait jamais avec les ouragans. Même les météorologistes ne peuvent prévoir tous les mouvements des courants de basse pression.

– J'ai des fourmis dans l'estomac. Un simple orage me fout la trouille, imaginez un ouragan !

– Voilà que j'ai réussi à vous inquiéter. Ne pensez plus à ça. En vacances, les ouragans passent toujours ailleurs et un peu de pluie n'a jamais fait mourir personne. En cas de danger, il y a ici des gens responsables de notre sécurité qui nous préviendront le moment venu. Oublions *Gilbert*, il fait encore très beau aujourd'hui.

Tout devenait clair dans l'esprit de Sophie. Tout à l'heure, au bureau de Carmen, tout ce monde ! Bien sûr que c'était à cause de ça ! Les gens désiraient être rassurés. Elle scruta le ciel comme si celui-ci pouvait lui révéler ses intentions. Ce serait tout de même une belle journée, surtout si François lui faisait la surprise d'être sur pied quand elle remonterait.

À la table voisine, un couple parlait à voix basse en regardant de leur côté. Sophie, qui devinait le sujet de leur conversation, les observait discrètement. Elle s'approcha de Pierre et lui confia avec un petit sourire en coin :

– Regardez ! Nous passons pour un couple ; vous savez, le genre de couple qui fait jaser. Les gens aiment se délecter de ragots qu'ils inventent.

Le cœur de Pierre se gonfla. Il se souvenait avoir souvent vécu ce genre de situation quand il sortait avec Jane. Il était habitué aux remarques sur leur différence d'âge. La joie profonde qu'éprouvait Pierre à revivre un moment semblable, il la devait à cette gentille fille qui lui rappelait sa femme.

– J'espère que cela ne vous ennuie pas ? dit-il.

– Pas du tout, cela m'amuse. Maintenant que nous en avons le temps, j'aimerais que vous me parliez encore de Jane. C'est à elle que vous pensez, n'est-ce pas ?

Pierre déposa sa tasse vide. Son visage était différent, il avait l'âge de son bonheur passé. Il posa un regard plein de gratitude sur Sophie. Rien au monde n'aurait su le rendre plus heureux. Parler de Jane ouvrait la porte à un torrent d'images qui ne demandaient qu'à revivre.

– Elle était plus jeune que vous, n'est-ce pas ?

– En effet, Jane était plus jeune que moi, mais pas tant que ça après tout, à peine neuf ans. Ce qui faisait croire à notre différence d'âge était son allure de femme-enfant. Jane était de celles qui ne vieillissent pas. Vous comprenez ?

– D'où lui venait son prénom à consonance anglaise ?

– Ses parents étaient originaires du Vermont. C'est d'ailleurs là que je l'ai rencontrée pour la première fois. J'étais en vacances chez mon ami Gordon. Ses parents possédaient encore leur maison d'été sur le bord du lac Champlain, à ce moment-là. De son côté, Jane était justement l'invitée de la sœur de Gordon. On pourrait croire à une coïncidence, mais il n'y a pas de coïncidence, il n'y a que le destin, ma petite. Le destin!

Tout s'était passé de façon étrange, à une époque où Pierre ne croyait pas tellement à ce sentiment qu'on appelle l'amour. Il avançait en âge et avait envisagé de profiter des avantages de sa vie de célibataire. Comme il voyageait beaucoup en plus d'être un adepte de la voile, du ski et d'une foule d'autres sports, sa vie semblait toute tracée. Cependant, l'avenir en avait décidé autrement. Dès leur première rencontre, ce petit bout de femme lui avait plu. Au début, il avait résisté; l'amour impose des contraintes et brime la liberté de ceux qui se laissent toucher par ses flèches, pensait-il. Mais moins de six mois plus tard, Jane et Pierre étaient devenus un couple; un couple de voyageurs inconditionnels.

– Jane ne m'a pas donné d'enfant. Je ne sais pas si je dois le regretter… Peut-être qu'aujourd'hui ma vie serait différente si j'avais quelqu'un avec qui parler d'elle; mais dans le temps, les enfants ne m'ont pas manqué parce qu'elle était toute ma raison de vivre. Jane s'est vite résignée en se disant que si les petits ne venaient pas, c'était probablement mieux ainsi.

– Vous avez dû être un homme heureux.

– Qu'est-ce qui vous porte à croire que j'ai été un homme heureux?

– L'importance que vous accordez à votre pèlerinage.

– Oui, nous avons été heureux. Notre vie était à peu près semblable à celle de beaucoup d'autres. Elle a été faite de bons et de mauvais moments; mais quand l'être qu'on aime s'en va, les moments difficiles s'effacent et il ne reste que les souvenirs heureux, ceux qui creusent davantage le vide de l'absence.

– Ça vous fait mal d'en parler?

– Au contraire! C'est la crainte d'ennuyer les gens qui m'empêche d'en parler, de me libérer de ce nœud qui m'étouffe. Vous savez, personne n'aime vivre avec les fantômes. La mort des autres fait penser à sa propre mort et on préfère agir comme si les disparus n'avaient jamais existé. Mais vous, Sophie, vous êtes différente. Je me demande même si vous n'avez pas été mise sur ma route pour me redonner le goût de vivre. Croyez-en mon expérience, les personnes capables d'écouter ne courent pas les rues.

Sophie ne s'attendait pas à un tel compliment. Pour elle, il était naturel de s'intéresser à ce que les gens vivent.

– Je peux vous poser une question? dit-elle, forte de l'appréciation de Pierre. Comment Jane est-elle partie?

Pierre ne répondit pas tout de suite. Encore une fois, Sophie se sentit mal à l'aise. Elle avait dépassé les barrières qu'impose naturellement une amitié naissante.

– Excusez-moi. Je n'aurais pas dû!

Pierre n'entendit pas ses excuses.

– Jane n'est pas partie! Elle est morte, mais elle n'est pas partie. Elle me l'a dit. Vous allez penser que je divague, que c'est impossible, mais attendez que je vous raconte la suite.

Sophie repoussa son assiette. Les tranches de melon rose et de mangue fraîche avaient perdu tout attrait depuis que Pierre se racontait.

– C'étaient les premiers beaux jours d'avril, commença-t-il par dire. Les dernières traces de neige venaient tout juste de disparaître. Jane avait enfilé un costume de jogging. Je savais qu'elle avait la bougeotte, car le soleil du printemps lui donnait toujours cette énergie. Elle m'a dit comme ça : «Tu viens avec moi faire une randonnée à bicyclette? Il fait aussi chaud qu'en plein mois de juin!» Je lui ai répondu que je préférais ramasser les feuilles autour de la maison. Alors, je l'ai laissée partir seule. Je m'étais appuyé sur mon râteau pour l'admirer. De dos, on l'aurait confondue avec une jeune fille; ses cheveux roux attachés en queue de cheval volaient au vent. J'aimais ses cheveux aux reflets de flammes. Je ramassais les feuilles quand un lourd fardier qui roulait à toute allure passa devant la maison. Le déplacement d'air qui s'est produit quand il est arrivé à ma hauteur a dispersé toutes les feuilles que j'avais mises en tas sur le bord de la route. Je lui ai crié : «Tu ne peux pas faire attention?»

Faire attention!

Pierre se tut et Sophie aussi, ayant deviné la suite. Faire attention, avait dit Pierre en levant la main dans les airs comme s'il avait l'intention de frapper un être invisible.

– Quand je suis arrivé sur les lieux, continua-t-il, la police y était déjà et plusieurs personnes aussi, mais ma Jane n'y était plus. Par terre, il n'y avait plus qu'un petit être emmailloté dans une couverture de laine. Le rouge de sa chevelure était encore plus rouge. Un court instant, elle a ouvert les yeux et m'a souri. Ensuite, elle les a fermés et je l'ai entendue me dire : «Ne pleure pas! Je ne pars pas, je reste avec toi!» Puis elle…

Pierre toussa sourdement, l'émotion déchirait sa gorge. Si peu de temps s'était écoulé, si douloureuse était encore la plaie! À haute voix, il tenta une fois encore de se persuader qu'elle était toujours avec lui.

– Je suis sûr que Jane n'est pas vraiment partie. Elle me l'a dit.

– Allons, Pierre! Vous savez bien que ceux qui s'en vont...

Il plaça son doigt sur sa bouche pour imposer le silence à Sophie, pour lui signifier que certaines choses ne devaient pas être dites, parce qu'elles risquaient de n'être pas comprises.

– Allez! Videz votre assiette, et montez auprès de cet heureux homme. Soignez-le pour qu'il reprenne vite du poil de la bête, dit-il sur un ton qui indiquait que le temps était venu de passer à autre chose. Mon histoire n'avait rien pour égayer votre déjeuner, mais si vous saviez combien je vous suis reconnaissant de me laisser parler ainsi avec vous.

– Vous êtes gentil. J'aimerais vous dire...

– Non. Allez, oust! Partez, maintenant, je vous ai suffisamment ennuyée. Vous n'avez plus rien à faire ici pour le moment. Qui sait, nous aurons peut-être le temps de faire une autre tournée aujourd'hui.

Sophie prit congé de Pierre. Alors, celui-ci, continuant de la suivre du regard, murmura :

– Tu vois, Jane, si nous avions eu une fille, je suis certain qu'elle aurait ressemblé à cette petite. Es-tu de mon avis?

La jeune femme voulait ignorer le regard de Pierre qu'elle sentait posé sur elle. Sans se retourner, elle marcha en direction du bureau de Carmen et, après avoir pris connaissance des directives affichées au tableau, elle grimpa deux à deux les marches de l'escalier. Elle s'arrêta devant la porte pour reprendre son souffle. Un craquement de pentures accompagna le courant d'air froid qui la surprit en ouvrant. Elle avançait sur la pointe des pieds, sans bruit, quand la voix de François la fit sursauter.

– Je me demandais où tu étais passée. Je viens tout juste de lire ton message. J'ai du mal à décoller ma pauvre tête de cet oreiller. J'ai l'impression d'être une vieille chose qui ne pourra plus jamais rien avaler. Tu as bien fait de ne pas m'attendre.

Sophie s'assit sur le bord du lit et replaça les oreillers, puis elle posa sa tête sur la poitrine nue de François, la faisant disparaître sous son abondante chevelure. En entendant les battements de son cœur, elle se rendit compte tout à coup à quel point c'était beau la vie.

– Je t'aime tellement, mon grand malade adoré !

François caressa le dos de Sophie et, ramassant ses cheveux en toque, releva sa tête jusqu'à ses lèvres, jusqu'à son visage trop pâle.

– Pauvre chéri ! murmura-t-elle entre deux baisers. Il faut que tu reprennes ta forme.

– Ça m'apprendra à abuser des bonnes choses. Si nous gâchons une journée par ma faute, je ne me le pardonnerai pas.

– Ne dis pas de sottises. Pourquoi te blâmer ? Ces choses-là arrivent. C'était tout de même une soirée du tonnerre ! On s'est amusés comme des fous. Les gens qui étaient à notre table avaient le diable au corps. J'espère qu'on les reverra, mais pas ce soir. Aujourd'hui, nous restons tranquillement à la plage. J'ai vu Pierre à la salle à manger. Il a été vague au sujet de ses projets pour la journée. Il donnera probablement des nouvelles plus tard.

Sophie se leva et marcha dans la chambre. Son attention était déjà ailleurs. Elle pensait aux événements survenus au bureau de Carmen. Le comportement de ces touristes lui avait paru étrange jusqu'à ce qu'elle en parle avec Pierre.

– Est-ce que tu étais au courant qu'un ouragan était quelque part au large, demanda Sophie, en se dirigeant vers la porte-fenêtre. Ça semblait inquiéter des gens ; Michel s'est même donné en spectacle.

– C'était donc ça, les images de tempête de l'autre soir ! J'étais à cent lieues de penser que ça pouvait nous concerner.

– Ça ne nous concerne pas encore, mais il y a des rumeurs dans l'hôtel et comme les rumeurs se propagent et se déforment, les gens s'inquiètent. J'ai fait un saut au bureau de l'agence pour obtenir des renseignements. Il n'y avait qu'une simple note au tableau disant de surveiller les informations à venir.

– Est-ce vraiment sérieux, cette histoire-là ? Qu'en pensait Pierre ?

– Pierre ne niait pas l'éventualité de quelques heures de mauvais temps. D'ailleurs, la température est bizarre aujourd'hui. La chaleur est écrasante.

Cette discussion ramena François loin en arrière, à sa toute jeune enfance. Il se souvenait avoir vécu une tornade. La sensation de frayeur éprouvée durant ces quelques minutes d'horreur était toujours présente malgré les années. Il n'écoutait plus Sophie, il revoyait le teint pâle de sa mère, il entendait les cris de son père et de son frère qui retenaient la porte à force de bras. Il se souvenait aussi de son premier regard sur le paysage, effroyablement différent parce qu'il y manquait la grange du voisin et le grand bouleau, couché à présent sur les ruches des abeilles affolées.

– Pierre dit que dans le meilleur des cas, il faut s'attendre à de la pluie. Vois-tu ça? Un voyage de noces qui tombe à l'eau à cause d'un ouragan! Je suis inquiète, François.

François fit taire ses souvenirs et en oublia sa *turista*. Sophie ne devait pas s'inquiéter tant qu'il serait à ses côtés. Le ton qu'il employa lui sembla plus autoritaire que rassurant.

– Je n'ai pas l'intention de me faire du mauvais sang avant le temps ni de gâcher nos vacances à cause de rumeurs. Si un danger nous menace, quelqu'un s'occupera de nous le faire savoir.

Les propos de François avaient obtenu un certain effet. La température n'inquiétait plus Sophie, bien que son regard fixât toujours les vagues roulant sur la plage. Ses pensées s'étaient tournées vers Pierre, cet homme pour qui elle se tourmentait. L'expression du visage du quinquagénaire lui racontant la mort de sa femme la troublait encore. François comprendrait-il si elle lui faisait part de leur conversation? Peut-être que oui, après tout, mais avait-elle envie d'en discuter avec lui?

Sur la terrasse, juste sous le balcon, un cri attira son attention. Une touriste retenant les cordons de son bikini d'une main et son livre de l'autre courait derrière un objet qui roulait à cet endroit. Son chapeau de paille au ruban de soie rouge se retrouva dans la piscine. Sophie sourit et scruta le ciel. Tout semblait normal. Des nuages se bousculaient, s'entassaient un moment, puis se dissipaient l'instant d'après. Dans ses pensées apparurent soudain de gros nuages noirs et menaçants comme l'enfer. De son lit, François l'observait. Lui aussi comptait les nuages en se convainquant qu'il n'y avait vraiment pas de quoi faire un ouragan avec ça.

Sophie revint auprès de son mari et lui annonça qu'elle irait courir pendant qu'il se reposait. Elle n'attendit pas son approbation pour changer de vêtements et se préparer à sortir.

En quittant la chambre, elle descendit sans remarquer le message gribouillé à la hâte par Pierre pour expliquer son intention d'aller faire un tour en attendant que François aille mieux.

Dans le hall d'entrée de l'hôtel, comme devant le bureau de Carmen, tout était redevenu normal. Sophie se dirigea vers la sortie au moment où une voiture grise quittait l'allée et se dirigeait du côté de la zone hôtelière. S'arrêtant pour l'observer, elle reconnut Pierre qui portait un chapeau de paille orné d'un ruban noir. Il partait sans préciser ses intentions, croyait-elle. Elle haussa les épaules, replaça son bandeau autour de son front et se dit qu'après tout, cet homme-là n'avait pas de comptes à leur rendre.

Elle partit dans la direction opposée. Tout semblait normal sous le ciel de Cancun. Pourtant, un malaise planait comme si quelque chose de maléfique s'apprêtait à se produire au paradis.

17

Pɪᴇʀʀᴇ roula parmi les taxis, les autobus et les quelques rares voitures de particuliers. Entre deux complexes hôteliers aux dimensions phénoménales, il cherchait un coin de plage désert, un vestige du temps où existaient encore des kilomètres de plages de sable vierges, battues par une mer inlassable.

Il prenait conscience que les hommes et leur besoin de construire avaient enfoui ses souvenirs sous des tonnes de ciment.

– Ma chère Jane, dit-il à haute voix. Ne crains rien, tous les bâtiments du monde ne les chasseront jamais de ma mémoire. Nos souvenirs y sont gravés pour toujours !

Il immobilisa sa voiture là où la lagune se faisait géante, du côté de cette masse d'eau qui avait fini par épouser la cause d'un vent instigateur de rébellion.

Y avait-il cent pas entre mer et lagune, cent ou deux cents pas entre mer et continent, cette année-là ? Qui sait ? Qui s'en souvient ? Qui voulait s'en souvenir, en regardant les châteaux dressés pour défier vents et marées ?

En 1975, sur ces plages presque désertes, il y avait eu Jane O'Connor et Pierre Amyot criant plus haut que le bruit des vagues, faisant le serment de s'acharner à être heureux, heure après heure, jour après jour. En 1975 et les autres années qui avaient marqué le calendrier, ils étaient revenus faire le même serment face à la mer, toujours si belle, si fière et si turquoise.

La visage entre les mains, Pierre fixait la mer, seulement la mer, niant l'existence d'autres réalités. Il avança vers elle, attiré par une force mystérieuse, par le choc de la masse éclaboussante qui se transformait en appel pressant.

Les minutes passèrent ainsi que les heures. Assis sur le sable, Pierre fixait toujours la mer. Il était calme, trop calme, réfugié dans un état d'engourdissement qui défiait toute peine. Son visage sans expression ignorait les perles d'eau salée glissant sur ses joues creuses.

Un dialogue s'amorça sans que ses lèvres bougent.

– Pierre, à quoi penses-tu?

– À quoi puis-je penser? À qui?

– Pierre, ne sois pas triste. Ne t'ai-je pas assuré de ma présence auprès de toi où que tu sois, quoi que tu fasses?

Lentement, l'homme se leva. Il avait dix ans de plus.

– Jane, ne te joue pas de moi. Ne te sers pas du souffle du vent dans les ronces pour me faire croire que tu ne m'as pas abandonné. Je sais, Jane O'Connor, je sais qu'à présent il me faut vivre seul avec nos souvenirs.

Tendant son visage aux gifles du vent, les yeux tournés vers le ciel, vers le nuage noir qui dessinait une grande tache sur la mer turquoise, il n'entendait plus le vent ni la voix. Pierre se détacha lentement de l'état second qui l'avait aspiré.

Derrière lui, entre mer et lagune, la vie suivait son cours. Maintenant qu'il en était conscient, il se décida à traverser l'espace sablonneux. Il marcha jusqu'à sa voiture qui l'attendait du côté de la lagune.

* * *

De nouveau au volant de sa voiture, sans se soucier du temps qui passait, il roula comme un automate jusqu'à ce qu'une affiche annonce : Coba, trente-cinq kilomètres.

Coba et ses ruines, Pierre et ses souvenirs, voilà deux belles paires d'amis! Et pourquoi pas Coba, pensa-t-il en se persuadant que son absence n'aurait aucun impact auprès de ses jeunes amis puisqu'il leur avait laissé un message. De toute façon, il avait déjà discuté avec Sophie au déjeuner et, envahi par trop de souvenirs, il aurait été un piètre compagnon.

La voiture grise suivit le couloir étroit, qui s'enfonçait dans un paysage verdoyant. Sur cette route droite et sans surprise, une végétation luxuriante abritait une vie insoupçonnée. Sur une haute branche dégarnie, un singe-araignée s'ingéniait à faire des acrobaties; sur le pavé, des dépouilles de tarentules géantes gisaient, écrasées. De temps à autre, sorties d'on ne sait où, des femmes sans âge marchaient d'un pas ondulant en bordure de la route. Les épaules droites, la tête immobile, elles y portaient avec grâce cruches ou paniers. Un rayon de soleil éclairait les pommettes saillantes de ces femmes précédées d'enfants aux vêtements colorés qui frappaient le sol pour chasser les bestioles enfouies sous les feuilles mortes.

Indifférent à tout et à tous, Pierre roula sous un ciel de feu. Rien ne le pressait; il ne comptait pas les heures parce que la solitude n'a pas d'horaire; la solitude ne se préoccupe pas du temps qui passe; elle reste accrochée au temps passé, aux souvenirs.

– Jane, te souviens-tu de cette route interminable? Tu disais que nous allions au bout du monde par cette route. Et je te répondais que l'important était d'être avec toi pour y aller! Aujourd'hui, cette route s'en va vraiment au bout du monde, car je suis seul ! Je suis tout seul et j'ai tellement peur de la vie…

Il gara sa voiture à un endroit où la chaussée était assez large pour libérer la route. S'effondrant sur son volant, il continua de s'adresser à sa femme absente.

Combien de temps allait-il vivre ainsi ? Combien de temps encore avant que son sang coule de nouveau dans ses veines ?

– J'étouffe, Jane ! Je veux mourir !

Des larmes inondèrent son visage défait. Dans ses oreilles, un bourdonnement sourd épousait le rythme de son cœur meurtri. Il lui semblait que sa tête allait éclater. La chaleur l'accablant, il lui était devenu impossible de réagir ; il ne pouvait que subir un autre de ces moments de détresse qui l'anéantissaient sans crier gare, un goût amer se fixant au fond de sa gorge et le laissant à demi-mort pour un moment.

Quand il finit par entendre la voix de la raison qui lui disait de se méfier de ce qui guette quiconque s'abandonne au désespoir, il descendit de la voiture et marcha jusqu'à ce que la poussière du sol blanchisse ses souliers, jusqu'à ce qu'il prenne conscience qu'il s'était aventuré trop loin de sa voiture dont les portières n'étaient pas verrouillées. Alors, il revint sur ses pas.

Il fut surpris d'apercevoir devant lui une personne marchant à côté de sa bicyclette, à des kilomètres de la civilisation.

Intrigué et inquiet, Pierre s'arrêta. Il posa ses lunettes devant ses yeux bouffis. Une image lui apparut clairement.

18

Comme elle savait Catherine au boulot depuis une petite heure et qu'elle avait envie d'aller s'expliquer avec elle, Sylvia avait laissé Roberto ouvrir la boutique.

Catherine, qui avait le pressentiment que son amie passerait ce matin-là, fut particulièrement heureuse de l'accueillir. Venant vers elle, elle s'informa aussitôt si sa journée de congé avait été agréable, mais Sylvia préféra sourire plutôt que de formuler une réponse toute faite.

– Tu as déjà eu meilleure mine, ma Sylvie. Que se passe-t-il donc?

Sylvia, qui éprouvait toujours une certaine joie à entendre Catherine l'appeler Sylvie, se promenait du comptoir à la vitrine pour éviter son regard. En fait, que pourrait-elle lui dire? Il n'y avait dans son esprit que des choses pas très gaies qu'elle ferait mieux d'oublier. Mais Catherine n'allait pas lâcher aussi facilement. Elle poussa plus loin son investigation amicale.

– L'excursion à Isla Mujeres s'est bien passée?

– Je suis restée à terre. C'est difficile pour moi d'être à l'aise en mer. J'ai laissé Roberto y aller seul avec Jose.

– Encore ta crainte de la mer! Il faudra te faire violence, sinon tu passeras ta vie près de l'eau sans jamais en profiter, et beaucoup d'autres dimanches à ruminer des pensées pas très gaies, à ce que je vois.

Difficiles à cacher, les états d'âme qui éteignent le regard, qui rident le front. Catherine se tenait devant Sylvia. Cette fois, elle était prête à l'écouter.

– Tu as le mal du pays, toi aussi, n'est-ce pas?

– Le mal du pays? Je ne connais pas ce mal-là.

– Alors, qu'est-ce qui se passe? Roberto et toi, vous vous êtes disputés?

– C'est autre chose; une nouvelle que Roberto m'a apprise et qui me tracasse. C'est à propos de sa mère. Il semble qu'elle veuille nous voir.

N'était-il pas normal que la mère de Roberto veuille les voir? Pour la plupart des gens, une telle requête aurait été tout à fait légitime. Catherine ne comprenait pas pourquoi ce ne l'était pas pour Sylvia et Roberto qui vivaient comme si cette femme était déjà morte.

– Sylvie, qu'est-ce qui s'est passé entre la mère de Roberto et toi?

La question était directe et surprenante. Catherine avait la réputation d'être la discrétion même pour certaines choses présumées taboues. Le temps était peut-être venu pour Sylvia de se confier.

– J'espérais seulement ne jamais avoir à retourner là-bas. J'arrivais presque à croire qu'il n'était rien arrivé, se contenta-t-elle de répondre simplement, sur un ton lointain.

Catherine déposa le torchon qu'elle promenait sur le comptoir et fixa son amie, sa mystérieuse amie qui esquivait les questions, qui se limitait toujours à donner des réponses évasives lorsqu'on la questionnait sur sa rencontre avec

Roberto et leur première année de mariage. Elle savait que Sylvia gardait un secret au fond de son cœur. Un secret dont la révélation se ferait encore attendre parce que, déjà, son amie changeait de sujet en s'informant de l'heure à laquelle Luis reviendrait de l'école.

– Il termine un peu avant midi. Il doit venir immédiatement après. Veux-tu que je lui dise de passer te voir?

– Catherine! Il faut que je te dise... C'est au sujet du petit. Tu sais combien j'aime cet enfant, mais je ne voudrais pas que mon attachement pour lui crée un malaise entre nous.

Sylvia ne voulait pas que le doute qui avait envahi son esprit porte ombrage à leur relation. Le chantage affectif de Luis n'avait rien de nouveau, mais cette fois, il avait été trop loin en comparant l'amour que lui portaient les deux femmes. Si elle était là, c'était d'ailleurs pour en discuter avec Catherine.

Malgré les efforts de Sylvia pour la convaincre que leur villa toute neuve comblerait sa vie, Catherine avait remarqué un changement dans le comportement de son amie. Son intuition lui dictait qu'elle devait attendre pour lui révéler ce qui se passait dans son esprit lorsqu'elle les voyait ensemble, elle et le petit. Elle se contenta de la persuader que son attitude, lorsque Luis lui avait offert ses coquillages, était due à la fatigue, à une distraction passagère. Elle ajouta :

– Chère Sylvie! Crois-tu réellement que je puisse être jalouse de l'affection que Luis te porte? Au contraire, si Luis a la chance de profiter de ta tendresse, tant mieux, et si tu peux me remplacer pour des activités, tant mieux aussi. Ne t'en fais surtout pas! Tant que Roberto et toi ne le gâterez pas outre mesure, tout le monde y trouvera son compte.

Avait-elle convaincu Sylvia que sa jalousie n'était qu'imagination de sa part? Catherine voulut le croire parce que le seul fait d'avoir mentionné le nom du bambin avait fait naître le même sourire sur le visage des deux femmes, comme si le même sentiment les habitait.

Se souvenant de sa promesse de retourner à la lagune avec Luis vers la fin de l'après-midi, Sylvia s'inquiéta soudain. L'absence de Roberto à cette heure précise l'obligerait à manquer à sa promesse. Catherine l'ayant rassurée, il ne sembla plus y avoir d'ombrage entre les deux femmes qui continuèrent à discuter.

Lui transmettant l'invitation de Roberto pour le dimanche suivant, Sylvia exprima sa joie et son anxiété à l'idée de leur faire admirer leur villa complètement terminée.

– Quelles merveilles as-tu encore inventées? demanda Catherine.

– Tu verras. Je te réserve la surprise.

– C'est le petit qui va être content!

Les deux femmes se turent. Toutes deux avaient tendu l'oreille. À la radio, on faisait mention de *Gilbert*. À Kingston, où l'ouragan venait de passer, on disait avoir mesuré des vents de deux cents kilomètres à l'heure. Les deux compatriotes se regardèrent en silence. Elles auraient voulu faire comme les gens du pays qui, se préoccupant peu de la météo, ne craignaient pas la possibilité du passage d'un ouragan. Mais elles auraient aimé qu'on cesse de les inquiéter inutilement et qu'on attende d'être fixé sur sa trajectoire.

Sylvia jeta un regard vers l'intérieur du centre commercial où deux jeunes filles accrochaient des affiches aux murs. Elle les enviait d'avoir le goût de décorer. La simple décision de retourner rejoindre Roberto lui demandait un effort. Trop de choses néfastes pour leur bonheur accaparaient son esprit.

Se décidant enfin à laisser Catherine, elle ouvrit la porte et croisa une jolie femme qui entrait dans la boutique.

Elle en profita pour s'esquiver en douceur.

Aussitôt entrée, la cliente se dirigea vers Catherine et lui demanda si elle avait de l'eau minérale très froide.

– Venez par ici. C'est juste derrière les jus de fruits.

– Je suis heureuse que vous parliez français. Vous travaillez ici depuis longtemps?

– Je suis propriétaire de ce commerce avec mon mari qui est mexicain.

– C'est formidable! Vous avez de la chance de vivre au soleil à l'année. Nous sommes ici seulement pour une semaine. C'est court, une seule semaine quand on est en voyage de noces et que l'heureux élu est au lit. C'est pour lui, l'eau minérale.

– Oh! Oh! dit Catherine en se penchant pour attraper la dernière bouteille tout au fond du réfrigérateur.

Elle eut un léger malaise qui ne passa pas inaperçu auprès de Sophie.

– Qu'est-ce qui se passe, madame? Vous ne vous sentez pas bien? Vous voulez que j'appelle quelqu'un?

– Non! Ce n'est rien. Je vous assure. Il fait tellement chaud que l'air climatisé ne suffit plus à rafraîchir la pièce. Ça va aller, ne vous en faites pas.

Sophie oublia le malaise de Catherine, elle ne demandait qu'à être rassurée au sujet des rumeurs concernant la venue de l'ouragan. Si quelqu'un pouvait le faire, c'était bien une personne qui, comme elle, avait vécu dans un pays où les caprices du temps font partie de toutes les conversations.

19

Une tristesse inhabituelle polluait l'air de la boutique des Hernandez. Un climat malsain s'était installé dans leur vie. Roberto s'approcha de Sylvia. Il désirait reprendre la discussion qu'ils n'avaient pas terminée.

– Que veux-tu de moi, Roberto?

Ce que Roberto voulait, c'était qu'ils prennent une décision ensemble au sujet de Maria Paola Hernandez. Il avait réfléchi à ce problème une partie de la nuit. Même envisagé sous tous ses angles, le fait demeurait que cette femme existait et qu'elle était toujours sa mère.

Embarrassé, Roberto cherchait à s'expliquer sans blesser Sylvia, sans lui avouer son propre malaise à accepter l'invitation. Le sujet était si délicat.

– Je regrette que tu prennes mal ce qui arrive, dit-il. Il m'est tellement difficile de comprendre. Le jour où nous avons pris la décision de nous éloigner pour sauver notre ménage, nous l'avons fait parce que c'était la chose la plus importante dans ma vie.

– Quelque chose a changé depuis?

– Rien n'a changé. Je ne t'oblige pas à aller à Veracruz, mais je voudrais que tu acceptes mon besoin de revoir les miens. Mama nous a fait de la peine à tous les deux. Son comportement à ton égard a été incompréhensible. À présent, c'est elle qui paye pour ses erreurs passées. Elle est malade et se sent abandonnée.

– Roberto, as-tu réellement cru que je t'empêcherais de retourner là-bas? Dans les circonstances, c'est normal que tu veuilles voir tes parents. Je comprends ce que tu ressens; inutile d'en dire plus. Va là-bas. Moi, je ne suis pas encore prête à y retourner. Peut-être un jour. Qui sait? L'avenir le dira.

Sylvia détourna son regard. Dans sa tête, ses dernières paroles résonnaient encore à la manière de la cloche d'un glas. Quand elle se tourna vers Roberto, elle prit sa main et lui dit :

– Oublions ça, veux-tu? Inutile de gâcher notre journée avec une situation qui risque de nous troubler davantage.

– Tu as raison. Ce soir, je téléphonerai à Veracruz. Je partirai jeudi et je reviendrai samedi, en même temps que Jose.

– Fais ce que tu crois être le mieux.

* * *

La matinée s'écoula. Un climat rempli d'interrogations persistait. Heureusement que des clients passaient à l'occasion. Juste après midi, une petite voix d'enfant vint rafraîchir cet air lourd, difficile à respirer.

– *Buenos dias, amigos!* C'est moi!

Luis était rayonnant. Il souriait de toutes ses dents en pointant son visage dans la porte entrebâillée. Maintenant que l'école était terminée, il avait tout son temps pour s'amuser et pour aller voir Nacha!

– Tu viens toujours avec moi à la lagune, n'est-ce pas, Sylvia?

– Désolée, petit. Ta mère ne t'a rien dit? Roberto doit s'absenter. Il faudra quelqu'un ici pour s'occuper de la boutique.

– Tu m'avais promis!

– Je sais, Luis. Ce qui arrive est hors de mon contrôle. Je te promets que demain, j'irai avec toi. Nous prendrons notre temps et nous parlerons longuement avec Nacha. Entendu?

Sylvia s'était accroupie devant le petit pour mieux l'entourer de ses bras. Elle lui dit en faisant une croix sur son cœur :

– Là, c'est promis et juré.

Rassuré, Luis repartit en coup de vent, laissant Sylvia devant une rangée de sacs à main.

Les pensées de la jeune femme étaient déjà ailleurs. Elles étaient retournées dans une ville appelée Veracruz.

20

LE DERNIER BULLETIN météorologique confirmait la marche de l'ouragan *Gilbert* sur le Yucatan. La nouvelle se répandant, certains y prêtaient une oreille plus attentive.

Depuis une heure, l'esprit de Miguel Perez, qui comptait pourtant parmi ceux qui surveillaient l'évolution des événements, était très loin des prévisions atmosphériques et de leurs conséquences. Le visage pâle, le front couvert d'une sueur froide, il pénétra dans la boutique des Hernandez et s'écroula sur le tabouret de Sylvia.

– C'est inutile, dit-il. Il devrait pourtant être de retour depuis longtemps. Luis n'est nulle part.

Sylvia ne tenait plus en place. Après avoir refait le parcours de Miguel, sans résultat, elle était allée jusqu'à la lagune. Si Luis s'attardait volontairement quelque part, ce ne pouvait être qu'auprès de Nacha. Ses espoirs s'étaient vite transformés en déception en constatant que Luis n'était pas là où il l'avait emmenée la veille.

Elle s'était assise sur un tas de roches pour reprendre ses esprits. Le ciel étant de plus en plus sombre, elle comprit que s'aventurer plus loin serait imprudent. Elle avait donc rebroussé chemin. La voyant revenir seule à la boutique, Roberto avait deviné à son visage affligé que sa démarche avait été infructueuse. Elle s'était jetée dans ses bras en pleurant.

– Où est-il ? supplia-t-elle. As-tu une idée, dis ?

Incapable de la calmer, Roberto partit tenter sa chance du côté de la plage. L'ayant parcourue d'un bout à l'autre sans plus de succès, il s'arrêta chez Arturo. Aucune nouvelle rassurante de ce côté non plus !

Le temps passait, on s'accrochait au moindre espoir, au moindre indice. Miguel eut une idée. S'il était retourné à la maison sans le prévenir ? Pourquoi ne pas y avoir pensé plus tôt ! C'était possible, après tout.

Malgré la distance considérable entre le centre commercial et leur résidence du centre-ville, cette idée avait fort bien pu traverser l'esprit d'un petit gars débrouillard comme Luis. Mais comment vérifier si l'espoir qui l'animait était fondé sans inquiéter Catherine ? Le cas échéant, comment lui apprendre la disparition de son fils ?

Miguel s'approcha de l'appareil, hésitant à composer le numéro. Quand, dans la demeure des Perez, la dixième sonnerie se fit entendre, Miguel raccrocha lourdement. Son espoir s'évanouissait, il n'y avait personne. Catherine avait dû s'absenter.

Sylvia n'abandonnait pas ; il y avait d'autres possibilités à envisager. Si Luis était retourné à la maison, il pouvait être sorti faire des courses avec Catherine.

Miguel ne la laissa pas continuer. Si Luis était avec elle, Catherine l'aurait prévenu. Ils avaient convenu que les déplacements de Luis devaient être connus de celui qui en avait la responsabilité. Il se passait autre chose et ce n'était pas en restant à attendre qu'on allait le retrouver.

– Je retourne à la lagune, dit Miguel.

Des sueurs froides glaçaient son dos quand il mit la clef dans la serrure et sortit du centre commercial. Ses craintes devenaient insupportables. Jamais son fils ne sortait seul quand la nuit était descendue sur la ville. Luis savait très bien qu'une demi-heure après la descente du soleil en mer, c'était la nuit.

Sylvia voulut suivre Miguel. Celui-ci refusa; quelqu'un devait tenir la *tienda* et demeurer sur place au cas où le petit reviendrait.

Son intuition le guidant, Miguel se dirigea de nouveau vers la lagune. Quelques lampadaires éclairaient le sentier et projetaient son ombre sur le côté. Soudain, à cent pas devant, apparut l'ombre de quelqu'un qui venait à sa rencontre. C'était un homme plutôt costaud qui avançait vers lui en titubant légèrement. Sa respiration bruyante laissait supposer qu'il avait couru. Miguel sentit son cœur se serrer dans sa poitrine. Une doute affreux l'envahissant, il pressa le pas et, quand il fut à la hauteur du lourdaud, il lui interdit le passage. Des paroles sèches, autoritaires, sortirent de sa bouche.

– Qui êtes-vous? D'où venez-vous? Que faites-vous dans ce sentier? lança-t-il d'un ton accusateur.

– Ce sentier est à tout le monde. Je le prends si je veux et je n'ai de comptes à rendre à personne, répondit l'homme en empruntant le ton avec lequel Miguel l'avait abordé.

Une odeur désagréable se dégageait de l'individu. Malgré son appréhension grandissante, Miguel tenta de retrouver son calme et expliqua qu'il était à la recherche de son petit garçon.

L'homme fouilla dans sa mémoire embrouillée par l'alcool. Miguel s'impatientait, il avait l'impression de gaspiller un temps précieux à attendre un indice de cet homme ivre.

– Oui! Un petit garçon! Vous avez déjà vu des enfants, je suppose? Mon fils est à peu près grand comme ça!

L'homme se gratta la tête et remonta son pantalon qui glissait sur ses hanches. Entre deux hoquets, il exigea d'autres explications.

– Il était seul, votre petit garçon ou avec un copain?

Tout était possible. Depuis une heure, Luis avait pu rencontrer quelqu'un. Miguel allait bousculer l'ivrogne et lui dire de le laisser passer quand celui-ci attrapa son bras.

– Je me rappelle à présent. Oui, ça me revient. Tout à l'heure, sous le pont, il y avait un petit garçon à peu près grand comme vous dites qui cherchait quelque chose entre les grosses roches qui retiennent les piliers.

– Quand?

– Il y a à peu près une demi-heure. Enfin, c'est ce que je crois. On peut se tromper, vous savez. Moi, je vous dis ce que j'ai vu. À votre place, je me dépêcherais. La marée est montée depuis une demi-heure, et avec la mer qu'on a depuis hier…

Miguel n'entendit pas l'homme lui offrir son aide. Il était déjà loin. Il avait délaissé le sentier et courait vers les piliers du pont en criant avec la force du désespoir.

La lumière jaunâtre des lampadaires de la rue guidait ses pas, dessinant des ombres suspectes dans chaque recoin, des formes que Miguel scrutait attentivement. Soudain, un cri se fit entendre dans le vacarme des voitures roulant sur le pont. C'était une petite voix dont le son se perdit bientôt dans le tapage de la circulation dense. Miguel tendit l'oreille et, localisant d'où elle provenait, il courut dans sa direction.

– Luis! Comment es-tu arrivé là?

Repoussée en vagues lourdes, la mer s'engouffrait sous le pont. Elles éclaboussaient Luis qui pleurait doucement.

– S'il te plaît, papa, ne me gronde pas. Regarde, mon pied est coincé sous cette grosse roche, il est tout engourdi. Fais vite, s'il te plaît, l'eau monte.

Les explications viendraient plus tard, il était urgent de faire bouger cette lourde pierre. Un seul homme ne pouvait la déplacer sans l'aide d'une pièce de bois ou de métal en guise de levier. Pour effectuer la délicate manœuvre, il fallait d'abord trouver cet outil parmi les débris qui jonchaient la pente rocailleuse. Miguel se souvint avoir failli trébucher sur un objet allongé.

– Papa, ne t'en va pas! cria Luis, se croyant abandonné.

Miguel revint avec une tige de métal longue de deux mètres qu'il glissa sous la pierre. D'un seul coup, celle-ci roula de côté. Luis s'agrippa aux vêtements de son père pour libérer sa petite jambe ankylosée.

Il y eut un moment indescriptible. Comme si le temps s'était arrêté, le père et le fils se tinrent l'un près de l'autre, immobiles, au bord des larmes. Ne laissant rien paraître de ses émotions, Miguel demanda à Luis s'il pouvait marcher.

– Je ne sais pas, répondit l'enfant avec une petite voix misérable. Il n'osait solliciter son aide, mais Miguel avait déjà retiré sa chemise et s'apprêtait à l'en couvrir.

– Je te porterai, dit Miguel.

– C'est à cause de Nacha…

– Si tu as des explications à donner, tu les donneras quand nous serons revenus là-haut.

Il avait parlé sèchement, sur un ton inhabituel trahissant son mécontentement. Grelottant, Luis se blottit dans les bras de son père. Oubliant sa promesse de donner une bonne leçon à ce gamin, Miguel le serra tout contre lui, habité par une joie immense. Tous deux remontèrent le sentier et gardèrent le silence jusqu'au centre commercial. Avant de pénétrer à l'intérieur, Miguel s'arrêta pour reprendre son souffle.

– Laisse-moi, dit Luis. Maintenant, je sens mon pied, je crois que je pourrai marcher seul.

L'enfant boitilla sur quelques mètres en regardant fièrement son père qui fronçait les sourcils et conservait volontairement un air sévère.

– Entre changer de vêtements pendant que je vais rassurer Sylvia et Roberto. Eux aussi se sont fait du mauvais sang pour toi.

– Et mama, est-ce qu'elle sait?

– Mama ne sait rien encore. On espérait te retrouver avant de l'inquiéter à son tour.

Miguel apprit aux Hernandez que Luis était de retour et leur dit de passer plus tard. En revenant à la boutique, il n'arrivait pas à chasser les images de malheur qui assaillaient son esprit. La marée montante, cette noirceur dans laquelle baignait le petit, le rendant invisible à tout sauveteur éventuel… Que lui serait-il arrivé sans les indications de cet homme?

Luis était debout devant la porte et attendait le retour de son père. Il lui ouvrit la porte et demanda si Roberto et Sylvia allaient venir. Quand il vit que Miguel avait conservé son air grave, il éclata en sanglots. Ses larmes traçaient des coulées sur la poussière de ses joues.

– Papa! Nacha est partie! Nacha n'était pas à la lagune. Je l'ai cherchée, cherchée, et je ne l'ai pas trouvée.

– C'est tout ce que tu trouves pour ta défense? C'est pour Nacha que tu as risqué ta vie?

La question de Miguel trouva sa réponse dans les grands yeux de son fils pour qui c'était l'évidence même.

Comme les jours précédents, il s'était rendu à la lagune, croyant y retrouver Nacha sous la grosse pierre plate qui l'abritait la plupart du temps. Ce jour-là, la vieille iguane n'était ni sous la pierre, ni sous l'ancre rouillée, ni nulle part ailleurs. Longtemps, inutilement, il l'avait attendue avant de pousser sa recherche jusqu'aux rochers escarpés où il s'était attardé, les jambes pendant dans le vide. Le désespoir au cœur, l'enfant s'était aventuré sous le pont. Tout y était très sombre; si sombre que le trou béant entre les pierres avait échappé à son attention. Lorsqu'il avait posé le pied à cet endroit, les deux pierres s'étaient refermées l'une sur l'autre comme un piège géant, retenant son pied prisonnier.

– Pourquoi Nacha n'est-elle pas venue à notre rendez-vous? C'est la première fois qu'elle oublie de venir. Elle aime la nourriture que je lui donne, et moi aussi, elle m'aime. Qu'est-ce qui a pu l'empêcher d'être là? Où est-elle passée?

L'attitude de Luis sidérait Miguel Perez. Quelques minutes plus tôt, cet enfant se trouvait dans le noir, incapable de bouger, à la merci de la marée montante, et voilà que, traumatisé par l'absence d'une bête, il semblait avoir tout oublié de sa mésaventure.

– Tu l'aimes donc à ce point, ton iguane?

Luis fit un signe de la tête et essuya son nez. L'inquiétude que son escapade avait causée, l'amour que chacun lui portait, n'arrivaient pas à égaler le drame de l'enfant. Un seul fait primait dans son esprit.

– Moi, je suis revenu, maintenant, répliqua-t-il, mais je ne sais toujours pas où est Nacha!

Aussi longtemps que la disparition de l'iguane serait l'unique préoccupation de son fils, Miguel savait qu'il serait inutile de lui servir d'autres remontrances et de longs discours. De toute façon, l'enfant resterait fermé à toute discussion ne concernant pas Nacha. Il abandonna et rangea distraitement une boîte de conserve sur la mauvaise tablette pendant que le petit écrasait le reste de la nourriture destinée à Nacha.

À la radio, l'annonceur lisait quelques réclames commerciales avant la diffusion du bulletin d'information. Soudainement, Miguel se surprit à faire un lien entre ce qu'il entendait et la disparition de Nacha. Plus il analysait la situation, plus il lui apparaissait que l'absence de la bête n'était pas l'effet du hasard. Son expérience lui faisait pressentir le pire.

Luis s'acharnait toujours contre le morceau de carton aplati. Miguel crut nécessaire de parler sérieusement avec son fils.

– Viens, Luis. Viens, nous allons discuter d'homme à homme, toi et moi.

Le bambin, qui s'attendait à d'autres réprimandes, se dirigea vers son père sans conviction. Ses petits genoux frottaient l'un contre l'autre, coinçant le bermuda trop long qu'il avait déniché dans une boîte, derrière le comptoir.

– Tu sais, petit, je crois avoir une idée concernant l'absence de Nacha.

De nouveau en confiance, le bambin avait entouré la jambe de son père qui se tenait debout, imposant. Les épaules arrondies en quête d'une caresse, il leva très haut la tête jusqu'à ce qu'il croise son regard. Alors, Miguel s'accroupit et emprisonna les mains moites de son fils entre ses grandes mains chaudes et rassurantes. Tous deux observèrent un silence religieux qui conférait une crédibilité supplémentaire aux explications à venir.

– Tu sais, dit-il enfin, pour certains phénomènes, les bêtes sont beaucoup plus douées que les humains. Elles n'ont pas besoin des prévisions de la météo pour deviner les variations de température.

– Que veux-tu dire, papa?

– Tu as remarqué la mer aujourd'hui? Même sous le pont, tu as senti la force des vagues?

– Ah ça, oui alors! Les vagues étaient énormes!

La conversation du père et du fils se prolongea. Il fut question de cette mer agitée qui pourrait produire de très grosses vagues d'ici quelques heures, de cet ouragan qui les menaçait. Miguel expliqua le danger de demeurer au bord de la mer pour les petites bêtes qui s'y abritaient habituellement; quand viendraient les inondations, elles seraient toutes emportées et noyées.

– Les inondations? C'est quoi, une inondation?

Miguel délaissa les mains de Luis pour décrire ce que représentait une inondation, un paysage noyé par des pluies trop abondantes pour pénétrer la terre et des vagues poussées sur la grève par des vents si violents qu'elles ne retournaient plus à la mer.

– Il y aurait de l'eau par-dessus les rochers, autour des maisons, de l'eau partout, dit enfin Miguel. À mon avis, Nacha a prévu le coup et c'est pour cette raison qu'elle est partie se mettre à l'abri.

– Mais ça ne va pas arriver ici?

Le silence de Miguel équivalait à une réponse positive. Une foule d'images naquirent dans l'esprit du bambin pour qui un ouragan produisait des vagues de la hauteur de celles qui s'attaquaient au rocher de la pointe de la Playa de Chac-Mool.

– Et Nacha a prévu cela? Vraiment? ajouta-t-il de plus en plus intrigué.

– Aussitôt le beau temps revenu, Nacha retrouvera son chemin jusqu'à la lagune. Les animaux retrouvent toujours leur chemin.

Luis avait déjà oublié les vagues et les inondations pour ne retenir que les dernières paroles de son père : le beau temps revenu, Nacha serait aussi de retour et serait encore son amie.

Miguel demeura accroupi, comme si sa conversation avec Luis devait se prolonger. Il n'entendit pas entrer Sylvia et Roberto qui, visiblement, venaient aux nouvelles. Miguel leur avait dit le minimum sur l'incident, et ils voulaient en savoir plus, maintenant que tout le monde était revenu de ses émotions.

Voulant aborder le sujet de façon détendue, Roberto n'était pas sitôt dans la pièce qu'il s'informa de l'état de santé du fugueur. La curiosité de Luis s'éveilla devant le mot nouveau qu'avait employé Roberto. Sylvia l'entraîna vers les petits bancs à trois pattes. Elle lui dit à l'oreille qu'un fugueur, c'était un trésor comme lui qui disparaissait et qui rendait ceux qui l'aiment très heureux quand il revenait. Ensuite, le prenant dans ses bras, elle caressa ses cheveux bouclés. Il était si mignon dans ces vêtements qui ne lui allaient pas.

– Tu n'avais vraiment rien d'autre à te mettre? dit-elle en élargissant le bermuda.

Se regardant dans la glace, Luis sourit. Il semblait heureux d'arborer des vêtements d'un genre que sa mère ne lui permettait pas de porter.

Les hommes s'étaient tus. Miguel ayant raconté en détail l'aventure du petit, ils observaient l'enfant à distance.

Sylvia croisa le regard de son mari au moment où Miguel demandait s'ils rentraient déjà à la villa. Roberto allait peut-être expliquer la raison pour laquelle ils avaient fermé la boutique plus tôt ce soir-là, mais il répondit simplement :

– C'est à cause de ma mère, qui n'est pas bien. Je préfère être tranquille si j'ai à lui parler. En rentrant, je vais téléphoner pour avoir de ses nouvelles.

Miguel attendit en vain qu'il lui en dise plus. Roberto soupira et haussa les épaules. Un mur infranchissable empêchait que la conversation se prolonge entre les deux hommes. Roberto avait toujours été très avare de commentaires au sujet de sa famille et de son passé ; par respect, Miguel se tut et fut heureux d'entendre résonner la clochette annonçant l'arrivée de Catherine.

Dès qu'il la vit, il constata un changement dans son attitude. Catherine semblait reposée et joyeuse, mais lorsqu'elle remarqua la fatigue inhabituelle marquant le visage de Miguel, elle pressentit quelque chose d'anormal.

– Que se passe-t-il ici ? dit-elle, inquiète.

– C'est un rassemblement en votre honneur, chère dame ! Nous t'attendions tous ! Crois-tu mériter autant d'attention ? dit Roberto.

– Cesse de blaguer, Roberto ! Je sens qu'on me cache quelque chose.

Sylvia et Miguel échangèrent un regard significatif. Ils préféraient laisser aller les événements. Si sa mésaventure l'avait marqué, Luis aborderait le sujet lui-même.

Catherine n'insista pas. Elle attribua l'impression bizarre qu'elle avait ressentie à sa sensibilité excessive des derniers jours. S'adressant à Sylvia qui l'avait suivie jusqu'à l'espace de rangement, elle s'informa si elle avait passé une bonne journée, si tout avait été comme elle le désirait.

Sylvia sembla soulagée d'aborder un sujet aussi vague.

– Le lundi est toujours un mauvais jour pour les affaires, s'empressa-t-elle de répondre. Les clients magasinent sans rien acheter. Présentement, les gens sont beaucoup trop préoccupés par les événements pour acheter des sacs à main.

Il n'y avait pourtant aucun rapport entre la question de Catherine et le chiffre d'affaires des Hernandez. Ce qui la préoccupait et qui l'avait rendue songeuse une partie de la journée, c'était le regard triste qu'avait son amie quand elles s'étaient laissées, le matin. Que se passait-il dans le cœur de celle qui avait ouvert une porte sur son angoisse et l'avait refermée aussitôt?

Catherine enveloppa Sylvia d'un regard l'invitant à se libérer de ce secret qui lui faisait ces yeux si tristes, surtout quand elle ne se sentait pas observée.

– Mama! Mama! Faut que je te dise! s'écria soudain Luis qui s'était cru abandonné parce que les femmes et les hommes discutaient entre eux sans lui accorder la moindre attention.

Trop prise par ses réflexions, Catherine se contenta de faire une caresse à son fils sans remarquer les vêtements qu'il portait. Elle passa son bras autour de son cou sans quitter Sylvia des yeux et demanda à Luis s'il voulait attendre pour lui parler. Ils auraient tout leur temps pour cela un peu plus tard, en rentrant en voiture.

Luis délaissa le coin du chandail de Catherine qu'il avait agrippé pour attirer son attention. Tout naturellement, il revint vers Sylvia. Cette fois, elles n'allaient pas y échapper, Luis insisterait pour reprendre la parole.

Miguel capta le regard de Sylvia et comprit que Luis s'apprêtait à raconter sa mésaventure. Il intervint avec un sujet qui intéressait le petit au plus haut point.

– Luis, demande à mama si elle a écrit sa lettre à grand-maman Bachand. Tu te souviens qu'elle avait promis de lui écrire pour l'inviter à venir passer l'hiver avec nous.

Luis n'eut pas à la questionner. En souriant, Catherine fit un signe affirmatif qui fit bondir le petit. Il vint vers elle et lui sauta au cou. Sylvia détendit l'atmosphère en blaguant.

– Quel heureux homme vous êtes, Miguel! Tous les maris rêvent de vivre avec leur belle-maman durant les longs mois d'hiver.

– Ne souriez pas, Sylvia! Je connais très peu cette dame, mais elle ne me déplaît pas du tout, bien au contraire.

Luis conclut qu'il avait aussi le droit d'exprimer ses sentiments à l'endroit de cette personne dont il se souvenait à peine.

– Moi, je voudrais qu'elle vive toujours avec nous, parce que si j'allais la voir, mama dit que j'aurais si froid que je deviendrais tout blanc. Est-ce vrai qu'on devient tout blanc quand il fait froid?

– Je n'irais pas jusqu'à dire que tu deviendrais tout blanc, mais les hivers loin de la mer et surtout loin de Nacha te sembleraient très longs.

Sans réfléchir, Sylvia avait prononcé le nom de la vieille iguane. Redevenu songeur, Luis baissa la tête, attrapa la main de sa mère et écarquilla ses doigts comme si ses paroles passaient entre chacun d'eux.

– Mama! Nacha est partie à cause des inondations. Tu sais c'est quoi, une inondation?

Catherine comprit qu'on lui avait parlé de l'ouragan, mais Miguel, qui ne tenait pas à ce que le sujet aille plus loin, jeta un coup d'œil à sa montre et s'exclama :

– Avec tout ce va-et-vient, vous m'avez distrait et j'ai encore manqué les derniers développements de la météo. Allez, tout le monde dehors! On ferme boutique et on s'en va à la maison!

Une fois de plus, on emprisonna le ronronnement du climatiseur pour la nuit. Miguel vérifia une seconde fois si la porte était bien fermée à clef et demanda à Roberto de l'attendre pendant que les autres se dirigeaient vers les voitures.

– Qu'est-ce qui se passe, Miguel? Tu es inquiet au sujet du petit et de Catherine?

– Non! C'est l'ouragan qui me tracasse. Ce n'est pourtant pas dans mes habitudes de me faire des peurs, mais cette fois, j'ai un mauvais pressentiment.

– Allons, Miguel! Qu'est-ce qui t'arrive? Ce ne sera pas la première fois qu'un ouragan se dirige vers le Yucatan et finisse par un mauvais coup de vent. Tu verras que ce sera encore pareil.

– Tu as probablement raison. Je m'inquiète pour une chose qui ne se produira peut-être jamais! dit Miguel, se rangeant du côté des optimistes.

* * *

Les amis s'étaient laissés devant le centre commercial. La voiture des Perez filait vers le centre-ville. À l'intérieur, Luis s'agitait.

– Tu sais, mama, j'ai eu très, très peur quand mon pied s'est coincé sous la pierre, mais j'espérais toujours que Nacha vienne près de moi.

– Ton pied coincé sous la pierre! Mais qu'est-ce que tu racontes?

– Tu m'as dit d'attendre d'être dans la voiture pour te raconter, alors je peux maintenant.

Miguel demeura silencieux pendant que Luis expliquait à sa façon les événements de la soirée. Plus tard, quand le petit serait au lit, Catherine et lui auraient tout leur temps pour en discuter.

Luis termina son récit de manière claire et définitive.

– Après l'orage, quand Nacha reviendra, tout sera comme avant parce qu'elle ne m'aura pas oublié; elle sera encore mon amie.

Catherine déposa un baiser sur le front de son fils. Puis son regard croisant celui de Miguel, elle soupira et s'enfonça dans son siège. Plus tard, elle aussi aurait à raconter les événements qui avaient bouleversé sa vie depuis son départ du centre commercial.

À leur arrivée à la maison, Luis descendit de voiture et fila directement à l'intérieur. Catherine ralentit le pas. Miguel la rassura sur les faits relatés si naïvement par l'enfant. À son avis, Luis n'avait jamais été conscient du danger et revenir sur le sujet ne ferait que le traumatiser davantage. Il l'était suffisamment par la disparition de son iguane. L'important était qu'il retienne une leçon de l'incident.

– Vous ne m'avez pas appelée pour me prévenir du danger que courait le petit?

– Nous avons hésité avant de vérifier s'il n'était pas avec toi. Je te savais tellement tendue ces temps-ci. Quand j'ai enfin téléphoné, il n'y avait personne à la maison.

– Tu ne t'es pas demandé où j'étais?

La question de Catherine surprit Miguel. Sa confiance en elle lui interdisait toute interrogation au sujet de ses déplacements. Pourquoi s'en serait-il inquiété, cette fois-ci ? Pourquoi lui aurait-il demandé son emploi du temps ?

Catherine demeura mystérieuse et entra dans la maison au moment où Luis terminait sa toilette et se préparait à aller au lit. Miguel jugea préférable de ne pas les suivre dans la chambre ; il embrassa Luis et se mit à préparer une limonade glacée dont lui seul avait le secret.

Il alluma la radio pour le bulletin de nouvelles. Celui-ci confirmait le précédent : *Gilbert* avançait de vingt-cinq kilomètres à chaque heure. Ne désirant pas être dérangé, Miguel éteignit la radio dès que Catherine revint dans la pièce. Il avait rempli deux verres d'une boisson rosée. Il tendit le plus grand à Catherine et l'invita à s'asseoir à ses côtés sur le divan.

– Catherine, qu'est-ce qui se passe ? Pourquoi tant de mystères dans ta vie tout à coup ?

Catherine se rapprocha de son mari. Une flamme nouvelle alluma son regard.

– Dans notre vie, Miguel ! Dans notre vie ! précisa-t-elle en déposant son verre et en attrapant un bout de fil qui pendait au bouton de la chemise de Miguel. Elle l'enroula, pour faire durer le suspense et s'amuser de l'air intrigué de son mari.

– Si je n'étais pas là pour répondre au téléphone ce soir, c'est que j'étais chez le médecin, dit-elle brusquement.

– Le médecin ? répéta Miguel.

– Mon chéri, cette fois, c'est vrai ! Nous allons l'avoir, notre bébé. Je suis enceinte !

L'émotion l'avait rendu muet, incapable d'articuler une parole. Les larmes aux yeux, Miguel prit sa femme dans ses bras et la serra très fort contre son cœur. Tous deux riaient et pleuraient. Catherine répétait le mot magique : elle était enceinte ! Aucun doute possible, cette fois, le médecin avait confirmé une grossesse de sept semaines. Les soupçons qu'elle entretenait depuis des jours, les changements qui s'opéraient en elle, elle les avait gardés secrets ; Miguel devait être le premier à savourer ce bonheur avec elle.

– Être père à quarante-cinq ans, quel beau cadeau de la vie, n'est-ce pas ? Je n'aurai pas le droit de vieillir ! Nos deux enfants se chargeront de me le rappeler. Es-tu heureuse, ma Catherine ?

Catherine tarda à répondre. Une foule de sentiments contradictoires l'habitaient. Pouvait-on être heureuse et triste jusqu'au fond de l'âme ? pensait-elle. Miguel comprit son hésitation, sa mélancolie soudaine. Ce petit à naître, cette source de joie pour Catherine, causerait chez elle un nouveau déchirement. Elle aurait tant voulu faire comprendre à son père son attachement pour Miguel. Il n'avait cessé de le considérer comme un étranger depuis leur mariage... Voilà d'où venait le drame. À cause du rejet de son père, de son incompréhension, un autre petit bébé allait naître sans profiter de l'amour de ses grands-parents. Ce soir-là, dans sa lettre, Catherine avait appris la nouvelle à sa mère ; ce nouvel argument provoquerait peut-être une réaction lui donnant le courage d'assumer ses propres décisions.

– Je serais si heureuse de partager cette joie avec mes parents comme avec ta famille, dit-elle alors que Miguel se levait pour essuyer les gouttes de limonade qui mouillaient la table. Ce geste lui procurait le recul nécessaire pour se ressaisir. Si Catherine devait subir un nouveau refus de la part de sa mère, il pouvait déjà supposer que sa réaction exigerait beaucoup de lui et de son entourage. Mais en attendant, dans l'immédiat, un risque planait toujours. Miguel n'oubliait pas que dans quelques heures, ils seraient peut-être évacués et qu'alors, la situation de Catherine exigerait des précautions supplémentaires.

Revenant vers elle, il la prit dans ses bras, lui promettant d'être à ses côtés quoi qu'il arrive. Sa voix exprimant une tendresse rassurante, il ajouta :

– Nous aurons une belle petite famille et nous serons heureux envers et malgré tout. Tu comprends le sens de mes paroles, n'est-ce pas ?

Envers et malgré tout! Le temps était-il venu pour Catherine de lui confier le reste ? De lui avouer sa peur que son amie Sylvia, ne pouvant avoir d'enfant, réagisse mal en apprenant la nouvelle. Sylvia avait cru nécessaire d'expliquer son attachement à Luis. Mais si elle avait pu sonder le cœur de Catherine, elle y aurait lu son appréhension à partager avec elle la joie d'une nouvelle maternité.

21

LES INQUIÉTUDES s'amplifiaient à mesure que le jour avançait. Sylvia s'en rendit compte en revenant à la villa. Le repas du soir devrait attendre parce que ni Roberto ni elle ne pourraient avaler une bouchée avant un bon moment; des choses plus importantes occupaient leur esprit.

L'eau parfumée du bain embaumait toute la pièce. Avant de s'y plonger, Sylvia mit de la musique pour couvrir la voix de Roberto et s'empêcher d'entendre sa conversation avec sa mère.

* * *

Dans la grande maison de Veracruz, quatre sonneries retentirent avant que quelqu'un décroche l'appareil. Une respiration rapide révélait qu'une personne se tenait au bout du fil et demeurait silencieuse. Roberto parla le premier.

– Allô! Mama! C'est Roberto, ton fils! Tu es là, n'est-ce pas?

Le mutisme persistait malgré l'insistance de Roberto qui douta un instant d'avoir obtenu le bon numéro.

– Allô! Il y a quelqu'un? insista-t-il.

Une voix se fit entendre, méconnaissable tellement elle avait vieilli. Six mots furent prononcés qui en disaient long sur l'état lamentable de l'interlocutrice.

– Si! Si, Roberto. Je suis là.

– Mama! Comment vas-tu? J'ai l'impression de t'avoir réveillée.

Le silence s'installa de nouveau; un silence difficile à définir. Roberto aurait souhaité qu'elle parle encore, qu'elle le rassure sur son état. L'avait-on laissée seule à la maison? Pourquoi se taisait-elle?

Enfin, la vieille femme signifia sa présence. Après avoir libéré sa gorge, elle dit simplement :

– Roberto! Dis-moi, comment va Sylvia?

Roberto resta bouche bée. Pourquoi Maria Paola Hernandez s'informait-elle de Sylvia? Pourquoi ses premières paroles étaient-elles pour s'enquérir du bien-être de sa femme qu'elle avait traitée de façon méprisante?

– Sylvia? Sylvia va bien, mama. Je te remercie. Elle travaille à mes côtés à la boutique et à la rénovation de notre villa.

– Tant mieux! dit la vieille femme. Puis elle hésita, comme si ses prochaines paroles allaient être porteuses du poids de toute sa vie. Dis-lui que… dis-lui…

Il entendit soudain le son de la tonalité. La communication venait d'être intentionnellement interrompue. Roberto se résigna. Personne n'allait plus lui parler. Il déposa l'appareil sur la table et s'écroula dans son fauteuil.

Les minutes s'éternisaient et le mystère demeurait entier. De nouveau, il composa le numéro de la résidence de ses parents. Cette fois, au bout de la ligne, une voix d'homme se fit entendre; Jose avait pris la communication.

– Jose? Qu'est-ce qui se passe? demanda Roberto. Je ne comprends pas l'attitude de mama! Que lui arrive-t-il?

Il était difficile de tout expliquer au téléphone devant la principale intéressée. Maria Paola n'était pas bien du tout. Il fallait la voir pour comprendre le mal dont elle était atteinte. Elle avait beaucoup changé, comme tout le reste d'ailleurs depuis son départ.

– Écoute, Roberto! Je ne peux t'en dire plus, mais sache seulement que notre mère a besoin de nous. C'est une question de survie pour elle. Il faut que tu viennes la voir!

C'était donc si grave? Roberto comptait se rendre à Veracruz jeudi, mais il était clair qu'il devait devancer son départ.

– Je partirai dès que possible. Il faut que je constate par moi-même ce qui se passe là-bas.

– Je le lui dirai. Elle en sera heureuse. Il y a autre chose, Roberto. Dis-moi comment ça va à Cancun? On prédit du mauvais temps. Tu crois que c'est sérieux, cette histoire d'ouragan?

Jose évoquait aussi la possibilité de cet ouragan. Décidément, tout le monde s'en préoccupait. Roberto, lui, prétendait qu'il était prématuré de s'en faire avec les prédictions.

– Les ouragans avancent lentement et changent souvent de trajectoire, répéta-t-il à son frère. Tout de même, je suis inquiet pour *La Paloma*. Voudrais-tu, avant ton départ, voir à ce qu'elle soit bien amarrée? N'hésite pas à demander l'aide de mes amis. Ils te donneront un coup de main.

Les deux frères s'entretinrent encore un moment. Roberto rassura Jose au sujet de son bateau. Le nécessaire serait fait dès le lendemain pour l'amarrer correctement, comme leur père le leur avait appris. En attendant, il lui confiait sa mère.

– Dis-lui que j'arrive et surtout que j'ai hâte de la revoir.

Jose avait raccroché le premier. Roberto resta à fixer l'appareil qu'il ne se décidait pas à déposer. Il éprouva soudain un urgent besoin d'ingurgiter une boisson forte, un liquide capable de fouetter ses entrailles. Se dirigeant vers le bar où les bouteilles bien alignées lui semblaient toutes pareilles, il se versa un doigt de whisky qu'il avala d'un trait.

Il emplit de nouveau son verre et revint à son fauteuil. Il ne quittait pas des yeux le liquide doré duquel émergeait un glaçon. Roberto tenta d'enfoncer le bloc glacé qui lui résista. «C'est bien comme dans la vie, pensa-t-il. Il faut boire sa coupe jusqu'au fond pour découvrir ce qui s'y cache!»

Roberto finit par avaler le contenu de son verre, à toutes petites gorgées, sans se presser, jusqu'à ce que le glaçon soit complètement découvert, se laissant engourdir par la douce chaleur qui montait en lui. Dans la pièce d'à côté, l'eau s'écoulait du bain. Sylvia ne tarderait plus à le rejoindre.

Un arôme de fleurs accompagna son arrivée dans la salle à manger. Roberto l'accueillit avec un apéro. Il avait deviné qu'elle aussi apprécierait le bien-être que procure l'alcool.

– C'est gentil, dit-elle en acceptant la coupe qu'il lui offrait.

Ce geste suffit à dissiper l'air malsain qui régnait dans la pièce. Quand leurs regards se croisèrent, tous deux comprirent que le moment n'était pas propice à une discussion au sujet de l'appel à Veracruz.

* * *

La bouteille de vin était vide depuis longtemps; l'effet de brouillard que provoque l'alcool les avait détendus. Le repas tirant à sa fin, Sylvia y puisa l'audace d'aborder le sujet.

– Et alors ? dit-elle à brûle-pourpoint.

– Alors, quoi ?

– Allons, Roberto. Ne me rends pas les choses plus difficiles. Toi et moi savons que tu as téléphoné à Veracruz tout à l'heure.

Roberto déposa sa petite cuillère sur le rebord de sa soucoupe et se remémora la situation. Pour tout raconter à Sylvia, pour lui répéter les quelques mots inquiétants, incompréhensibles échangés avec sa mère, il lui fallait être précis.

Quand il eut répété les brèves paroles de sa mère, Sylvia devint songeuse. L'opinion de Jose, ses recommandations, son insistance pour que Roberto vienne vite à Veracruz, tous ces propos ne la touchaient plus. À haute voix, Sylvia s'interrogea sur l'attitude étrange de Maria Paola Hernandez qui avait démontré un intérêt particulier pour elle, seulement elle !

– Je vais devancer mon départ pour Veracruz, lui annonça Roberto. C'est là-bas que je serai fixé. Te sens-tu capable de tenir la boutique pour quelques jours ?

– Je peux m'arranger. Tant que les Perez sont là, je sais que je pourrai toujours compter sur leur aide.

Un bruit de métal attira l'attention de Sylvia. Un coup de vent avait renversé une table qui roulait sur la terrasse. Elle se rappela les rumeurs qui couraient au sujet de l'ouragan. Tout à coup inquiète, elle se demanda comment l'avouer à Roberto sans qu'il y voie une ruse détournée pour le retenir.

– Roberto ! Au sujet de l'ouragan…, dit-elle sans aller plus loin.

Il fixa longuement Sylvia qui ne demandait qu'à être rassurée. Devait-il lui promettre qu'en cas d'embêtement majeur il remettrait son voyage? En prenant sa main, il l'entraîna contre lui et Sylvia comprit qu'il ne la laisserait pas seule devant le danger.

– Pour l'instant, je ne prends aucun autre engagement que d'aller dormir, dit-il. Nous avons vécu suffisamment d'émotions aujourd'hui.

Les discussions de la journée et la disparition de Luis les avaient beaucoup affectés. Dieu merci, l'enfant était en sécurité auprès de ses parents et devait dormir à poings fermés. Mais eux, ils avaient encore un long chemin à parcourir avant de rendre la sérénité à leur relation amoureuse.

– Viens, *querida*! dit Roberto. Viens sur mes genoux.

L'air grave, elle vint vers lui, sentant à ce moment précis le besoin de lui exprimer son amour.

– Roberto! Le sais-tu que je t'aime?

Il ne répondit pas, mais l'assit sur ses genoux, la pressa très fort tout contre lui pour qu'elle se blottisse au creux de son cou, respirant à peine, tentant d'arrêter le temps.

– J'aurais tellement aimé que ta mère et moi... J'aurais tellement aimé que tout se passe autrement.

– N'en parlons plus.

Ne plus en parler; surtout, ne plus y penser! Roberto avait raison. L'important n'était-il pas de protéger leur bonheur contre tout, contre tous?

22

Une journée sombre s'annonçait. Des éclats de voix s'entendaient d'un bout à l'autre du corridor même s'il n'était que neuf heures. Cette agitation fébrile qui animait l'hôtel avait réveillé François qui soupçonna qu'il se passait des choses anormales.

La nuit précédente, il avait très peu dormi, car les images diffusées au bulletin d'information avaient hanté ses pensées. La veille, vers dix-sept heures trente, l'ouragan *Gilbert* avait frappé la Jamaïque. En plus de dégâts considérables, il avait fait une quarantaine de victimes. La tempête se dirigeait maintenant vers la péninsule du Yucatan.

S'infiltrant sous les fenêtres mal ajustées, le vent qui émettait des sons lugubres évoquait le spectre de cet ouragan dont la venue signifiait la fin de leur voyage. François avait fini par s'endormir, souhaitant se réveiller en apprenant que *Gilbert* était mort en mer.

Le va-et-vient inhabituel laissait présager le contraire. Sans attendre qu'on vienne les prévenir, il réveilla Sophie et ils descendirent aux nouvelles.

Quelques minutes plus tard, en compagnie d'autres touristes inquiets, ils attendaient la représentante de l'agence. La nouvelle était sur toutes les lèvres : *Gilbert* avançait tout droit sur Cancun.

Carmen avait délibérément retardé sa venue au bureau. Elle y serait toujours bien assez tôt pour expliquer son impuissance et surtout son ignorance des caprices de la météo. Son retard indisposait les gens, particulièrement Michel. Impatient, il tournait en rond. Le mouchoir à la main, il essuyait la transpiration qui mouillait continuellement son front. Sa compagne s'était résignée, mais la nervosité de Michel se manifestait de plus en plus. Il appartenait à cette sorte de gens qui clament leurs droits et veulent les voir respecter, demeurant sourds aux appels au calme.

– J'en ai entendu de toutes sortes à propos des ouragans, disait-il assez haut pour que tout le monde l'entende. Je ne tiens pas à raconter des histoires semblables à mes enfants en rentrant à la maison. Carmen ne peut nous garantir que la tempête va changer de direction avant d'arriver jusqu'ici, mais ce que je veux savoir, c'est si elle est capable de s'organiser pour nous faire sortir d'ici au plus vite! Elle aura beau dire qu'il n'y a pas de danger pour le moment, que *Gilbert* est encore à des centaines de kilomètres, elle ne me convaincra pas. Ça voyage vite, ces bêtes-là! Je te le répète, moi, tout ce qui m'importe, c'est de savoir si on s'occupe de nous quelque part!

Irrités par ses façons cavalières, Sophie et François s'étaient dissociés du groupe. Main dans la main, ils faisaient les cent pas entre le hall et la salle à manger quand Sophie s'arrêta devant la porte de la pièce où seulement quatre personnes étaient attablées pour le petit-déjeuner. Elle se souvint qu'hier Pierre Amyot était assis à ses côtés à la table inoccupée près de la fenêtre. Ce souvenir fit réapparaître l'image de cet homme. Pourquoi faisait-il partie de ses préoccupations? Pourquoi cette inquiétude soudaine en constatant son absence qui se prolongeait depuis la veille? Elle imagina plusieurs scénarios avant de partager son appréhension avec François.

Ils étaient demeurés à l'hôtel toute la journée hier. Si Pierre y était passé, il les aurait vus. Pourquoi ne s'était-il pas manifesté?

Moins émotionnel, François suggéra d'analyser calmement la situation. Il alla jusqu'à la fenêtre panoramique donnant sur le stationnement. Aucune voiture ne s'y trouvant, cela pouvait en effet signifier que Pierre était sorti tôt le matin ou n'était pas rentré du tout.

Il se dirigea vers la réception avec l'intention de s'informer du numéro de sa chambre et d'y monter. Pierre y était peut-être pendant qu'ils se faisaient du mauvais sang pour lui.

– Je vais avec toi, dit Sophie.

Ils montèrent au troisième étage. Devant la chambre de Pierre, une femme de ménage déposait son matériel de nettoyage et s'apprêtait à ouvrir à l'aide de son passe-partout. Ils attendirent deux pas derrière elle, espérant entendre la voix de Pierre leur parvenir de l'intérieur. La femme revint vers eux et leur confirma que l'appartement était vide et que le lit n'avait pas été défait depuis la veille. Tous les effets de Pierre, y compris ses produits de toilette, étaient là.

La situation devenait inquiétante. Où était Pierre? Se savait-il menacé et obligé d'évacuer l'hôtel avec les autres touristes? Chaque question demeurée sans réponse en faisait naître une autre pour ce jeune couple qui s'était attaché à cet homme charmant.

Sophie descendit lentement les escaliers. Silencieuse, certaine que Pierre était en difficulté, elle laissa François la devancer. C'était surtout ses comportements dépressifs qui lui faisaient craindre le pire.

Carmen était entourée de touristes qui l'écoutaient attentivement. Elle ne pouvait nier l'évidence. La météo prédisait une forte possibilité que *Gilbert* frappe Cancun. À son avis, il n'y avait encore rien d'inquiétant pour les heures à venir. Ses dernières paroles firent réagir Michel.

– Rien d'inquiétant! Vous ne trouvez pas qu'il y a assez de monde inquiet ici? cria-t-il en levant les bras.

Le fait qu'on s'occupe d'eux ne le rassurait pas. Même si les grossistes avaient nolisé un avion et réservé des places sur les vols en direction des États-Unis, cela lui semblait être des paroles en l'air pour tranquilliser les touristes.

– Je vous l'avais dit! On est pris comme des rats.

– S'il vous plaît, monsieur. Pour assurer votre sécurité à tous, surtout ceux qui devront demeurer à Cancun, nous avons déjà prévu des logements plus sûrs dans des hôtels au centre-ville.

– Vous causez bien, mais si votre avion ne vient pas, il n'y aura jamais assez de place pour tout le monde en ville. Où sont vos hôtels capables de loger autant de monde? Et votre avion? Combien de passagers vont monter à bord?

– Écoutez, monsieur. Je vous ai dit de nous faire confiance. Nous verrons à ce que tout se passe pour le mieux. Nous avons de la chance, il y a présentement très peu de touristes à Cancun. En attendant, l'important est de se tenir constamment au courant des développements. S'il faut évacuer, vos bagages devront être prêts dans les plus brefs délais.

Le départ précipité de Carmen fut perçu comme une fuite devant d'autres questions ne pouvant que demeurer sans réponse. François et Sophie, qui étaient restés à l'écart du groupe pendant la discussion, sentaient un sentiment d'échec les envahir, une grande déception les attrister jusqu'au fond de l'âme. Comme un voile, la réalité tombait sur leur beau rêve. Deux larmes coulaient sur les joues de Sophie.

– François! Qu'est-ce qui va nous arriver? Qu'allons-nous faire? Je ne veux pas partir.

– Es-tu sérieuse? Tu préfères vivre l'ouragan ici? S'il ne change pas de trajectoire d'ici quelques heures, *Gilbert* ne fera qu'une bouchée de notre voyage de noces, dit François en essuyant une larme qui avait roulé jusqu'aux lèvres de Sophie.

– Pourquoi faut-il que cela nous arrive?

Personne n'avait de réponse et Sophie, qui remontait l'escalier pour aller préparer ses bagages, le savait très bien.

* * *

Une heure plus tard, des dizaines de valises s'entassaient dans le hall d'entrée et Carmen était de retour. François descendit le premier pour lui communiquer la disparition de Pierre, mais la jeune femme était dépassée par les événements. Toutes ces formalités à remplir et ces questions auxquelles elle ne pouvait répondre! Il décida alors d'attendre que la représentante ait prodigué réconfort et encouragement aux touristes en proie à toute la gamme des émotions.

En apercevant ce spectacle, Sophie s'arrêta au milieu de l'escalier. Elle était pâle. Cette fois, il n'y avait aucun doute : on devait évacuer.

Carmen était auprès de Liette quand François se décida à l'aborder. La représentante venait de prendre un engagement impossible à tenir. Quand ils seraient à l'aéroport, avait-elle dit à Liette, elle resterait à ses côtés jusqu'au moment de monter dans l'avion. On lui donnerait ce qu'il fallait pour soulager ses crampes en attendant.

Comment pourrait-elle lui accorder l'exclusivité de son attention avec ce qui l'attendait là-bas? se demanda François. Mais Liette préférait croire la jeune fille plutôt que d'écouter les propos alarmants de Michel. François expliqua à Carmen ce qui les inquiétait au sujet de Pierre et retourna auprès de Sophie.

– Quand est-ce qu'on va lui voir la carcasse, à cet autobus ? se lamentait Michel. Il ne manquerait plus qu'on arrive en retard à l'aéroport, maintenant. Je suis sûr qu'il ne restera pas une place. Il y a toujours des gros *big shot* qui ont la piastre au bout des doigts dans ces cas-là. Vous allez voir comment ça va se passer encore une fois !

Désespérée, Liette l'invita à sortir marcher devant l'hôtel afin d'être le premier à monter à bord de l'autobus. Mais il n'était pas question qu'il sorte, rien de ce qui se passait à l'intérieur ne devait lui échapper.

– Je n'ai pas envie qu'on me passe un sapin, dit-il. On nous a promis des places dans ce fichu avion. Je veux être certain qu'il y en a une pour nous.

Martha s'approcha de Liette et lui proposa de laisser Michel se tranquilliser et de sortir toutes les deux. Celle-ci accepta en espérant que l'exercice calme ses crampes.

François et Sophie suivirent les deux femmes et sortirent à leur tour. Sophie essuyait les larmes qui coulaient continuellement sur ses joues.

– Tout avait si bien commencé, dit-elle. Nous avions dépensé jusqu'à notre dernier sou pour ce voyage de noces inespéré. Je te jure qu'un jour, nous reviendrons à Cancun. Nous le reprendrons, ce voyage !

François sourit. La même pensée venait justement de traverser son esprit. Eux aussi allaient revenir à Cancun, et si le voyage se terminait sans écueil, ils feraient comme Pierre et Jane ; c'est là, qu'un jour, ils renouvelleraient leurs serments amoureux.

Les nuages s'entassaient dans le ciel. Partout, on entendait le bruit des coups de marteau. Des gens clouaient des planches devant les fenêtres de leurs habitations ou de leurs commerces, d'autres marchaient rapidement avec des sacs de provisions à la main. Le même air inquiet se lisait sur tous les visages.

– J'ai peur, dit tout à coup Sophie qui semblait enfin prendre conscience de la situation. Regarde le ciel! Et la mer, elle est déchaînée. Elle n'a plus rien de celle des premiers jours de nos vacances. Il faut que nous partions. Il faut que nous ayons des places dans cet avion!

– Tu ne veux plus rester, à présent?

– Non! Je veux m'en aller chez nous.

Sophie n'avait jamais connu une telle angoisse. Dans son esprit, une foule de sentiments se bousculaient. Elle aurait souhaité que François la prenne dans ses bras et la rassure et, en même temps, elle désirait être libre de ses mouvements pour respirer. L'air manquait dans ce pays étouffé par la menace et l'inquiétude.

Au bout de l'allée, un autobus bondé de monde stoppa. Le conducteur fit signe qu'un autre suivait. Ce fut le signal de la débandade. Sautant sur leurs bagages, les gens se ruèrent vers la sortie. Sophie et François eurent du mal à entrer prendre les leurs. Quand l'autobus fut prêt à partir, il ne restait que le marchepied du véhicule pour les accueillir.

François chuchota à l'oreille de Sophie de tenir bon jusqu'à l'aéroport. Là-bas, ils seraient les premiers à descendre, les premiers à se mettre en ligne.

Une foule avait déjà envahi l'aéroport quand ils arrivèrent à leur tour. La déception se lisait sur le visage de François. Il se dit que Sophie et lui auraient de la chance s'ils arrivaient à monter dans le dernier avion. Il eut aussi une pensée pour Pierre qui, ne s'étant toujours pas présenté, allait sûrement manquer ce dernier départ.

23

Pendant ce temps-là, le centre commercial Las Palmas n'échappait pas à l'agitation qui animait Cancun. Les touristes se préparaient à retourner dans leur pays où à être localisés ailleurs, mais les habitants de la ville cherchaient à se protéger. La *tienda* de Miguel et Catherine ne contenait plus une bouteille d'eau ni aucune boisson gazeuse. Les tablettes avaient été vidées d'à peu près tout ce qui était comestible.

Sylvia avait quitté sa boutique en attendant le retour de Roberto qui avait promis à Jose de vérifier les amarres de *La Paloma*. Tout était différent ce jour-là. Malgré la foule fébrile, un silence de mort régnait partout; les gens parlaient à voix basse. L'inquiétude se lisait sur les visages.

Elle se retrouva chez Catherine qui était seule, elle aussi.

– On dirait que la mort est passée dans le centre commercial. On a oublié les préparatifs de la fête, dit-elle en entrant, sans aucun préambule.

– On se prépare à une drôle de fête, si tu veux mon avis. Roberto n'est pas encore de retour?

– Il ne va plus tarder. Si ça ne te dérange pas, j'aimerais l'attendre ici avec toi.

– J'avais justement besoin de compagnie. Il ne me reste que cette tablette à vider pour que tout ce qui a de la valeur soit à l'abri. Tu me donnes un coup de main ? Dès que Miguel sera là, nous monterons tout cela dans la pièce que le propriétaire nous offre au second.

Pendant que les femmes s'affairaient autour des caisses à remplir, des pensées très différentes occupaient leur esprit. Encore sous l'effet de la grande nouvelle de sa prochaine maternité, Catherine ne se sentait pas le droit de partager sa joie avec Sylvia qui semblait particulièrement triste. Elle opta pour un autre sujet qui la tracassait tout autant. Elle venait de poster la lettre écrite à sa mère et elle se demandait si sa missive partirait avant le mauvais temps.

– C'était donc si urgent de la poster, cette lettre ?

– Si elle ne parvient pas à destination, je n'aurai peut-être pas le courage d'en écrire une deuxième. J'espère que ma mère acceptera notre invitation. J'aime à penser qu'elle est encore libre de ses propres décisions.

Selon ce que Sylvia connaissait de l'histoire de Catherine, la situation n'était pas simple. Sa mère souffrait probablement autant qu'elle et devait parfois se sentir déchirée au plus profond de son être. Catherine la blâmait de ne pas avoir été assez ferme et d'être en quelque sorte responsable de l'attitude de son mari en lui donnant toujours raison.

– Pourquoi faut-il qu'il y ait toujours des ombres au bonheur ? Pourquoi, Sylvie ? Le sais-tu, toi ?

De la voix de son amie émergeait tant de mélancolie que Sylvia vint tout près d'elle et, comme si elle s'adressait à la sœur qu'elle n'a jamais eue, elle lui dit :

– Chère Catherine, tout ce que j'en sais, c'est qu'un jour ou l'autre, chacun connaît sa part de contrariétés. Étrange que nos soucis proviennent de nos familles. Toi, tes parents te rejettent, moi, ils ont été tués dans un accident de la circulation. Quant à Roberto…

– Quoi, Roberto? Tu permets que je te pose une question? Vous ne parlez jamais des parents de Roberto.

– Que voudrais-tu que je t'en dise?

– Je ne sais pas, moi. Du moins autant que j'en dis des parents de Miguel.

– Nous ne sommes pas en très bons termes. Je préfère éviter le sujet. De toute façon, en parler n'ajouterait rien à ma vie. Roberto tente justement de recréer des liens avec sa mère qui, semble-t-il, n'est pas bien. Cette femme m'a causé tellement... Elle a...

– Elle a quoi, Sylvie?

– C'est du passé. À quoi bon se torturer pour des choses avec lesquelles nous devons vivre?

– Excuse-moi, Sylvie. Je n'ai pas à insister, tes secrets t'appartiennent. Aussi bien cesser de discuter de ce qui ne semble pas être sur le point de se résoudre.

Catherine regarda l'heure. Miguel devait être là d'une minute à l'autre. Il était allé chercher Luis qui ne cessait de parler de Nacha. Cette pensée la ramena à l'ouragan. Nacha avait pressenti un danger qui semblait de plus en plus proche. S'il fallait se fier à son instinct animal, il faudrait tout protéger, tout barricader. Ce dernier mot lui donnait des frissons. Sa crainte était que *Gilbert* frappe fort, même s'ils étaient barricadés au commerce ou à la maison.

La maison et le commerce barricadés, le départ chez des parents ou des amis de Miguel qui habitaient loin de là, à cent kilomètres au moins, voilà autant de perspectives qui inquiétaient Catherine, aux prises avec des nausées sporadiques qu'elle dissimulait à Sylvia. Cent kilomètres avec l'achalandage des routes et la pluie, ce ne serait pas une aventure facile, mais c'était nécessaire pour éviter de s'exposer inutilement. C'était d'autant plus important à présent à cause de l'état de Catherine.

Sylvia pensait plutôt à Luis quand elle dit :

– Vous faites bien de ne pas courir de risques, surtout pour Luis. Il est déjà suffisamment traumatisé par ce qui arrive. Je le voyais se promener dans le centre commercial tantôt et poser des questions à tout le monde. Il ne semblait pas comprendre pourquoi il y avait ce branle-bas.

– J'ai une idée, Sylvie. Pourquoi ne venez-vous pas avec nous ? Tous les cinq, il me semble que ce serait plus facile.

– Si Roberto part pour Veracruz, j'irai peut-être avec vous...

– Roberto n'osera pas partir. Les risques sont trop grands.

– J'attends qu'il revienne pour connaître sa décision. S'il ne va pas là-bas, il ne voudra pas quitter Cancun.

– Tu me dis qu'il ne voudra pas quitter Cancun, mais toi, est-ce que tu préférerais partir ?

La réponse de Sylvia ne tarda pas. Elle était toute tracée d'avance ; sa vie était avec Roberto et auprès de lui, quoi qu'il arrive. Catherine sourit. Un peu moqueuse, elle dit :

– Comme c'est beau, l'amour !

– Ne te moque pas, s'il te plaît, Catherine.

– Je ne me moque pas. Je sais que nos situations sont différentes. Si vous aviez un petit Luis à protéger, ou une...

Catherine ne termina pas sa phrase. Une cliente venait d'entrer en compagnie d'une mignonne fillette qui s'accrochait à ses pas. Elle semblait à bout de souffle et fut heureuse de constater que les deux femmes parlaient français.

– On doit prendre l'autobus pour l'aéroport dans quelques secondes, dit-elle. Vous n'auriez pas de quoi grignoter pour la petite ? Vous comprenez, avec ce qui se passe, il y aura la cohue là-bas et, si le vol est retardé, je ne voudrais pas que ma fille souffre de la faim.

Catherine entraîna la femme au fond de la pièce où elle avait gardé deux ou trois petites choses pour les siens. La petite était restée là, sans bouger, fascinée par le sourire de Sylvia qui ne la quittait pas des yeux. Elle tournait son pouce dans sa bouche. Un sourire timide chatouillait ses lèvres alors que ses yeux s'ouvraient démesurément pour chasser une mèche de cheveux accrochée à ses longs cils.

– Je m'appelle Léana, dit la petite comme si elle avait entendu la question de Sylvia.

– Léana ! Quel joli nom ! Et comme tu es mignonne !

Sylvia s'approcha d'elle et s'accroupit à sa hauteur. Maintenant, rien d'autre n'existait que ce petit être tout rosi par le soleil. Du bout des doigts, elle toucha sa peau, si douce qu'elle en frissonna.

La petite Léana lui sourit gentiment et lui demanda s'il était vrai que, bientôt, il y aurait un gros orage.

– Maman dit qu'il faut partir très, très vite ! Pourquoi les orages sont dangereux ici ? Chez moi, j'aime bien les orages. Je regarde par la fenêtre et ça fait tout plein de feux d'artifice !

Les lèvres de la petite bougeaient sans que Sylvia entende ses paroles. Elle caressait ses minuscules mains qui lui échappaient à tout moment pour remonter les bretelles de sa robe soleil rose ou pour rabattre les deux rangées de fronces qui couvraient ses genoux.

– Pourquoi tu parles pas, madame ?

– Oh! excuse-moi, Léana. J'étais distraite. Je n'ai pas entendu ta question.

– Je veux que tu me dises pourquoi la poupée est toute seule sur la tablette en haut.

– C'est qu'on a rangé les autres dans une boîte et qu'il n'y avait plus de place pour elle. Ce sera son tour bientôt. À moins que... Tu aimerais posséder une poupée comme celle-là?

– Ah oui! Ah oui! Maman, regarde la poupée! Je peux l'acheter! J'ai encore des sous, tu sais.

Il lui aurait fallu beaucoup d'autres sous pour acheter cette poupée, mais la petite Léana insistait. Elle s'accrocha aux jupes de sa mère qu'elle secoua vigoureusement.

– Maman! Je la veux! Je la veux! S'il te plaît! trépignait la petite à qui on avait presque fait une promesse.

Sylvia tira le tabouret rangé sous le comptoir. Elle y monta pour atteindre la poupée convoitée et la mit dans les bras de la fillette.

– Tiens, petite Léana! C'est un cadeau de tante Sylvie. Je n'aurai peut-être jamais de belle petite nièce comme toi, alors je te la donne, à toi.

Le geste de Sylvia surprit autant Catherine que la mère de Léana qui disait ne pouvoir accepter un cadeau d'une telle valeur d'une personne ne les connaissant pas.

– Faites-moi plaisir, madame, insista Sylvia. Laissez votre fille accepter la poupée. Elle sera plus sage à l'aéroport, et moi, tellement heureuse de lui avoir procuré ce plaisir.

Encore sous le choc qu'elle attribuait à la température, la femme céda devant l'insistance et la générosité de Sylvia.

– Vous devez avoir vos raisons, dit-elle, en ajoutant pour Léana : dis un gros merci à la gentille dame.

Léana courut se jeter au cou de Sylvia et l'embrassa sur les deux joues, puis elle sortit en tenant sa poupée contre son cœur. Quand elle se retourna une dernière fois vers Sylvia, celle-ci essuyait discrètement une larme.

Catherine avait observé la scène sans rien dire. Elle s'approcha de son amie.

– Ne t'inquiète pas, Catherine. J'ai ce qu'il faut pour payer la poupée.

Ce n'était pas le coût de la poupée qui inquiétait Catherine, mais l'attitude soudaine de Sylvia. Depuis quand faisait-elle des cadeaux de ce prix à de purs étrangers? Pas plus que Catherine, Sylvia ne connaissait les motifs de son geste. Elle aussi attribua sa générosité à la température.

– Sylvie! Quand vas-tu te décider à régler ton problème? Je sais que tu ne veux pas en discuter, mais ne me crois pas idiote. Tu n'as qu'à apercevoir un enfant pour devenir irrationnelle. Parfois, j'ai l'impression de comprendre des choses que tu te caches à toi-même. Sylvie! Pourquoi n'avez-vous pas d'enfants, Roberto et toi, si tu les aimes tant?

– Je ne sais pas. Il est trop tôt et la villa nous a demandé beaucoup de travail. Si les petits ne viennent pas, c'est probablement mieux comme ça. C'est que nous ne sommes pas encore prêts.

– Ou que tu ne te décides pas à demander à Roberto de passer des tests. Tu crains qu'il refuse, qu'il se croie affecté dans son orgueil, dans sa virilité de mâle mexicain.

– Non, Catherine! Non! Il n'a jamais été question de ça entre Roberto et moi! Je ne sais même pas ce qu'il en pense.

– Si j'étais à ta place, je résoudrais mon problème, Sylvie. Les jours à venir pourraient s'avérer difficiles pour toi.

Sylvia, qui voulait clore le sujet, prétexta devoir retourner à la boutique avant le retour de Roberto, mais ce fut l'arrivée de Miguel qui mit fin à la discussion. Dès qu'il entra, Miguel remarqua l'air préoccupé de Sylvia. Il n'avait aucun moyen de vérifier si Catherine lui avait appris la nouvelle. Il décida de rester neutre dans ses propos jusqu'à ce que l'une ou l'autre lui donne un indice.

– Vous voilà bien sérieuses, les filles! Qu'est-ce qui se passe aujourd'hui?

Sylvia rangea le tabouret sous le comptoir et lança un regard à Catherine qui semblait contrariée par l'arrivée de Miguel.

– On tient le coup comme tout le monde, cher Miguel. Mais je déteste cette sensation de vivre avec une épée au-dessus de la tête, de répondre Sylvia.

Miguel était fixé. Catherine n'avait encore rien dit. Il tourna le dos aux deux femmes et se planta devant la vitrine. Sur le boulevard Kukulcan, les taxis faisaient la navette entre la zone hôtelière et le centre-ville. À première vue, rien ne différait des autres jours, sauf que ces taxis transportaient les gens de la zone hôtelière vers les abris du centre-ville. Non! rien de spécial, à part ce je ne sais quoi d'inquiétant, de morbide qui flottait au-dessus de la ville.

Miguel aperçut Roberto qui longeait l'allée du centre commercial. Après un bref coup d'œil dans sa direction, celui-ci rentra chez lui. Miguel ne crut pas nécessaire d'aviser Sylvia de l'arrivée de son mari. De toute façon, elle semblait sur le point de partir quand la sonnerie du téléphone se fit entendre. Catherine laissa Miguel prendre la communication et commença à dire à Sylvia qu'ils disposeraient d'un espace pour eux à l'étage s'ils désiraient y entreposer des choses. Mais elle était distraite; la voix de Miguel était différente tout à coup, pas comme celle qu'il prenait lorsqu'il parlait à une connaissance ou à un fournisseur. Devenue muette, Catherine tendit l'oreille.

– Catherine, dit Miguel en lui tendant l'appareil. C'est pour toi! Le téléphone, c'est... C'est ta mère!

Le visage de Catherine devint de cire, son cœur se mit à battre à tout rompre. La main tremblante, elle lui arracha le récepteur. Elle devait rêver. Était-ce possible que sa mère lui téléphone après tant de jours, tant de mois de silence?

– Maman! dit-elle simplement, mais ce mot portait le poids de son émotion. Pourquoi m'appelles-tu en plein jour? Maman, tu n'as pas une mauvaise nouvelle à m'apprendre, j'espère?

Au bout de la ligne, Jacqueline Bachand s'empressa de rassurer sa fille.

– Catherine, ma fille. Il n'y a rien ici pour t'inquiéter. C'est ce qu'on dit à la télévision au sujet de cet ouragan qui nous inquiète.

Sa mère n'avait pas changé. Elle s'inquiétait encore pour elle malgré tout!

– Catherine, tu sais que je pense toujours à toi. Si tu savais comme tu me manques, ma chérie.

La conversation déviait constamment d'un sujet à l'autre. Trop de choses étaient à dire, trop d'émotions les habitaient. En recevant sa lettre, Jacqueline Bachand allait relire toutes ces choses que Catherine lui racontait au sujet du petit qui devenait un grand garçon, gentil et très raisonnable, qui lui parlait souvent de cette grand-maman qu'il n'avait pas oubliée.

Au bout de la ligne, il y eut un bruit de mouchoir et sa mère redit sa joie.

– Ça fait si longtemps. Ah! Catherine, comme je suis heureuse d'entendre ta voix!

– Maman. Écoute-moi, maintenant, à présent que tu es là, laisse-moi le grand bonheur de te dire de vive voix ce qui nous arrive. Maman, je vais avoir un autre enfant! J'en ai eu la confirmation hier seulement. Je suis certaine que Miguel est heureux que je puisse te l'apprendre de cette façon.

Des larmes roulaient sur les joues de Catherine. Elle fixait l'appareil comme si le visage de sa mère devait lui apparaître. Elle avait oublié la présence de Sylvia et ne l'avait pas vue venir près du comptoir, s'y appuyer pour reprendre son souffle.

Conscient de sa réaction, Miguel s'était approché d'elle. Son regard implorait son pardon. Ce n'était pas de cette manière que Catherine aurait voulu lui apprendre la nouvelle.

La jeune femme lui sourit poliment.

– Je vous laisse à votre bonheur, dit-elle. Nous en reparlerons quand Catherine sera revenue de ses émotions.

Catherine leva la tête au moment où Sylvia quittait la pièce. La voyant courir vers sa boutique, elle posa la main sur sa tête comme si elle allait s'arracher les cheveux.

– Maman! Excuse-moi une seconde, dit-elle.

– Qu'est-ce qu'il y a, Catherine?

– Il ne se passe rien, maman, dit-elle en cherchant à reprendre le fil de ses idées.

– Ma chérie, il y a auprès de moi quelqu'un qui… Quelqu'un qui voudrait te parler. Catherine, tu sais que c'est difficile pour tout le monde. Il a beaucoup réfléchi. Veux-tu que je lui passe la communication?

Avait-elle bien entendu? C'était bien de son père qu'il s'agissait? Voulait-il vraiment lui parler? Était-ce à cause de ce désir que sa mère avait téléphoné? Et à présent, elle lui demandait si elle voulait lui parler? Mais Catherine ne souhaitait que cela, et depuis tellement longtemps...

Des secondes interminables s'écoulèrent avant que se fasse entendre une voix rauque, étouffée par l'émotion.

– Catherine, c'est moi. C'est ton père. Comment vas-tu, ma fille?

Elle mit du temps à se remettre. Au bout de la ligne, l'homme crut qu'on avait coupé la communication.

– Catherine, tu es là?

– Papa!

– Ça fait longtemps qu'on ne m'a pas appelé comme ça.

D'entendre de nouveau cette voix d'homme qu'elle s'était efforcée d'oublier la rendit muette. Maurice Bachand s'inquiéta.

– Catherine! Tu es là?

– Bien sûr que je suis toujours là. C'est l'émotion. Parle-moi. Je ne sais que dire...

– Me pardonneras-tu, ma fille? Pardonneras-tu à un vieux malcommode d'avoir gâché des années de bonheur à tout le monde?

– Papa, ne dis pas ça! Je comprends que c'est encore difficile d'accepter ma décision. Tu n'as jamais cessé d'espérer mon retour à la maison, même après mon mariage avec Miguel.

– Tu as compris. C'est bien ce que je voulais dire. Je ne suis qu'un vieil entêté qui a refusé de croire que ton bonheur pouvait être ailleurs qu'ici, avec nous. J'ai préféré te perdre pour de bon que d'accepter ton choix. Le résultat est que je nous ai privés du bonheur de connaître notre petit-fils. Je suis un vieux fou! Un vieux maudit fou! Pourras-tu me pardonner toutes ces années gâchées? Pourrez-vous tous me pardonner?

Catherine ne contenait plus sa joie. Elle avait envie de sauter dans le premier avion, d'aller embrasser ses parents. À l'autre bout de la ligne, ignorant les difficultés de mettre un tel projet à exécution dans les circonstances, Maurice Bachand faisait le même vœu.

– Bonne idée, ma petite, venez! Que va-t-il vous arriver si vous restez là-bas, avec cet ouragan qui approche?

Le fait qu'elle ait épousé un homme plus âgé qu'elle, ce qu'il lui reprochait autrefois, permettait qu'elle profite aujourd'hui de sa sagesse. Miguel se chargeait de leur sécurité en les éloignant de Cancun.

– Dis-lui que je le remercie. Surtout, qu'il veille bien sur toi et sur le petit Luis.

– Miguel connaît parfaitement notre langue, tu sais. Tu peux le remercier toi-même, dit Catherine en tendant l'appareil à son mari.

La voix de Miguel devint vite lointaine. Deux grosses larmes roulaient sur le visage de Catherine. Des images allaient et venaient dans son esprit; des souvenirs d'odeur de pipe et de crème à rasage affluaient. La jeune femme était partagée entre une folle envie d'éclater de rire et celle de pleurer comme une Madeleine. Il avait fallu que la sécurité de sa fille soit menacée pour que ce vieil entêté se délivre de l'emprise de sa sordide rancune.

Miguel salua les parents de sa femme et redonna l'appareil à Catherine. Sa mère désirait encore lui parler. Au bout du fil, une femme déchirée disait tantôt sa joie de la nouvelle d'une naissance prochaine, tantôt sa crainte que de mauvais vents n'emportent ceux qu'elle ne pouvait protéger que par ses prières.

– Soyez tranquilles tous les deux, il ne nous arrivera rien, répéta Catherine avant de raccrocher.

En entrant, Luis trouva ses parents assis sur des caisses de carton écrasées. Catherine avait les yeux rougis, alors l'enfant devint triste à son tour et voulut savoir la cause des larmes de sa mère.

– Ce sont des larmes de joie, mon chéri! Il se passe, mon petit bonhomme, que nous irons bientôt dans mon pays.

– Que dis-tu? Nous irons voir grand-maman! Mais quand?

– Que dirais-tu de rencontrer aussi ton grand-papa Bachand?

Que racontait Catherine? Son grand-papa Bachand? Il n'y avait qu'une grand-maman Bachand, pas de grand-papa! Comment expliquer à un enfant cette histoire de reniement, d'agressivité, d'incompréhension? Comment lui expliquer sans mettre à nu les laideurs de cet homme qu'on avait convenu d'appeler oncle Maurice quand on regardait les photos?

– Mais pourquoi, mama? Pourquoi?

– Ce cher homme n'était probablement pas encore prêt à assumer son rôle de grand-papa, supposa Catherine, à court d'explications.

Luis fronça les sourcils et, encore une fois, il pensa que les grandes personnes étaient bien trop difficiles à comprendre. Si Nacha pouvait revenir, elle au moins le comprendrait.

Les grandes personnes étaient aussi souvent fatiguées, comme c'était le cas de Catherine qui sollicita l'aide de l'enfant pour monter toutes ces choses au second.

L'ouragan ne la préoccupait plus autant, mais pour le moment, il fallait tout de même se mettre à l'abri pour qu'à leur retour, ils puissent repartir au Québec où elle était enfin la bienvenue.

24

De retour à son commerce, Roberto ne s'était pas préoccupé de l'absence de sa femme. Il avait déposé ses outils sur le comptoir pour s'approcher aussitôt de la vitrine. Très vite, les bâtiments dressés entre lui et la mer disparurent, le décor familier faisant place à son imagination fertile dans laquelle s'agitaient des vagues énormes et un petit bateau en péril.

Il était trop absorbé par ses pensées pour entendre Sylvia entrer et aller se réfugier dans la petite pièce à l'arrière de la boutique. Celle-ci en fut heureuse parce qu'elle avait besoin de reprendre ses esprits, d'adopter une attitude. Elle se mit à ranger inutilement, à fouiller dans son sac à main sans savoir ce qu'elle y cherchait. Chaque geste devenait un exutoire à la nervosité extrême qui l'habitait.

Alerté par le bruit d'un papier qu'on froisse, Roberto leva la tête et vit Sylvia. Elle était revenue dans la pièce et regardait fixement le coffre à outils, comme une personne qui sort d'une profonde réflexion.

– Je me demandais justement où tu étais, lui dit Roberto, attribuant sa tristesse aux événements à venir, sans se douter des états d'âme réels de Sylvia.

– Personne ne s'est présenté depuis l'ouverture. J'en ai eu assez d'être seule dans cet endroit triste, dit-elle. Je suis allée chez les Perez.

– Comment ça se passe pour eux ?

En apparence, Sylvia avait repris le contrôle de ses émotions, mais avant de lui répondre, elle respira profondément et rajusta son corsage. Elle engagea la conversation au sujet de l'ouragan, une excuse tout indiquée pour ne pas parler de ce qui arrivait à Catherine.

– Les Perez partent d'ici quelques heures, dit-elle. Miguel se sentira bien quand sa famille sera à l'abri à l'intérieur des terres. C'est un homme très prudent qui ne prend pas de chance. Ils iront chez des amis ou des parents, je ne sais plus trop. Ah ! si tout ça ne pouvait être qu'une fausse rumeur ! ajouta-t-elle en marchant de long en large, en proie à une angoisse difficile à supporter.

Ses inquiétudes face à l'inconnu, le voyage de Roberto à Veracruz, les révélations de Catherine à sa mère, tant de choses traumatisantes se produisaient au même moment. Elle s'arrêta devant Roberto et, jugeant qu'ils devaient clarifier la situation, elle lui demanda ce qu'il comptait faire au sujet de son voyage.

– Le risque est trop grand. Je ne pars plus. Je téléphonerai à Veracruz. Ils comprendront et ne m'attendront pas inutilement.

Dictée par la simple prudence, la décision de Roberto se voulait rassurante. Pourtant, Sylvia se blâmait, prenant sur elle la responsabilité de son choix. Si elle avait été témoin des conversations des pêcheurs alors que Roberto et les amis de Jose amarraient *La Paloma*, elle aurait jugé par elle-même de l'inquiétude qui augmentait à chaque bulletin de la météo. Certains se préparaient déjà au pire.

– Nous risquons moins sur la terre ferme que ceux qui sont déjà au large, dit Roberto. Surtout les vieux bateaux qui n'ont aucun radio à bord. Quand je pense à Pepe qui n'a pas encore donné de nouvelles. Les pêcheurs revenus à terre ne l'ont pas aperçu le long des côtes. S'il ne se rapproche pas d'ici quelques heures, il risque plus que nous.

Difficile de rassurer Roberto dans ce domaine dont Sylvia ignorait presque tout. À court d'arguments, elle lui suggéra de faire confiance à l'expérience de son ami qui savait reconnaître les signes avant-coureurs de mauvais temps.

Ce n'était pas aussi facile que le croyait Sylvia. Pour un pêcheur, une mer qui se gonfle devient un défi de plus à relever, surtout pour un homme entêté comme Pepe.

De nouveau perdu dans ses pensées, Roberto entendit à peine Sylvia qui, changeant de propos, s'inquiétait de ce qu'il comptait faire pour protéger la boutique.

– La boutique? répéta-t-il, le regard absent. Oui, la boutique. Je suppose qu'il faudra faire comme les autres et la protéger, la barricader.

En effet, on avait enfin pris conscience du danger et commencé à se protéger. Sylvia se souvenait vaguement que, juste avant de répondre au téléphone, Catherine avait parlé d'un espace d'entreposage ; juste avant de répondre au téléphone et d'annoncer à sa mère que… L'espace d'un instant, elle revit l'expression de joie de son amie, puis, comme si la vision devenait réelle, elle s'aperçut que Catherine était là, devant la porte, suivie de Miguel et du petit. Les Perez, qui venaient de mettre la clef sur la porte, n'allaient pas partir sans passer les saluer. Un peu hésitante, Catherine entra la première. Elle chercha le regard de Sylvia, ce regard qui ne saurait la tromper.

Sylvia vint vers elle et ouvrit les bras. Elle n'avait pas à exprimer par des paroles ce que signifiait l'étreinte qu'elle lui prodigua.

– Comme c'est bête! Je suis tellement désolée! dit Catherine. Je pensais nous réserver un moment bien à nous pour te l'apprendre.

Sylvia mit son doigt sur sa bouche. Catherine n'avait pas à s'excuser, la situation était parfaitement claire. Un moment de silence s'écoula pendant lequel Sylvia caressa la nuque de Catherine. Son geste comportait plus d'amitié que mille paroles n'auraient su exprimer. De grosses larmes roulaient sur les joues des deux amies.

– Me direz-vous enfin ce qui se passe? dit Roberto. J'ai vraiment l'impression d'avoir manqué quelque chose.

– Sylvia ne t'a donc rien dit? Tout à l'heure, au téléphone? Il m'a parlé, Roberto! Ils m'ont parlé tous les deux...

– Est-ce que je comprends bien, Catherine? C'est de ton père qu'il s'agit, n'est-ce pas?

L'événement était pourtant assez important pour que Sylvia en ait fait mention à Roberto. Pourquoi n'avait-elle rien dit? pensa-t-il pendant que Catherine s'emballait.

– Il m'a demandé pardon! Vous comprenez ce que ce téléphone-là signifie pour moi? Mon père sait que j'existe! Il m'a tellement manqué, ce vieil entêté, et maintenant, il veut nous voir!

Le mot «nous» prenait une nouvelle signification. À présent que Sylvia se sentait capable de partager le bonheur de Catherine, elle lui laisserait le plaisir d'apprendre l'autre bonne nouvelle à Roberto.

– Miguel le lui apprendra, mais pas ici, dit Catherine en pointant Luis du doigt; Luis qu'on avait jugé encore trop perturbé par les faits nouveaux pour ajouter à ses émotions.

Comme ils avaient l'habitude de le faire pour discuter entre eux, les hommes se retirèrent à l'écart. Luis souhaitait encore entendre parler de ce nouveau grand-papa. Il s'agrippa à la jupe de Sylvia et l'embarrassa en lui demandant si elle connaissait l'existence de ce grand-papa canadien. Catherine glissa quelques paroles à l'oreille du petit. Tout à l'heure, au cours du voyage, elle lui parlerait longuement de cet homme mystérieux.

Le petit se tourna vers son père et Roberto qui discutaient des mesures à prendre pour la sécurité du matériel. Les femmes, elles, se tenaient face à face. Sylvia posa sa main sur celle de Catherine.

– Un jour, Catherine, toi et moi, nous en parlerons vraiment. En attendant, laisse-moi t'assurer que je suis sincèrement, profondément heureuse pour toi et Miguel. La venue d'un autre enfant et ta réconciliation avec ton père ne pouvaient tomber à un meilleur moment. C'est une merveilleuse occasion de t'accrocher à la vie et d'être prudente pour revenir vite profiter de tout ça.

– Merci, Sylvie. Je reconnais la merveilleuse amie que tu es. Si je pouvais partager mon bonheur avec toi…

– Je le partage déjà. Tout est bien comme ça.

La pluie se mit à tomber de nouveau. Le ciel était de plus en plus gris. Voilà que la réalité avait repris toute la place. *Gilbert* devenait menaçant pour ceux qui disposaient de peu de temps pour se mettre à l'abri.

– Vous prendrez bien soin de ce trésor, n'est-ce pas? dit Sylvia en pressant Luis si fort sur son cœur qu'il demanda grâce.

– Tu m'étouffes! dit-il. Tu vas me faire mourir si tu continues à m'aimer gros comme ça!

Un rire collectif accompagna la réflexion du bambin qui, devenant très grave, se dit inquiet de laisser ses amis.

Tout à coup curieux de savoir si Sylvia se protégerait de l'orage, il lui demanda si elle irait se cacher comme Nacha.

– Ne t'inquiète pas. J'ai les bras de Roberto pour me cacher. Il est si fort que rien ne pourra m'arriver.

La réflexion de Sylvia avait calmé les inquiétudes de Luis; cependant, celles de Miguel persistaient. Il leur conseilla de quitter la villa. Elle se trouvait trop près de la mer pour qu'ils y soient en sécurité.

– Pourquoi n'allez-vous pas habiter notre maison à la ville? proposa-t-il.

Miguel fut à demi rassuré lorsque Roberto lui confia qu'Arturo Martinez leur avait offert l'hospitalité. Voilà qui était bien, à condition qu'ils acceptent son aide. Selon Miguel, les Hernandez seraient mieux n'importe où au centre-ville que dans leur villa, si solide soit-elle.

Sylvia regarda s'éloigner la voiture de leurs amis.

– Vous aussi, soyez prudents, murmura-t-elle.

* * *

Une heure s'était écoulée depuis le départ de la famille Perez. Roberto et Sylvia descendirent une dernière fois l'escalier de béton. Tout était en sécurité. Après avoir posé une dernière planche devant la vitrine donnant sur le boulevard, que pouvaient-ils souhaiter de plus, sinon que ce déménagement ait été fait pour rien?

La boutique vide était déjà loin derrière eux. La voiture des Hernandez s'apprêtait à s'immobiliser à proximité de leur villa. Le couple hésitait à quitter l'intérieur de la voiture, comme si cet espace restreint avait la faculté de leur procurer une certaine sécurité devant l'inconnu. Ils restaient là, à fixer le large, cherchant à distinguer ce que le soir tombé prématurément dissimulait déjà.

Sylvia avait remarqué que les vagues gagnaient du terrain, qu'elles s'approchaient dangereusement des dunes de sable qui protégeaient leur blanche villa.

– La mer a encore grossi depuis ce matin, constatat-elle à haute voix.

Visiblement, Roberto préférait éviter le sujet. Sylvia revint à la charge avec une question susceptible de le faire réagir.

– As-tu faim? demanda-t-elle comme on demande une chose banale, sans importance.

Tous deux étaient trop fatigués pour éprouver une autre sensation.

Ils rentrèrent se reposer avant les informations. Pas plus que Roberto, Sylvia ne ressentait le besoin d'avaler quoi que ce soit. Une douleur sourde tenaillait son estomac; une angoisse, inconnue jusque-là, la rendait vulnérable, inquiète du danger qui les menaçait. Qu'allait-il se passer d'ici quelques heures? Roberto lui semblait calme, trop calme. Il feignait d'ignorer les avis de la radio. Il avait pourtant barricadé la boutique avant de partir; pourquoi ne faisait-il rien pour leur demeure, pour cette villa sur le point de devenir la réalisation de leurs rêves?

Sylvia jeta un coup d'œil au décor qu'ils avaient choisi pièce par pièce, à toutes ces petites choses achetées ici ou là, celles qui lui venaient de ses parents, sur tout ce à quoi elle s'était attachée.

– Mon Dieu! S'il fallait! murmura-t-elle en s'empressant de chasser les sombres pensées qui hantaient son esprit.

Attendrait-elle encore longtemps avant que son mari réagisse? Sylvia était bien décidée, elle n'interviendrait pas. Elle avait déjà choisi de lui faire confiance jusqu'au bout.

25

DE LA FENÊTRE, voilée de dentelle trouée, contre laquelle il s'appuyait pour se tenir sur ses jambes, Pierre constata que le jour s'était levé depuis longtemps. Beaucoup de temps devait s'être écoulé depuis que Sophie l'avait vu se diriger vers la zone hôtelière. Ce jour qui l'accueillait avec la sensation que le plancher bougeait comme le pont d'un navire et ce bourdonnement qui alourdissait sa tête était différent de celui où il avait quitté le Mariposa pour une promenade.

Depuis son réveil, l'esprit empêtré dans une sorte de brouillard, il cherchait à se souvenir. La tête emprisonnée entre ses mains, il souhaitait que cesse le bruit sourd qui lui donnait l'impression qu'elle était sur le point d'éclater.

La lumière crue agressant son regard, il ferma les yeux, mais des cris d'enfants le ramenèrent à la réalité et il s'obligea à regarder le paysage.

Il vit un navire toujours solidement amarré au taquet du quai ; un navire qui luttait vaillamment contre le harcèlement des vagues en furie. Cette vision ramena un souvenir ; Pierre se rappelait un autre navire…

– Qu'est-ce que je fais ici, ce matin ? Ce n'est pas vrai ! dit-il en jetant un coup d'œil autour de lui.

La pièce qui avait abrité sa nuit ressemblait davantage à un dépotoir qu'à une chambre. Le mobilier se limitait à un lit raboteux recouvert de draps rapiécés et à une table surmontée d'une lampe rose, presque neuve, à côté du reste de l'ameublement. À demi enfoncée sous la table, une chaise disparaissait sous un vêtement.

Tout à coup, en proie à une panique capable de faire oublier le pire mal de tête, il s'écria :

– Mon pantalon !

Il délaissa la fenêtre et, prenant son vêtement, il constata que les poches en étaient retournées et pendantes. Un coup de masse aurait eu le même effet. Tout avait disparu. Dans la minuscule pièce, chaque objet se disputait l'ombre et la lumière. Pierre se laissa choir sur le lit.

– Que s'est-il passé ? Pour l'amour du ciel, qu'est-ce qui s'est passé depuis hier ?

Il allait mettre encore de longues minutes avant que des images, d'abord floues, se précisent.

Peu à peu, il se souvint du petit-déjeuner avec Sophie, ce repas où le souvenir de la mort de Jane l'avait de nouveau fait chavirer dans ce monde infernal qui l'aspirait, le faisait basculer en dehors du rationnel.

La vision de leur bonheur ne pouvait que le déchirer davantage, il avait fui sans revoir le couple de jeunes mariés. Pour se donner bonne conscience, il avait écrit un mot à la hâte qu'il avait attaché à la poignée de leur porte, et il était parti.

D'abord, il y avait eu la plage, et, ensuite, la route interminable menant à Coba, puis le moment de désespoir l'obligeant à s'arrêter et à remettre cette partie du pèlerinage à un autre jour.

Pierre se souvenait très bien maintenant. Il avait marché sur la route poussiéreuse et c'était en rebroussant chemin qu'il l'avait aperçue. À six mètres, une jeune fille portant un costume collé au corps comme en portent les cyclistes le regardait en souriant. Elle avait le teint pâle, elle n'était donc pas de l'endroit.

Surpris de rencontrer quelqu'un à des dizaines de kilomètres des centres touristiques, il lui avait dit :

– Mais d'où sortez-vous ?

– Je rentre chez moi. À Playa del Carmen.

– Allez-vous m'expliquer, enfin ?

– Je m'entraîne pour des compétitions cyclistes et comme je ne veux pas perdre la forme pendant mes vacances, je roule au moins cinquante kilomètres chaque jour.

– Ce n'est pas sérieux de venir par ici. Qu'est-ce qui est arrivé à votre bicyclette ?

Elle lui avait montré le pneu complètement à plat.

– C'est de la pure inconscience de venir si loin sans rien pour réparer.

Elle l'avait regardé d'un air insouciant, expliquant qu'en fait, elle s'attendait à ce qu'un des garçons qui vivaient à l'auberge où elle logeait vienne à sa rencontre.

– Vous le connaissez bien, ce type ?

Elle avait fait un vague signe pas très convaincant en rajustant son casque de sécurité.

– Et s'il ne venait pas ? Vous en serez quitte pour une bonne marche, n'est-ce pas ?

Elle avait pris un air résigné. D'ailleurs, n'avait-elle pas marché plus d'un kilomètre avant d'apercevoir Pierre sur la route, l'observant de loin et espérant qu'il soit son bon Samaritain ?

Pierre l'avait regardée un moment, puis avait scruté les alentours, flairant le piège. Elle avait remarqué son hésitation.

– Vous ne me croyez pas encore? avait-elle dit comme si elle lisait dans ses pensées.

– Attendez-moi ici, avait répondu Pierre. Je vais chercher ma voiture et nous emporterons ce tas de ferraille à la maison.

Assise sur la banquette avant à côté de lui, la jeune fille était d'abord restée silencieuse pendant qu'ils roulaient. Pierre s'en voulait d'avoir créé le malaise qui persistait. Il avait donc engagé lui-même la conversation.

– Où logez-vous?

– Comme je vous ai dit, à Playa del Carmen.

– Votre auberge est confortable?

– Bah! C'est plutôt un genre d'endroit où on accroche son sac au mur et où on choisit un hamac pour dormir.

– Je vois. Et vous êtes là pour longtemps encore?

– Un mois ou deux. Peut-être pour toujours. Rien ne m'attache nulle part.

– Et votre compétition, alors?

– On s'accroche à ce qu'on peut pour continuer à vivre, n'est-ce pas?

La réflexion de l'inconnue avait ramené Pierre à sa propre réalité. Chacun avait ses raisons de voyager et ses prétextes pour s'accrocher à la vie.

– Et vous, vous êtes à Cancun, je suppose, et dans un hôtel confortable!

Pierre avait ignoré la façon sournoise employée pour marquer leur différence. Il avait seulement confirmé qu'il était au Mariposa pour les deux semaines à venir.

– Vous y êtes seul ? avait-elle demandé.

Pierre lui ayant répondu qu'il n'était pas seul, elle s'était excusée de se mêler de ce qui ne la regardait pas et, recroquevillée dans un coin de la banquette, elle n'avait plus posé de question.

Ils avaient roulé en silence sur la route principale. Le jour baissait lentement. Ils avaient déjà dépassé les panneaux indiquant Xel-Ha, Puerto Aventuras, Xcaret. La prochaine serait celle de Playa del Carmen.

Ils y étaient presque quand elle lui avait demandé de la laisser descendre.

– D'ici, je peux marcher.

Pierre avait insisté pour la conduire jusqu'au village. D'ailleurs, il avait envie de s'y arrêter. La fille avait accepté parce que le temps devenait de plus en plus menaçant et que d'ici quelques minutes, il y aurait de la pluie.

– Vous avez entendu parler du mauvais temps qui s'annonce ?

Pierre ne savait rien de plus que ce qu'on en avait dit le matin, mais la fille avait écouté les informations à l'aide de son radio portatif et était au courant des ravages incalculables dus à l'ouragan *Gilbert*. On précisait qu'il se déplaçait nord-nord-ouest, et que ses vents atteignaient des pointes de plus de deux cents kilomètres à l'heure. Le Yucatan serait touché d'ici peu.

– Ce n'est pas joli ce qu'on prévoit pour cette nuit ou demain. Enfin, on verra bien.

Pierre n'avait prêté aucune attention au commentaire de la fille. Alors qu'il roulait en direction de Playa del Carmen, un souvenir lui revint : un certain souper avec Jane au cours duquel ils avaient dégusté un poisson comme ils n'en avaient encore jamais goûté.

– À bien y penser, je crois que c'est ici que je vais manger, ce soir, avait-il dit.

La rue menant au quai de Playa del Carmen était presque déserte. S'y engageant, Pierre s'était rendu jusqu'au poste d'embarquement du traversier assurant la navette entre l'île de Cozumel et le continent. La pénombre avait déjà assombri le décor et la mer agitée repoussait les vagues contre le brise-lames. Le traversier accosté au quai tanguait pendant que les derniers passagers montaient à bord.

La lutte des éléments contrastait avec la tranquillité des lieux. Un mystère régnait sur les alentours.

«Quel beau coin de pays!», s'était dit Pierre en goûtant la sensation de bien-être qui l'habitait. Fasciné par le mouvement répété des éléments, il aurait souhaité prolonger sa contemplation, mais la fille, toujours assise à ses côté, violait son intimité, son besoin de solitude face à cette mer rebelle.

– Pourquoi ne venez-vous pas manger avec moi? avait-elle dit en le sortant brusquement de sa contemplation.

– Où ça?

– Là!

Il avait regardé du côté du clignotement lumineux qui avivait le rose criard des murs de l'établissement d'en face. C'était à cet endroit précis qu'il avait projeté d'aller manger, mais pas de la façon qu'elle le suggérait. Ce repas faisait partie de son pèlerinage; il leur appartenait, à lui et à Jane.

– Allons! Venez! avait insisté la fille. Je ne vous demande rien, j'ai de quoi payer, si c'est ce qui vous inquiète.

Il ne l'avait pas vraiment regardée depuis qu'elle ne portait plus son casque de sécurité. Elle était très jolie avec ses grands yeux gris et son sourire engageant. Une attitude un tantinet vulgaire ajoutait à son charme. Pierre avait hésité, puis avait formellement refusé son invitation. Il valait mieux se laisser là, sans plus, avait-il pensé.

– Comme vous voudrez, alors. Je ne peux que vous dire merci pour m'avoir si gentiment secourue.

– Heureux de vous avoir été utile, mademoiselle.

– Loulou ! Je me nomme Loulou.

Sa bicyclette retirée du coffre de la voiture, Loulou l'avait appuyée contre un muret et était partie sans se retourner en marchant sur la plage. Pierre l'avait regardée partir, puis était entré à l'intérieur du restaurant.

L'animation des lieux contrastait avec la tranquillité des rues. De joyeux fêtards qui mobilisaient les trois meilleures tables semblaient inconscients de ce qui préoccupait la plupart des gens.

Sur la terrasse, la table qui était familière à Pierre étant libre, il s'y dirigeait quand quelqu'un s'était adressé à lui.

– *¡Hola! Amigo! Amigo. Venga aqui! Venga con nosotros.*

La première surprise passée, Pierre avait reconnu un groupe de jeunes préposés à l'entretien de la plage du Mariposa. Il s'était approché.

La tequila coulait à flots. Le plus petit du groupe avait déjà tiré une chaise et fait signe à Pierre de venir y prendre place.

– Venez manger avec nous, c'est la fête de Gregorio, avait-il dit.

Pierre devait-il refuser cette seconde invitation ? Se ravisant, il s'était dit qu'il serait mieux avec des gens que tout seul à une table vide.

On lui avait versé un premier verre pour célébrer l'anniversaire de Gregorio quand il avait entendu quelqu'un s'écrier :

– Eh ! Regardez qui est là !

– Loulou ! C'est Loulou !

– Cette fois, je crois que vous ne souperez pas seul, cher monsieur, avait-elle dit en occupant la chaise à côté de la sienne. Elle avait fait signe au garçon et commandé une bouteille de margarita et l'assiette spéciale du pêcheur pour son bienfaiteur.

En homme civilisé, Pierre avait accepté de trinquer à la santé de Gregorio. Les jeunes gens s'amusaient ferme. Ils chantaient, ils riaient. Ils avaient raison de rire et de chanter, avait pensé Pierre en les regardant.

– Il faut rire et chanter quand on est heureux, avait-il dit en levant un second verre, mais après…

* * *

Après ! Il n'y avait plus d'après dans les souvenirs de Pierre.

– Qu'est-ce qui m'a pris de m'acoquiner avec ces jeunes gens. Et la fille ? La fille ! murmura-t-il. Quelle misère !

La chaleur s'infiltrait dans la chambre poussiéreuse, l'air devenait lourd, humide, irrespirable.

Animé par la pensée d'aller jusqu'à sa voiture encore garée au même endroit, Pierre rassembla son énergie, s'habilla et sortit respirer de l'air pur qui lui remettrait les idées en place.

– Idiot! Les clefs! dit-il en claquant la porte derrière lui.

Il allait s'engager dans l'allée longeant le restaurant quand un homme en habit blanc, semblable à ceux que portent les garçons de café, l'interpella.

Pierre reconnut le garçon qui était de service la veille au restaurant. Il se souvenait des jeunes Mexicains; ils étaient au moins six, ces joyeux fêtards qui l'avaient défié de boire à même la bouteille, de boire jusqu'à ce qu'elle soit complètement vide. «Buvez!» criaient les fêtards pendant que la fille frappait des mains.

Pierre, qui avait agi comme un collégien, un idiot de première classe, cherchait toujours à se souvenir du reste.

Le serveur, qui l'observait, hésitait à s'approcher.

– Vous me reconnaissez? dit-il.

– Vaguement. Ça me revient, à présent.

– C'est moi qui ai ramassé les morceaux, *señor*, quand tu as roulé sous la table. Je t'ai emmené dans la chambre rose; elle ne sert qu'à ça, la *quarto rosa*.

– Oui, la *quarto rosa*. C'est de là que je viens, de la *quarto rosa*.

– *Señor*. J'ai quelque chose pour vous à l'intérieur.

Pierre s'accrocha à cette lueur d'espoir. Qu'est-ce que cet homme pouvait avoir pour lui, sinon ses effets personnels?

– Voici, *señor*. Ceci est à vous. C'est l'addition pour le repas d'hier.

Pierre appuya la paume de sa main sur son front en guise de désespoir, et l'homme continua :

– Et pour la bouteille de tequila.

Bien sûr qu'il devait y avoir une addition à payer ! Du revers de la main, Pierre épongea son front avant d'accepter un bout de papier qui tenait lieu de facture indéchiffrable.

– Où sont passés mes clefs et mon portefeuille ? Je n'ai pas un peso pour vous payer.

– Je ne sais pas, *señor*.

– Vous avez pourtant dit que c'était vous qui m'aviez conduit à la chambre rose.

– Oui, mais je n'étais pas seul. Elle était là aussi.

Le jeune homme avait pointé le doigt vers le muret servant toujours de support à la bicyclette de la fille, qui était assise sur l'aile de la voiture de Pierre et le regardait en souriant.

Cette fois, il avait peur de comprendre. Malgré ses malaises, et sans prendre le temps de réfléchir, il alla droit vers Loulou qui avait refermé sa blouse et laissé tomber le sac qu'elle transportait avec elle.

– Le réveil a été douloureux, à ce que je vois. Vous devez avoir un sacré mal de bloc, dit-elle ironiquement.

– Qu'est-ce qui s'est passé ? Où sont mes clefs et mon argent ? Vous n'aviez pas le droit d'abuser de mon état.

– Mais vous êtes majeur !

Elle avait raison. Pierre était le seul maître de ses actes. Il s'en voulait de son inconscience et en reportait le blâme sur la fille. Pendant ce temps, celle-ci s'amusait de la situation et balançait sa jambe nue de façon provocante.

Le regard que Pierre lui lança avait quelque chose de pathétique. Que s'était-il passé entre elle et lui? Pourquoi était-elle là avec ce sac comme si elle s'attendait à y demeurer. Loulou comprit l'incertitude qui habitait Pierre.

– Ne vous en faites pas, il ne s'est rien passé entre vous et moi, si c'est ce qui vous inquiète. Ici, j'ai la réputation d'avoir la jambe légère, mais pas au point de coucher avec un fantôme.

– De quoi parlez-vous encore?

– Je parle de Jane!

– Jane?

– L'alcool est mortel pour les peines d'amour. Vous n'avez pas cessé de me parler d'elle et d'essayer de me persuader qu'elle ne pouvait pas être morte.

Pierre avait baissé la tête, le sol se dérobait sous ses pieds. Une rage sourde montait en lui. Alors, Loulou descendit de son promontoire, vint vers lui et prit gentiment sa main en posant sur sa joue un baiser fraternel.

– Tenez! Je vous ai fait assez de mal. Voici vos choses. Tout y est, il ne vous reste qu'à payer vous-même votre addition et à reprendre la route avant que le temps se gâte pour de bon. Vous avez vu circuler les gens du village? Vous savez que *Gilbert* se rapproche et qu'il est encore plus violent depuis son passage sur la Jamaïque. Il doit présentement se trouver au sud de l'île de Grand Cayman. Regardez le ciel et la mer, et vous constaterez que vos petits problèmes sont très minimes à côté de ce qui s'en vient. Pas besoin d'être sorcier pour savoir qu'il y a du brasse-camarade au large. Si cet ouragan ne change pas de direction, il ne fera qu'une bouchée de leurs belles plages toutes blanches.

Elle avait parlé sans lui donner une chance de répliquer. Il prit ses clefs et son portefeuille et la regarda tandis que mille pensées traversaient son esprit.

– Au fait, Pierre, dit Loulou. Pouvez-vous me dire qui est Sophie?

Sophie et François. Il les avait complètement oubliés. Que pensaient-ils de lui et de ses belles promesses?

D'un pas encore incertain, Pierre fit le tour de sa voiture, ouvrit la portière et tourna la clef dans le démarreur. L'air chaud contenu dans le moteur se répandit à l'intérieur de l'auto et dégagea une puanteur écœurante. Il se passerait un certain temps avant que l'air climatisé fasse son effet. Alors, il revint vers Loulou qui s'était laissé attendrir. Elle ne pouvait pas l'abandonner comme ça sans le rassurer.

– Vous aviez raison tout à l'heure, Pierre. Je n'aurais pas dû laisser faire cette bande de jeunes vauriens qui ne pensent qu'à se soûler la gueule. Ce qu'ils vous ont fait boire aurait pu assommer un cheval, mais avec Patricio, j'ai vu à ce qu'on vous mette en sécurité pour la nuit.

– Je devrais probablement vous remercier.

– Je vous devais déjà beaucoup. Si vous n'aviez pas été si malheureux, qui sait? Ne tardez plus maintenant, regagnez votre hôtel ou mettez-vous à l'abri parce que d'ici quelques heures, il sera trop tard pour réagir.

– Je pars à l'instant, mais vous? Où allez-vous?

Elle le regarda en souriant et lui dit simplement :

– Moi? Oubliez que vous m'avez vue. Je sais où aller. D'ailleurs, dans une heure, je serai loin d'ici. Adieu Pierre!

Il allait dire : adieu Loulou, mais elle avait déjà sauté le muret et s'apprêtait à monter dans une voiture dans laquelle un jeune homme l'attendait.

26

À L'AÉROPORT, les heures d'attente se prolongeaient de demi-heure en demi-heure. Les touristes inquiets arrivaient en état de semi-panique. Cet avion représentait leur dernière porte de sortie vers la sécurité. Malgré les invitations au calme des agents de voyage, chacun préférait tenter sa chance de son côté.

L'heure avançait et la chaleur devenait insupportable. Les passagers, écrasés sur leurs bagages, s'impatientaient de la lenteur des préposés aux billets. Quelques crâneurs s'amusaient de la situation sous l'œil indifférent de la foule.

La filée s'allongeait jusqu'à la porte quand un homme, visiblement en état de choc, fit son entrée. Il allait d'une personne à une autre en suppliant :

– S'il vous plaît. Donnez-moi votre place. Tenez! J'ai tout ça sur moi. Je vous le donne, plus cinq cents dollars quand nous serons à Montréal.

Michel, qui n'avait pas bronché, l'attendait de pied ferme. Quand il se présenta devant lui, le teint hâve, les yeux hagards, et qu'il le supplia, Liette retint le bras de son mari, visiblement sur le point d'éclater. La colère avait transformé son visage, rougi ses oreilles.

– Mets-toi en ligne comme tout le monde avant que je le fasse pour toi. T'as compris? T'as compris? insista-t-il en élevant la voix.

– Rien ne t'oblige à lui donner ton tour, dit Liette. Ne t'occupe pas de lui.

– Pour ça, non ! Y a pas de saint danger que je lui cède ma place, ni la tienne ni celle de personne. Ce gars-là embarquera seulement s'il reste encore un siège quand il pointera son nez devant le gars du guichet. Pas avant ! Tu m'entends, et lui aussi, j'espère qu'il a compris. C'est pas son paquet de piastres qui va le faire partir avant tout le monde. Qu'il prenne la ligne à la fin et cesse de déranger les braves gens.

La réaction de l'homme fut aussi vive qu'inattendue. Il allait frapper Michel quand, délaissant sa ligne d'attente, François intervint.

– Vous n'allez pas vous battre. Allons ! vous êtes des gens civilisés, dit-il.

– Ce gars-là mérite mon poing sur la gueule. Personne n'a encore parlé de la sorte à J.P. Jefferson ! Personne !

Un bruit sourd suivit le geste de l'homme. Michel esquiva le coup de poing, François le reçut et s'écroula sur le plancher de marbre. La panique s'empara de Sophie. Du sang apparaissait au-dessus de l'œil de François. Michel continuait d'invectiver l'homme.

Une voix de femme fendit la rumeur de la foule.

– Non, Michel ! C'est assez ! Tu vois où mènent tes idées de bagarre ? Je ne veux plus t'entendre. J'en ai assez, assez !

Le ton de Liette avait tout pour surprendre. Michel se ressaisit subitement. Il écarta la foule curieuse, prétextant avoir besoin d'espace pour aider François à se relever.

Sophie pleurait doucement. François semblait inconscient.

211

– Qu'on appelle un médecin, cria-t-elle.

– Ce n'est pas nécessaire. Il n'était qu'étourdi. Apportez de l'eau et de quoi éponger le sang. Je vais lui arranger ça.

* * *

Une demi-heure plus tard, pour les autres, l'incident était clos. Les portes de l'avion s'étant refermées, on allait bientôt décoller.

Sa douleur à l'épaule l'incommodant, François se replaça dans son siège et vérifia le bandeau qui couvrait entièrement son crâne.

– Michel a eu raison de dire qu'il allait m'arranger. Je dois être très beau à voir.

Dans les yeux de Sophie, il crut lire ce «pauvre chéri» qu'elle disait à tout propos, mais elle se contenta de sourire.

François ne dit plus rien pour un moment, il réfléchissait à ce qui pouvait transformer un gars super gentil en un être insupportable. C'est probablement quand ils ne sont pas en mesure de contrôler la situation que les gens changent pour le meilleur ou pour le pire.

Le voyage était terminé, mais leur lune de miel ne l'était pas pour autant. Il leur restait encore quelques jours de vacances pour retourner dans le nord. Les feuilles devaient commencer à rougir. Ils iraient marcher en forêt, mais ce ne serait pas pareil. Un sentiment d'échec resterait associé à ce voyage interrompu qui avait si bien commencé.

* * *

En bout de piste, le pilote attendait le signal de la tour de contrôle. Sophie avait les yeux rivés à sa carte d'embarquement qu'elle avait négligé de ranger dans son sac à main. François observait le même silence rempli d'amertume et de regret.

L'appareil bougea, puis roula de plus en plus rapidement. Les moteurs rugirent bruyamment au moment où les pneus quittaient le sol. La propulsion de l'avion vers le ciel écrasa les passagers au fond de leur siège. François toucha son épaule qui avait aussi reçu un mauvais coup.

Le témoin lumineux signalait que la montée n'était toujours pas complétée. Sophie jeta un dernier regard à travers la vitre embuée. À l'extérieur, la nuit tombait trop tôt. Les lumières faiblardes qui éclairaient la ville lui parurent bien petites. De toute façon, à quoi servirait plus de lumières quand la seule chose qui importait était de partir le plus vite possible.

L'agente de bord s'était approchée de François. La jeune femme lui apportait un cachet d'aspirine et un verre d'eau.

– Vous êtes certain que tout va bien ? Je vous trouve bien pâle.

– Ça pourrait aller mieux, mais pour le moment, je dois me contenter d'avaler ce comprimé pour calmer la douleur, n'est-ce pas ?

– Est-ce que la plaie a cessé de saigner ?

– Oui. C'était juste assez ouvert pour attirer l'attention.

La jeune fille sourit et comprit que François avait choisi de vivre l'événement avec humour. Elle ajouta tout de même que si cette plaie avait été suffisamment grave pour qu'il perde conscience, il ne faudrait pas négliger de voir un médecin en arrivant à Montréal.

– C'est juste une mauvaise bosse qui saigne. J'en ai vu bien d'autres rien qu'en jouant au hockey. Présentement, je n'ai qu'une envie, c'est de rentrer chez nous et d'oublier tout ça au plus vite.

– Je vous comprends. Alors, si vous avez besoin de quoi que ce soit, n'hésitez pas à me faire signe.

– Merci, mademoiselle. J'y pense tout à coup! Vous pouvez faire quelque chose pour moi : dites au capitaine de faire vite.

– Désolée, ça, je n'y peux rien. Nous avons une trajectoire à respecter, surtout aujourd'hui.

De nouveau, elle sourit à François qui avait déjà fermé les yeux. Malgré lui, des images défilaient dans sa tête, des images pareilles aux heures d'attente à l'aéroport.

De son côté, Sophie aurait donné cher pour savoir où se trouvait Pierre et ce qu'il faisait sur cette terre en péril.

27

Au moment où les derniers passagers montaient dans l'avion, Pierre Amyot roulait en direction de Cancun. Partout, c'était l'exode, la fuite vers un refuge plus sécuritaire, loin de la mer qui promettait une bonne colère. Il croisait des remorques de fortune qui transportaient des hommes et des femmes serrés comme des sardines et qui le regardaient comme s'il était le seul à vouloir retourner à Cancun.

Le dernier bulletin de la météo annonçait qu'après l'île de Grand Cayman, la péninsule du Yucatan serait la prochaine victime de *Gilbert*.

Pierre roulait rapidement, impatient de connaître le plan d'évacuation établi par les gens chargés de la sécurité des touristes et surtout de parler à Sophie et François.

Un nuage venait de crever. La pluie abondante faisait disparaître la route. À cause d'une épaisse buée qui obstruait le pare-brise, il se vit obligé de ralentir, puis de s'immobiliser sur la chaussée. Les automobiles qui se doublaient risquaient de heurter la voiture grise comme la pluie, pendant que lui, impuissant, tapotait nerveusement le volant en attendant que disparaisse l'écran opaque.

«On a dû évacuer les gens, pensa-t-il. Les petits ont dû partir sans que j'aie aucun moyen de les retracer. C'est ça, la vie, murmura-t-il. On rencontre des gens, on les aime, et puis on tourne la page.»

L'image de Sophie et François s'était dissipée. Progressivement, un visage de femme prit sa place; le visage d'une femme petite, enjouée et tellement amoureuse de la vie.

– Jane! Vois dans quel merdier je me suis encore fourré. Ça t'amuse, n'est-ce pas? Ce genre de situation aiguisait ton sens de l'humour. Plus je m'empêtrais, plus tu riais! Je ne peux nier que ce qui m'arrive est de ma faute, mais j'aimerais tellement revoir les petits. Tu me comprends, n'est-ce pas? Toi aussi, tu les aurais aimés parce qu'ils nous ressemblent.

Pierre consulta sa montre. L'heure lui importait peu. À cet instant, c'était le minuscule cadran inséré au bas du boîtier indiquant la date qui l'intéressait.

– C'est bien ce que je pensais. Nous sommes le 13 septembre. Jane, te souviens-tu? Il y a quinze ans! Demain, toi et moi aurions fêté notre quinzième année de bonheur!

Dans sa gorge étroite monta une émotion qui, cette fois, ne l'emporterait pas dans ce gouffre de noirceur infinie.

– Ne t'en fais pas, ma Jane. Je ne partirai pas d'ici sans que mon pèlerinage soit terminé. La vie continue après les orages; depuis six mois, Dieu sait combien de tempêtes j'ai subies. Aujourd'hui et demain seront des jours comme les autres.

De nouveau sur la route, Pierre regardait droit devant, ignorant qu'au-dessus de lui, dans ce dernier avion à quitter la ville, se trouvaient ses jeunes amis.

Cancun allait bientôt être en vue. Ici et là, des lumières scintillaient. Encore dix minutes et il s'engagerait dans l'allée menant au Mariposa.

* * *

Le hall de l'hôtel était désert. Un seul employé restait encore au poste de réception. Dans la salle à manger, une seule table était encore occupée par quatre touristes silencieux qui sirotaient un café. Pierre vint vers eux ; il avait reconnu ces gens qui chuchotaient à leur sujet quand Sophie et lui prenaient leur petit-déjeuner.

– Bonsoir ! Où est passé tout le monde ? demanda-t-il.

– Ils sont tous partis !

– Et vous ?

– Nous n'avons pas eu cette chance. C'était complet sur l'avion quand notre tour est arrivé, dit la femme rousse qui venait visiblement de pleurer.

– Vous n'êtes sûrement pas les seuls à rester à Cancun ?

– Les autres sont déjà partis s'abriter au centre-ville. Nous avons préféré attendre encore une heure ou deux. Là-bas, ce n'est pas le grand confort, vous savez.

Le compagnon de la rousse dit à Pierre :

– Je vois que personne ne vous a mis au courant des consignes. Où étiez-vous donc passé ? Vos amis vous ont attendu jusqu'au dernier moment.

– Ils se sont inquiétés à mon sujet ?

– Ils ont espéré votre arrivée même après être traversés du côté de l'embarquement. Je le sais, j'étais tout près d'eux quand ils ont reçu leurs billets. Ils étaient les derniers, à part ça.

Pierre ne savait comment exprimer sa joie de savoir ses amis en sécurité sans peiner ceux qui avaient été moins chanceux.

– Je… Je regrette pour vous, dit-il.

– C'est comme à la loterie. Les chanceux, ce ne sont pas nous. Tenez, monsieur… Amyot, je crois. La jeune dame a laissé cette lettre à votre intention.

Pierre, qui n'espérait plus cette joie, arracha l'enveloppe des mains du grand gars blond et le remercia distraitement. Si ces gens avaient déjà été partis, jamais il n'aurait su !

– Il m'est arrivé tellement d'ennuis depuis hier… Des ennuis mécaniques, dit-il en s'éloignant.

Les dernières paroles de Pierre avaient été prononcées si faiblement que le grand gars en resta bouche bée, debout à côté de la table. Il allait lui apprendre que son jeune ami était pas mal amoché au moment de monter à bord, mais il se tut. Pierre était déjà loin et il lisait sa lettre tout en marchant.

Cher Pierre,

Nous nous sommes inquiétés pour vous. Nous espérons que rien de fâcheux ne vous est arrivé depuis hier.

Nous vous remercions pour les bons moments passés en votre compagnie. Nous aimerions recevoir de vos nouvelles quand vous rentrerez au Québec.

Voici notre adresse et notre numéro de téléphone.

François Auger et Sophie Bertrand

Pierre déposa la lettre dans sa poche. Une fois de plus, le souvenir du couple d'amoureux le combla d'aise. En fermant les yeux, il lui sembla entendre la voix de Sophie qui invitait François à venir le rejoindre dans les vagues. Et la voix de Sophie devint celle de Jane qui ouvrait les draps et l'invitait à s'y glisser amoureusement.

Une voix d'homme le fit sursauter et le rêve s'évanouit.

– Qu'est-ce que c'est ? Ah ! C'est vous, garçon.

– On vous a cherché toute la journée, dit l'employé. Vous savez qu'il vous faut rendre la voiture ? C'est écrit en grosses lettres rouges sur le tableau de Carmen. Ne perdez pas de temps. Le préposé à la location ne cesse de s'informer si vous êtes de retour.

– J'y vais de ce pas.

– En revenant, passez au poste, j'ai des consignes pour vous au sujet de votre changement d'hôtel.

– Je passerai, dit Pierre.

Il fallait rendre la voiture, il fallait s'informer ! Il fallait trop de choses tout à coup. Pierre se sentit las. Si seulement on le laissait tranquille, si seulement on le laissait dormir pour ne se réveiller que dans une semaine !

Il sortit de l'hôtel. Quand il revint une demi-heure plus tard, le préposé avait quitté le poste de renseignement et aucune des tables de la salle à manger n'était occupée.

Pierre y jeta un dernier coup d'œil avant d'emprunter l'escalier et de monter jusqu'à sa chambre.

Là-haut, il retrouva tout exactement comme à son départ. Ses choses étaient rangées. Aucun pli ne marquait le couvre-lit à fleurs sur lequel, sans aucune précaution, il se laissa choir.

Le téléviseur ne diffusait plus que des messages urgence-météo ; des messages que Pierre n'entendit pas parce qu'il venait de sombrer dans un profond sommeil.

28

Le couple Hernandez avait pris un moment de repos en regardant la télévision. Ensuite, Sylvia avait préparé un repas léger qu'ils avaient mangé sans appétit. Depuis, ils faisaient semblant de déguster le digestif glacé qui colorait leurs coupes de cristal.

De temps à autre, le vent faisait claquer les volets de la salle à manger. Chaque fois, Sylvia sursautait alors que Roberto demeurait impassible. Quand il eut terminé son verre, il se leva et annonça son intention de sortir ramasser ce qui pouvait encore être emporté par le vent.

Sylvia laissa tout sur la table et l'accompagna. Leur sortie fut accueillie par une violente bourrasque. L'humidité du sol dégageait une odeur lourde comme le temps.

Sur la terrasse, des objets s'accrochaient aux chaises contre lesquelles le vent les avaient projetés. Roberto et Sylvia les ramassèrent en se questionnant sur l'utilité de les ranger. Ils entassèrent les chaises, les tables et les garnitures de la terrasse dans la remise. Roberto barricada solidement la porte avant de s'attaquer aux volets de la villa.

Sous le regard de Sylvia, il s'affaira ensuite autour de la villa éclairée par les réflecteurs de la terrasse.

Un murmure monta aux lèvres de Sylvia.

– Comme je t'aime, Roberto Hernandez! Comme je t'aime! dit-elle sans que Roberto entende ses paroles qui se perdirent dans le vent.

Cependant, quand il se retourna vers elle, il surprit son regard posé sur lui. Alors, il s'approcha et, glissant son bras autour de sa taille, il l'entraîna jusqu'à la porte où elle s'arrêta.

– Tu ne veux plus entrer? demanda Roberto.

Sylvia hésita. Il était trop tôt pour aller dormir. Pourtant, ils avaient besoin de refaire leurs forces avant d'affronter *Gilbert.*

Sylvia posa son regard sur la mer. Son cœur se mit à battre plus vite. Elle ne voulait plus rien savoir de cette marée montante qui crachait son écume au pied de la dune, ne plus entendre gémir les palmiers.

– La pluie recommence à tomber, dit-elle tristement en se décidant malgré elle à suivre son mari à l'intérieur.

Elle était terriblement nerveuse. Il n'y avait que le mauvais temps qui la préoccupait. Sylvia avait un mauvais pressentiment, comme si quelque chose d'inexplicable, de lugubre flottait dans l'air. Roberto ne ressentait rien de cela.

– La peur et l'angoisse se traduisent différemment pour chacun, dit-il. Chasse ces mauvaises idées et dis-toi que tant que nous sommes ensemble et que nous nous aimons, rien de vraiment grave ne peut nous arriver.

Roberto devait avoir raison. Rien ne pouvait leur arriver de pire que de ne plus s'aimer. Rien!

– Viens près de moi. Je vais te bercer comme dans le temps, dans la grande chambre sous le toit, là-bas, à Veracruz. Tu te souviens, n'est-ce pas, *querida*?

Veracruz! Veracruz! Pourquoi avait-il prononcé le nom de cette ville? Sylvia se leva brusquement et se dirigea vers la salle de bains où elle fit couler l'eau du robinet. Elle aspergea son visage, frotta ses bras. L'eau pouvait-elle effacer toutes les traces? L'eau pouvait-elle noyer les souvenirs?

Sylvia fixait l'eau qui coulait sur ses mains longues et fines pendant que Roberto, ignorant la détresse passagère de sa femme, s'impatientait parce qu'il désirait la tenir dans ses bras.

Sylvia avait enfilé une légère chemise de nuit et libéré ses cheveux qui flottaient librement sur ses épaules. Les cordons retenant le bout de chiffon soyeux disparaissaient sous les boucles folles.

De son fauteuil berçant, Roberto la regarda avancer vers lui. Il lui tendit les bras.

– Viens, *amor mio*… Viens!

Sylvia était belle, si belle. Et voilà qu'ils étaient bien, à l'abri de tout ce qui pouvait leur faire du mal, même du vent le plus méchant.

– Crois-tu que l'ouragan peut venir en pleine nuit?

– Peut-être. Mais nous avons le temps de nous reposer.

– Si le vent nous en donne la chance. Tu entends le vacarme sur la terrasse?

Roberto plaça la tête de Sylvia au creux de son cou, comme l'aurait fait une mère pour endormir un enfant apeuré. Du fond de sa gorge montèrent quelques notes d'une vieille berceuse espagnole. Roberto chantonna des mots qui parlaient d'amour, de bonheur, de sécurité. Bientôt, la tête de Sylvia devint lourde, de plus en plus lourde sur son épaule.

Roberto, qui souhaitait sombrer lui aussi dans le sommeil, enviait celle qu'il avait portée au lit. Trop de pensées se bousculaient dans sa tête pour qu'il puisse dormir. Tantôt il cherchait son ami Pepe perdu au milieu des vagues déchaînées, tantôt il se demandait pourquoi le bateau cubain avait pris le risque d'affronter la tempête. Et *La Paloma*, allait-elle résister avec son double amarrage? Et ses amis, les Perez, qui roulaient en direction des terres avec Catherine qui était enceinte. Et la villa? Et...

– J'aurais dû téléphoner à Veracruz. On doit m'attendre inutilement.

Veracruz, mama, Jose. Que se passait-il là-bas? Un coup de vent secoua le vieux palmier du jardin. Une branche s'en détacha et vint s'écraser contre la fenêtre de la chambre à coucher. Sylvia se retourna dans son lit, ouvrit les yeux, puis se rendormit.

Roberto marchait de long en large dans le vivoir. Soudain, s'arrêtant devant la grande fenêtre panoramique qui donnait sur la mer, il eut un doute. Avait-il pris la bonne décision en prenant le risque de demeurer là? Il commençait à craindre pour leur sécurité. Il interrogea la mer, mais elle parlait un langage de sourd; elle avait déjà bien assez de ses problèmes, la mer!

Le temps passa sans que Roberto puisse trouver le sommeil. Il se déplaçait de la chaise au fauteuil, du fauteuil au lit.

Un sursaut tira Sylvia de son sommeil. Elle s'assit dans son lit, les yeux hagards.

– Qu'est-ce que c'est? dit-elle. Qui a crié?

Le regard agité, elle chercha tout autour et vit Roberto qui s'était finalement allongé auprès d'elle. Malgré la pénombre, il n'avait toujours pas fermé l'œil.

– Tu n'as rien entendu? demanda-t-elle. Je suis certaine que quelqu'un a crié. On aurait dit une voix de femme en détresse.

– Tu as fait un mauvais rêve, *querida*. Rendors-toi, ce n'est rien, je t'assure.

Sylvia se leva et fit le tour de toutes les pièces. Roberto avait probablement raison, se dit-elle en revenant auprès de lui. Elle avait dû faire un cauchemar.

S'étant recouchée, voilà qu'à son tour elle fixait le plafond où se dessinaient des ombres grisâtres. Dans ses oreilles résonnaient encore ces cris de femme. Malgré la chaleur accablante que le ventilateur n'arrivait pas à disperser, elle frissonna. Elle aurait voulu se lever, mais elle demeura prisonnière de Roberto qui s'était endormi et qui semblait si bien au creux de ses bras.

Quand il se retourna, Sylvia, enfin libérée, se leva et sortit sur le balcon. Appuyée au parapet, elle observa le ciel, la masse nuageuse qui se déplaçait en un mouvement effarant. Que d'immensité invisible la séparait encore de la poussée qui progressait sur l'océan. Sylvia semblait figée, hors du temps, elle en avait oublié jusqu'à sa frayeur de la nuit. Elle demeura ainsi un long moment, soumise au mouvement du vent qui tantôt s'amusait dans ses longs cheveux, tantôt la flagellait avec vigueur.

Soudain, la sonnerie du téléphone la fit sursauter. Elle maudit l'engin de malheur qui l'arrachait à sa réflexion et l'obligeait à pénétrer à l'intérieur.

Elle y arriva trop tard. Le téléphone redevenu muet avait cependant réveillé Roberto qui la questionna au sujet de l'appel.

– La sonnerie a cessé avant que je décroche. C'est bizarre. Je me demande qui c'était.

– Probablement quelqu'un qui avait besoin de nous ou qui s'inquiétait à notre sujet. Attendons, si c'est important, on va sûrement rappeler.

À présent qu'ils étaient réveillés tous les deux, Roberto suggéra d'écouter la radio. Il devait y avoir des consignes concernant Gilbert. Ce qu'il entendit ne le rassura pas du tout.

– Je suis restée un long moment sur le balcon. La mer est de plus en plus grosse, dit Sylvia. Écoute ce bruit, c'est divin et diabolique à la fois !

Le ciel avait montré des signes de danger ce matin-là. Tous deux avaient remarqué le jaune et le rouge qui se reflétaient sur l'océan. Sylvia, qui n'avait jamais rien vu de pareil, se souvint d'un dicton disant qu'une mer de sang ne présageait rien de bon pour les marins. Une partie de la matinée, il y avait eu un halo rouge autour du soleil ce qui était aussi de très mauvais augure.

La sonnerie du téléphone retentit de nouveau. Roberto décrocha. La communication lui sembla défectueuse, il y eut un grincement, puis tout redevint très clair. C'était la voix de Jose que Roberto entendait au bout de la ligne. Pourquoi téléphonait-il à cette heure ? S'il s'inquiétait pour *La Paloma*, le nécessaire avait été fait pour la mettre en sécurité. Il pouvait donc dormir tranquille.

– Roberto, je sais que je n'ai pas à m'inquiéter pour *La Paloma*. Si je t'appelle, c'est pour tout autre chose.

Roberto ne le laissa pas continuer. Il se confondit en excuses pour avoir oublié de les prévenir de son retard. Jose dut l'interrompre pour se faire entendre.

– Écoute-moi, mon frère ! Il ne te sera plus nécessaire de venir à Veracruz.

Que voulait dire Jose? Pourquoi sa mère refusait-elle de le voir? C'était pourtant à sa demande qu'il devait se rendre auprès d'elle.

Encore une fois, Jose l'interrompit.

– Mama ne pourra plus jamais voir personne, Roberto! Mama est partie. Tout à l'heure, son cœur a flanché.

Roberto crut avoir mal entendu. Sa mère ne pouvait être morte! C'était pourtant la vérité. Ce qui venait de se produire dans la grande maison de Veracruz n'était que l'aboutissement normal des choses.

– Ne sois pas triste, dit Jose. Crois-moi sur parole, c'est mieux comme ça. Mama était si malheureuse qu'elle avait déjà décidé de se laisser mourir, et cela, depuis longtemps.

– Comme c'est bête! Comme c'est bête! Jamais je ne me pardonnerai de ne pas être allé là-bas.

– Aujourd'hui, les remords ne servent plus à rien. Mama a ce qu'elle désirait.

– Elle t'a dit quelque chose à mon sujet? A-t-elle laissé un message?

Maria Paola avait chargé Jose de dire à Roberto qu'elle n'avait jamais cessé de l'aimer, mais ensuite, elle avait insisté pour qu'il parle personnellement à Sylvia. Il y avait aussi un message pour elle.

Comme un automate, Roberto tendit l'appareil à sa femme qui n'avait pas bien compris ce qui se passait. Il lui dit que Jose avait un message personnel à lui transmettre. La jeune femme écouta Jose lui annoncer que sa mère était partie pour l'autre monde deux heures plus tôt. Elle s'écria :

– Ah non! C'est impossible! C'était donc elle, la voix!

– Que dis-tu, Sylvia? De quelle voix parles-tu?

– Non, laisse. Je me comprends. Qu'y a-t-il de plus, Jose ?

– Les dernières paroles de mama ont été pour toi et elle a insisté pour que je te les répète textuellement.

Sylvia chercha un endroit où s'appuyer. Avait-elle bien entendu ? Les dernières paroles de Maria Paola Hernandez avaient été pour elle ?

– Oui, pour toi, Sylvia, répéta Jose. Mama avait les larmes aux yeux quand elle a murmuré : «Dis à Sylvia que je lui demande pardon, pardon pour tout.»

Elle l'avait appelée «Sylvia»? C'étaient bien ses paroles? Le pauvre Jose ne comprenait pas l'importance qu'accordait Sylvia au fait que sa mère l'ait appelée par son prénom. Il le lui confirma une fois de plus.

– Merci, Jose. Merci, dit-elle en déposant l'appareil d'un geste machinal.

Chancelante, elle s'approcha de Roberto qui s'était effondré. Une larme pointait au coin de ses yeux. Tout était fini, la mama n'était plus, ne serait jamais plus. Le petit garçon qui l'habitait encore pleurait la mère de ses jeunes années, mais l'homme n'éprouvait que la sensation amère d'un gâchis épouvantable.

Sylvia caressa les épaules recourbées de son mari sans rien dire. Quel sujet aurait eu sa place ? Aucun souvenir concernant cette femme ne leur était commun. Sylvia ne pouvait regretter la mama de la jeunesse de Roberto. La première fois qu'elle avait mis les pieds dans la grande *casa* sur la colline, il n'y avait plus que l'autre, celle qui régnait sur ce domaine, celle qui n'avait jamais démontré le moindre intérêt pour la petite Canadienne venue lui enlever son Roberto et l'empêcher de faire un grand mariage.

Maria Paola Hernandez avait bâti une histoire autour de Sylvia pour la faire accepter de son entourage.

– Voici la *señorita* Sylvie Gallant, la fille d'un riche commerçant canadien, disait-elle en la présentant à ses nouveaux amis, aussi riches que faux.

Señorita Gallant! Voilà comment elle l'avait appelée avant leur mariage. Ensuite, ce fut la *señora* Hernandez. Et alors qu'elle allait mourir, elle l'avait appelée Sylvia!

Roberto l'entendit prononcer son propre nom. Sa femme s'était décidée à rompre le silence aussi lourd qu'un parfum de vieille dame.

– Elle m'a appelée Sylvia. Tu entends, Sylvia! Ce que j'aurais donné pour l'entendre moi-même de sa propre bouche. Comme j'aurais aimé! Une fois, une seule fois!

Sylvia éclata en sanglots; des sanglots de rage, d'amertume, de tristesse infinie. Roberto l'attira dans ses bras et attendit que ses larmes cessent.

Dehors, le vent augmentait. On allait entendre les premiers signes de l'enfer qui s'apprêtait à s'abattre sur le paradis quand la sonnerie du téléphone se fit entendre une seconde fois. Au bout de la ligne, c'était Arturo Martinez qui revenait à la charge, en insistant pour que Sylvia et Roberto quittent la villa.

– Écoute-moi, *amigo*, vous ne devez pas rester là. D'ici peu, nous risquons le pire. As-tu écouté la radio? C'est le diable en personne qui court vers nous. Soyez raisonnables. Venez vous mettre à l'abri avec nous.

Les vagues dépassaient déjà la pointe des dunes de sable quand Roberto raccrocha l'appareil. Après les dunes, rien ne protégerait plus la villa. Cinquante mètres encore et la lame envahirait l'intérieur.

Sylvia avait allumé le téléviseur pour constater qu'Arturo avait dit vrai; on n'y diffusait plus que des alertes à l'ouragan.

«Décidément, ce n'est pas mon jour», pensa Roberto en regardant sa femme qui, avant même qu'il ouvre la bouche, avait compris.

– Où allons-nous? Nous ne pouvons rester ici, n'est-ce pas?

– Nous devons partir. *Gilbert* peut nous tomber dessus à n'importe quel moment et nous emporter avec tout ce que nous avons.

Elle jeta un coup d'œil autour d'elle, son visage trahissant son angoisse grandissante. Cet ouragan allait-il vraiment détruire ce qui leur avait coûté tellement de temps et d'argent? Risquaient-ils de ne jamais profiter du travail investi dans cette villa qu'ils adoraient?

– Je ne veux pas, Roberto! Je ne veux pas qu'on détruise en quelques minutes ce que nous avons mis tant de temps et d'efforts à créer de nos propres mains! Ce n'est pas juste!

– Inutile de crier à l'injustice. Que pouvons-nous contre le destin? Viens! Maintenant, il faut faire vite pour protéger ce que nous avons. Ensuite, nous partirons. Arturo nous offre d'aller chez lui, mais comme ils y sont déjà à l'étroit avec les nombreuses personnes qu'il a recueillies, nous serons tout aussi bien dans son hôtel. Je lui ai demandé une chambre au deuxième étage pour être à l'abri des coups d'eau sans risquer de voir le toit s'envoler au-dessus de nos têtes.

– Si tu crois que c'est la meilleure solution…

À la télévision, on conseillait de faire des provisions de vivres et de vêtements. Sylvia crut bon d'en apporter avec eux. D'ailleurs, cet après-midi-là, les gens avaient vidé les tablettes des magasins.

La jeune femme retira sa chemise de nuit et passa une blouse et une jupe de jean délavée. Elle jeta des vêtements dans une valise et des provisions dans un panier à pique-nique, et remplit une cruche d'eau potable.

– N'oublie pas la lampe de poche et des piles neuves, ainsi qu'une radio sans fil et quelques médicaments, lui recommanda Roberto qui essuyait constamment son visage.

La sueur embrouillait sa vue, mouillait son mouchoir. Il n'avait jamais connu une telle chaleur. Ils pouvaient partir, maintenant. Il n'y avait rien d'autre à faire que d'espérer et de prier.

Roberto posa une dernière planche devant la porte pendant que Sylvia l'attendait dans la voiture, incapable de contenir sa nervosité. Elle essuya une larme et cria sa peur à Roberto.

* * *

Sur le boulevard Kukulcan, la voie était libre. Depuis le matin, les taxis avaient fait et refait la tournée des hôtels pour transporter les touristes qui étaient relogés au centre-ville.

Le taxi de Pedro faisait un dernier aller-retour quand il aperçut sur le trottoir un homme qui traînait ses deux valises. Pedro s'arrêta juste devant la voiture des Hernandez pour le laisser monter.

– Ce qu'il doit être trempé, le pauvre, dit Sylvia.

– On a dû le mettre à la porte de son hôtel. Les gens de service ont hâte de foutre le camp d'ici.

L'homme aux vêtements déformés par la pluie était Pierre Amyot. Pierre l'entêté qui avait refusé de partir avec les derniers clients, qui avait refusé de quitter le Mariposa jusqu'à ce que la direction lui signifie qu'il n'était pas question qu'il demeure là tout seul. Quand il avait fini par céder, les taxis étaient de plus en plus rares, tout comme les places en ville, d'ailleurs.

Pierre monta à bord du taxi de Pedro, qui avait décidé de rentrer chez lui après cette course. Il demanda à Pierre où il désirait être conduit.

– Où vous voudrez, répondit celui-ci. Ça m'est bien égal. Vous savez, mon ami, un quinzième anniversaire de mariage, ça se fête n'importe où quand on est seul pour le fêter.

Pedro observa discrètement son passager dans son rétroviseur. Il lut la détresse sur ce visage au teint de nuit blanche.

– Voulez-vous venir chez moi? À deux, ce sera plus rassurant et surtout, plus agréable.

– Ce sera comme vous voudrez. Comme vous voudrez!

La petite voiture verte repartit à toute vitesse. Derrière elle, une bruine blanchâtre tourbillonnait puis retombait sur la chaussée.

Une enseigne arrachée par le vent s'écrasa contre le lampadaire de l'intersection. Le verre brisé tinta bruyamment en se répandant sur le pavé.

– Nous n'avons plus de temps à perdre. Dans quelques minutes, il nous faudra de bonnes jambes pour fuir devant ce monstre, dit Pedro.

29

LA PLUPART des touristes qui avaient dû demeurer à Cancun avaient déserté le bord de la mer pour se réfugier au centre-ville. La zone hôtelière était devenue un immense village fantôme. Quelques rares personnes avaient choisi d'y demeurer, barricadées derrière des pièces de bois renforcées de l'intérieur par des matelas et les meubles les plus lourds.

Arturo Martinez n'avait permis à aucun client de rester dans son hôtel. Il les avait déménagés au centre-ville, et en avait invité plusieurs dans sa propre demeure.

Le hall d'entrée de son hôtel était encore illuminé. Appuyé à la porte principale, Arturo s'impatientait. L'inconscience de ses amis qui tardaient à arriver le mettait dans tous ses états. Le ciel se faisait de plus en plus menaçant, démontrant l'imminence du danger. L'air dégageait une odeur inconnue; une senteur qui venait d'ailleurs, qui provoquait une angoisse à couper le souffle, à dilater les tripes.

Un taxi roulant sur le boulevard Kukulcan dépassa l'entrée de l'hôtel. Il était suivi d'une voiture qui ralentit.

– Les voilà! s'écria Arturo, visiblement rassuré.

Il courut vers Sylvia qui avait déjà ouvert la portière de l'auto et, relevant sa jupe, elle glissa les jambes à l'extérieur. Une fraction de seconde, oubliant l'urgence de la situation, le petit homme ne put s'empêcher d'admirer tant de beauté et d'harmonie, et d'envier Roberto.

La pluie tombait abondamment. L'hôtelier délivra Sylvia de ses bagages et lui offrit un parapluie.

– Entrez vite! dit-il de sa petite voix efféminée et roucoulante. Le temps presse.

– Désolé de t'avoir inquiété, Arturo. Nous avons fait le plus vite possible, dit Roberto en serrant la main de ce brave ami.

Maintenant qu'ils étaient là, Arturo était tout disposé à comprendre les raisons de leur retard. Mais en ce qui concernait leur refus d'aller en ville, c'était différent. Il revint à la charge :

– Pourquoi n'acceptez-vous pas de venir avec moi à la maison? Je ne comprends toujours pas pourquoi vous tenez à demeurer ici, isolés de tous. Tout le monde a été évacué, pourquoi pas vous? C'est insensé. Je ne te comprendrai jamais, Roberto Hernandez. Tu n'as pas le droit d'exposer ta femme au danger. Moi, si…

Roberto posa la main sur l'épaule d'Arturo qui gesticulait en épongeant constamment son front avec un mouchoir trempé.

– Ta générosité finira par te jouer des tours. Ta femme et toi avez déjà plus de personnes que vous ne pouvez en loger dans votre grande demeure.

Effectivement, chez Arturo Martinez se trouvaient déjà au moins douze clients de l'hôtel. Mais à ses yeux, deux personnes de plus ne feraient pas de différence. Particulièrement si c'étaient des amis.

Roberto tint bon. Sylvia et lui n'étaient pas des touristes, fit-il remarquer. Il considérait que le fait de leur permettre d'habiter cet hôtel était déjà suffisant. D'ailleurs, le couple avait besoin de cette solitude. Après la nouvelle de la mort de sa mère, Roberto ne souhaitait pas de présence étrangère autour d'eux. Il crut bon d'ajouter un argument susceptible de clore la discussion.

– Le Martinez est bâti pour résister à plus d'un ouragan encore, affirma-t-il en jetant un regard autour de lui, constatant les précautions qui avaient été prises pour protéger l'endroit.

Roberto venait de marquer un point en vantant la qualité de cet hôtel. Arturo en avait lui-même dirigé la construction, entretenant un préjugé contre ces monstres qu'on érigeait depuis quelque temps. Il renonça. De toute manière, il était évident que ses amis ne changeraient pas d'idée.

Le temps pressait, on n'allait pas en discuter encore et se faire surprendre par le mauvais temps. Tout en marmonnant sa déception, Arturo sortit les clefs de son tiroir personnel.

– Ce que tu peux être entêté, parfois! J'avais pourtant espéré te convaincre. Ma femme sera déçue, et moi je serai inquiet en pensant à vous deux, seuls ici. Enfin, vous devez savoir ce que vous faites. J'ai fait préparer la chambre 204. Voici ce passe-partout. Il vous servira peut-être. Qui sait comment tout cela va tourner?

Sylvia jeta un coup d'œil aux alentours. Cet immense espace vide l'impressionnait. À chacune de ses visites précédentes, une activité fébrile animait le hall et la terrasse du Martinez. Un sentiment d'abandon et de dénuement l'envahit lorsqu'elle prit conscience brusquement qu'à part Roberto et elle, personne n'habiterait l'hôtel. Elle eut soudain envie de reculer, de convaincre Roberto d'accepter d'aller chez Arturo, mais elle se tut. Se rapprochant de son mari, elle se dit que, de toute façon ils seraient déjà mieux là qu'à la villa.

Elle avait parfaitement raison. Même s'ils avaient fait le nécessaire pour la protéger, leur jolie villa toute neuve serait la première à subir les attaques de *Gilbert*. Quant à eux, ils ne pouvaient compter que sur la chance et sur leurs forces. Arturo se plaça devant eux, se signa et dit sur un ton solennel comme seuls peuvent le faire les gens du pays :

– Que Dieu vous protège! Que Dieu nous protège tous!

Il posa sa main sur l'épaule de Roberto qui le dépassait de toute la tête et, presque menaçant, lui fit jurer d'être prudent.

– *Amigo*, dit-il. On aura à faire face à des vents de plus de deux cents kilomètres à l'heure. On ne badine pas avec cela!

Pendant que Roberto le reconduisait à la porte, Sylvia s'appuya au comptoir de la réception. Elle regarda son mari verrouiller les deux grandes portes battantes et glisser une pièce de sécurité. Ensuite, tous deux se dirigèrent vers l'escalier. À ce moment précis, un éclair fendit le ciel. Immédiatement après, le tonnerre se fit entendre comme une décharge de fusil et gronda lourdement. Saisie par la force de l'impact, Sylvia faillit laisser tomber le panier qu'elle transportait et qui lui sembla soudain trop lourd. La chaleur suffocante raréfiait l'air déjà difficile à respirer. Des gouttes de sueur suintaient sur tout son corps, collant sa blouse à sa peau.

Elle suivit Roberto qui portait la mallette jusqu'à la porte du 204. Elle était verrouillée comme toutes les autres. Roberto enfonça la clef dans la serrure, fit tourner le loquet et poussa la porte. L'air frais emprisonné dans la chambre glaça leurs vêtements humides. L'un et l'autre gardèrent leurs impressions pour eux en pénétrant dans la petite pièce d'un pas traînant.

La chambre saumon était plongée dans le noir total à cause de ses rideaux tirés et des panneaux de bois qu'on avait mis devant les fenêtres. Sylvia alluma le plafonnier et se débarrassa de son fardeau. Roberto avait commencé à disposer le matériel : la lampe de poche près du lavabo dans la salle de bains, les médicaments dans la pharmacie et l'eau potable sur la table de toilette. Quand les vêtements seraient suspendus dans la penderie, il ne resterait plus qu'à attendre.

Fourbu, il s'étendit sur le lit. Malgré le tonnerre qui grondait, ses pensées erraient entre l'angoisse du moment présent et la peine sourde qui le rongeait. Des images défilaient dans sa tête. Le visage de sa mère y apparaissait et disparaissait; l'image de cette femme qu'il n'avait pas vue depuis si longtemps, qu'il ne reverrait plus, à qui il ne parlerait plus, le hantait. Pourquoi ne l'avait-elle pas attendu? Maria Paola Hernandez avait-elle souhaité que son fils traîne un sentiment de culpabilité le reste de ses jours?

Sylvia le devinait préoccupé par des pensées morbides, par la tristesse qui torturait son âme. Elle s'approcha de lui, tentant d'oublier sa solitude et sa peur.

— Tu penses à ta mère, n'est-ce pas?

— Oui, en effet, c'est à elle que je pense. Je n'arrive pas à croire qu'elle ne m'ait pas attendu.

— Je sais que tu as beaucoup de peine, et je sais aussi que… que… Tu m'en veux, n'est-ce pas?

Il posa son regard sur sa femme. Surpris par sa façon directe d'aborder le sujet, il comprit qu'elle allait lui parler de façon plus explicite.

— J'ai le sentiment qu'intérieurement, tu me blâmes. À tes yeux, ne suis-je pas la cause du fossé qui s'est creusé entre ta mère et toi?

Sylvia avait décrit la situation comme il n'aurait jamais osé le faire. Elle s'imputait l'entière responsabilité de leur départ de Veracruz et surtout du fait qu'ils n'y soient jamais retournés. Roberto avait peur de cette vérité que la mort de Maria Paola avait mise à nu.

Il voulut qu'elle se taise, l'accusa de dire n'importe quoi, mais elle lisait dans ses pensées comme dans un livre ouvert. C'était à cause de leur amour qu'il s'obligeait à dissimuler ses sentiments. Elle lui donna raison de penser qu'elle était la cause de leur éloignement, mais elle lui fit remarquer qu'elle n'était pas la seule responsable.

– Il m'était devenu impossible de vivre en présence de cette femme. Je ne serais jamais arrivée à lui pardonner.

– Puisque tu veux qu'on en parle, parlons-en! Pardonner quoi? Mais pardonner quoi, enfin? Son attitude hautaine et autoritaire? M'expliqueras-tu une fois pour toutes, Sylvia?

Son ton était différent, semblable à l'éclair qui frappait la mer, sec et tranchant. Roberto n'avait jamais élevé la voix de la sorte.

– Mama est morte, aujourd'hui. Ce que tu diras à son sujet ne changera rien. Explique-moi et qu'on n'en parle plus!

– Cette conversation ne nous mènera nulle part. Je n'aurais pas dû aborder ce sujet. C'est à moi d'oublier et de la laisser reposer en paix.

– Mama t'a demandé de pardonner, Sylvia, pas d'oublier. J'espère que tu comprends la différence. Et moi, aujourd'hui, je te demande de parler.

– M'aimes-tu, Roberto? Non, laisse. J'ai déjà ma réponse. C'est inutile que tu me confirmes ce qui crève les yeux.

La jeune femme avait quitté le lit et s'était approchée de la fenêtre. Elle tira un coin du rideau et regarda entre les pièces de bois posées en croix devant la vitre. Elle avait presque oublié la tempête qui se rapprochait à chaque seconde, le vent qui s'acharnait contre les palmiers en bordure de la terrasse, le ciel tout noir au-delà des lampadaires. Elle était seule avec Roberto et les fantômes qui, à présent, les faisaient prisonniers de la chambre saumon.

Au large, les vagues pointues transportaient des milliers de moutons blancs pressés d'atteindre la plage où ils disparaîtraient à jamais. Sylvia ne les voyait pas ; pas plus qu'elle ne voyait l'Isla Mujeres dont la ligne lumineuse avait disparu depuis longtemps, ni le bateau cubain qui se débattait pour rester à flot. Aucune embarcation ne se promenait dans la Bahia Mujeres ; elles avaient toutes démonté leur gréement et doublé leur ancrage.

Les terrasses et les jardins étaient déserts, dépouillés du moindre élément de décoration susceptible de s'envoler ou de se détériorer dans l'eau salée. Les tables et les chaises empilées résistaient aux chaînes qui les retenaient. Le tintement du métal accompagnait le spectacle fantomatique qui évoluait à travers les nuages.

Roberto aussi avait quitté le lit et s'était approché de la fenêtre. Figés devant l'inévitable, délaissant leur conversation, tous deux pressentaient le pire.

Le vent, qui jusque-là avait soufflé sans relâche, tomba soudain. Un calme étrange régnait tout autour. Un calme inquiétant, morbide ! Sur l'océan, un brouillard avançait ! Un brouillard qui se nourrissait de tout ce qui existait à la surface ; un brouillard qui n'en était pas un.

Sans avertissement, la fenêtre devant laquelle ils se tenaient craqua. Le bruit sec les fit reculer d'un pas. Cette bourrasque n'était qu'un prélude à ce qui suivait avec rage immédiatement derrière. Le supposé brouillard venu de la mer était une vague monstrueuse, une vague que Gilbert traînait avec toute son énergie.

Roberto et Sylvia demeurèrent sidérés. L'enfer dévalait sur eux en emportant tout sur son passage. Une énorme masse liquide, soulevée par des vents d'une force terrifiante, fonçait sur eux comme un train sans conducteur.

Sylvia se jeta contre le mur avec frayeur.

– Roberto! Ce n'est pas de la pluie, c'est la vague qui arrive jusqu'à nous. C'est impossible! Nous allons être emportés...

Continuant sa course folle, faisant fi de ce qui lui barrait la route, la masse écumeuse transportait volets, chaises, arbres, pièces de bateaux. Quand le monstre se heurta au mur de l'hôtel, Sylvia s'élança dans les bras de son mari.

La fenêtre avait résisté au premier assaut. L'eau s'infiltrait par le moindre petit orifice, mais la porte-fenêtre tenait bon. Une panique incontrôlable s'était emparée de Sylvia qui, délaissant les bras de Roberto, se dirigea vers la porte en courant. La retenant, celui-ci cria :

– Non, Sylvia! Non! Si tu ouvres, le courant d'air nous emportera. N'ouvre pas la porte, je t'en supplie! N'ouvre pas!

La vague rasait, dévorait, inondait tout sur son passage. En un rien de temps, mer et lagune ne faisaient qu'une, Cancun n'existait plus. Le boulevard Kukulcan, les sentiers pour les coureurs, les jardins, les piscines avaient complètement disparu. Partout, c'était la mer au-dessus de laquelle surnageaient des centaines de bateaux aux allures de centres commerciaux, d'hôtels et de villas à demi-disparues. Et par-dessus cette mer immense, le maelström d'eaux rugissantes continuait sa course.

D'autres vagues suivirent la première. Avec la même rage, elles s'attaquèrent à ce qui avait résisté à la violence du premier assaut. Dans la chambre saumon, Sylvia, secouée par une peur indescriptible, incapable d'exprimer l'angoisse qui l'habitait, fixait la porte-fenêtre. Elle écoutait le chant funeste qui émanait des entrailles de la vague, accompagné par le sifflement du vent à travers les arbres et les interstices. Et entre ces deux sons, le plus inquiétant, celui de la tempête, un son continu d'une intensité telle qu'il la traversait jusqu'au fond de l'âme.

Sous le plancher de la chambre saumon, un bruit sourd se faisait entendre. La chambre du premier était complètement inondée. Les meubles qui y flottaient se heurtaient aux murs et au plafond, imposant une vibration inquiétante à la pièce qui abritait le couple.

Soudain, Roberto s'élança vers Sylvia et l'attira contre l'autre mur. L'instant d'après, enfonçant la porte-fenêtre, le monstre vomit sa rage dans une vision démoniaque et emporta tout.

Aucun son de voix ne se fit plus entendre. Cette fois, la tempête avait gagné. Plus rien ne protégeait les deux corps allongés sur le sol et ballottés comme le reste. Plus rien ne résistait au vent qui plaquait aux murs le lit, les meubles, les lampes ; qui déchirait les rideaux, décrochait les cadres et les miroirs. Rien d'autre n'existait que ce vent maudit, cette pluie extravagante et cette mer déchaînée.

Assaut après assaut, ne se lassant pas, la tempête s'introduisait dans la chambre saumon qui se remplissait et se vidait tour à tour. Le vent s'acharnait contre chaque objet jusqu'à ce qu'il cède et se laisse emporter par le tourbillon effréné.

Le ravage continua jusqu'à ce que la vague s'essouffle, qu'elle cesse ses attaques monstrueuses et se contente de rouler au ras du sol, jusqu'à la mer, jusqu'à la lagune. Combien de temps dura le massacre? Qui peut mesurer une minute d'éternité? Un moment indéfini s'écoula avant qu'il y ait de nouveau trace de vie dans la chambre sans couleur, avant que la fraîcheur de l'eau de pluie fouettant vigoureusement le visage de Roberto ramène un murmure sur ses lèvres.

Le corps meurtri, Roberto se crut sur le pont d'un bateau qui coulait. La tempête, c'est la tempête! Où était Sylvia?

– Sylvia! murmura-t-il d'abord, puis un cri de désespoir déchira sa gorge.

Il s'accrocha à des objets qui lui semblèrent être tout sauf ce qu'il cherchait. Il tenta de se relever; ses genoux fléchirent et il retomba sur le sol.

Tout était si noir. Il lui était impossible de distinguer la moindre forme, encore moins le corps de sa femme à demi enseveli sous des débris. Rampant à tâtons, il suppliait Sylvia de lui répondre quand, tout à coup, il toucha un tissu humide et rude semblable à du jean. Il reconnut la jupe de Sylvia, la forme de ses cuisses, son ventre. Il s'approcha et posa son oreille sur la poitrine dénudée. Maudissant la tempête, il supplia la créature inerte de lui parler. Il glissa son bras sous ses épaules. La voix entrecoupée de sanglots, il lui murmura des choses incohérentes, se blâma de n'être pas parti avec Arturo. Gilbert pouvait tout ravager, tout emporter, mais pas elle, pas sa raison de vivre!

– C'est ma faute! Pardonne-moi, Sylvia, pardonne-moi!

La chambre sans porte ni fenêtres n'offrait plus de protection contre les éléments dévastateurs, contre le vent qui s'acharnait toujours. Devant l'urgence de trouver refuge ailleurs, Roberto songea que le cabinet de toilette avait dû être épargné. C'était l'endroit le plus facile à atteindre pour se mettre à l'abri.

Il tenta de relever Sylvia. Quand il voulut la porter dans ses bras, les forces lui manquèrent et il se résigna à rester là encore un moment à se battre contre le vent, contre la pluie, contre ce diable d'ouragan.

Il localisa la porte de la petite pièce qui, effectivement avait résisté aux attaques dévastatrices. Tenant Sylvia en position demi-assise, il tenta une seconde fois de la soulever. Ses genoux cédèrent sous sa charge. Roberto s'acharna, chacun de ses gestes et de ses pas pour atteindre l'endroit convoité exigeant une force incroyable.

Tout en résistant à la force du vent, en se protégeant des débris qui volaient de toutes parts, il entendait encore Sylvia rassurer le petit Luis Perez, lui dire qu'elle se protégerait de la tempête en se cachant dans les bras de Roberto! Maintenant, elle y était, dans les bras de Roberto. Il parvint enfin à la mettre en sécurité dans l'espace restreint qui leur servirait de refuge jusqu'à ce que le calme revienne; là où ni le vent ni la pluie ne pourraient les atteindre.

Le visage ruisselant, effleurant les cheveux de Sylvia, Roberto reprit son souffle. Qu'allait-il arriver maintenant? Que pouvait-il faire pour elle? Si au moins la tempête pouvait finir!

Assis par terre, Roberto berçait sa femme inconsciente. Insensible à ses propres blessures, il lui parlait tout près de l'oreille.

– Mon amour, pourquoi faudrait-il que je te perde, toi aussi? Que me restera-t-il pour m'accrocher à la vie si tu me laisses? Pourquoi devrais-je te survivre?

L'espace d'une seconde, l'image de la demeure qui avait abrité leur bonheur depuis deux ans apparut à son esprit. À cet instant, cette villa, symbole de tous leurs espoirs, devait être assaillie par la vague monstrueuse, complètement inondée, mais peu lui importait. Roberto aurait tout donné pour une parole de Sylvia.

Il caressa les cheveux trempés qui mouillaient son épaule, pressa sa joue brûlante sur le front de cire de Sylvia. Sans même s'en rendre compte, il entonna les premières notes de la berceuse espagnole qu'il lui avait chantée le soir précédent. Cette fois, des sanglots ponctuaient la mélodie qui n'avait aucune emprise sur sa peine.

Dans la pièce d'à côté, des objets nouveaux, venus d'ailleurs, venaient se fracasser contre le mur de béton. L'eau dévalait sur le plancher, s'infiltrait partout.

Roberto cessa de chanter. Il venait de s'apercevoir que ce qui coulait sur sa cuisse était trop chaud pour être de l'eau. Ce qui descendait goutte à goutte le long de sa jambe et tombait sur le sol, il n'eut pas à vérifier pour deviner que c'était du sang. C'était le sang de Sylvia! Affolé, il chercha la lampe de poche qu'il avait placée près du robinet; le jet de lumière confirma ses soupçons : Sylvia était blessée.

Accrochées au mur, des serviettes pendaient mollement, inutilement. S'il arrivait à les attraper sans trop déranger Sylvia, ces serviettes serviraient à recouvrir le fond de la spacieuse douche, à aménager un lit de fortune dans le seul endroit sec de la pièce.

À force de contorsions et de gymnastique, il finit par allonger Sylvia sur une serviette blanche qui recouvrait les tuiles froides. Il dénuda son avant-bras et repéra la plaie ouverte qui saignait abondamment. Il était urgent d'arrêter l'hémorragie.

La seconde serviette servit à confectionner un pansement pour entourer la plaie béante. Roberto dut s'acharner contre le tissu trop résistant. Le vent bousculait tout dans la pièce voisine, des lampes roulaient sur le plancher, des éclats de verre tintaient en s'échouant contre le mur. Impuissant comme ces débris, aussi meurtri que les murs de béton qui s'effritaient de plus en plus à chaque attaque, Roberto aurait voulu crier son désespoir, hurler pour qu'on vienne le secourir. Mais seul un murmure glissa de ses lèvres tremblantes.

– Que tout ça finisse au plus tôt! S'il vous plaît, mon Dieu! Que ça finisse! Mama, vois ton fils. Ne peux-tu rien pour lui? Mama! Je ne veux pas perdre ma femme et ma mère le même jour. C'est trop, vraiment trop pour un homme.

Il leva la tête et entrebâilla la porte. Sa prière venait-elle d'être exaucée? Tout était devenu plus calme. Le vent s'était presque tu et la pluie avait cessé. Mais l'accalmie fut de courte durée. La rafale rugissante reprit de plus belle en balayant impitoyablement la ville entière. Roberto referma la porte de la salle de bains et s'agenouilla auprès de Sylvia, surveillant sa poitrine qui se soulevait faiblement. Il s'accrochait à ce mince signe de vie quand il s'aperçut que le sang traversait rapidement la serviette blanche. Le cerne rouge s'agrandissait à vue d'œil. Il enleva sa chemise, la déchira pour en faire un garrot qu'il attacha solidement autour du bras blessé.

La lampe de poche éclairait l'intérieur de la douche. Sur le mur, sa silhouette dessinait des ombres informes et peu rassurantes. Un spectacle ignoré par Roberto qui vérifiait le garrot et parlait à sa femme.

– Tu vois, *querida*, je te l'avais dit. Tout va bien à présent. La plaie a cessé de saigner et je vais enlever cette serviette souillée et en remettre une plus petite.

Croyant qu'elle avait bougé, il arrêta son geste et déposa la serviette imbibée de sang à côté des cuisses nues de Sylvia.

Penché sur elle, le souffle coupé, il appela un tout petit signe de vie. Roberto désespérait quand, en dessous d'eux, dans la chambre de rez-de-chaussée, le vacarme s'intensifia. Quoique toujours immobile, Sylvia n'était pas insensible à ce bruit sourd. Derrière ses yeux clos, ce bruit semblable à celui d'un tam-tam se confondait avec la musique diabolique de ses cauchemars.

Ainsi penché au-dessus d'elle, Roberto n'avait pas forme d'homme. Quand elle ouvrit les yeux, il lui apparut comme une silhouette sans visage, noire et énorme, entourée d'un halo de lumière pâlotte. La lampe de poche ne l'éclairait pas suffisamment pour qu'elle le reconnaisse. La pauvre femme étouffa un cri de frayeur. Dans sa tête bourdonnante, une seule idée persistait : se lever, fuir ce monstre au-dessus d'elle, fuir cette musique. Cependant, à cause de sa faiblesse extrême, elle n'arriva qu'à murmurer :

– Qu'est-ce que je fais là ? Qui est là ?

– C'est moi, Sylvia ! Enfin, tu reviens à toi !

Elle n'entendit pas, car le vent couvrait sa voix. Bousculant Roberto, elle tenta de se lever, mais une nouvelle vision la figea et un cri d'enfer déchira sa gorge. Là, encore toute chaude contre sa cuisse, la serviette maculée de sang l'emplissait d'horreur.

– Non ! Je ne veux pas ! cria-t-elle. Non !

Sylvia ne reconnaissait pas la voix de Roberto. Elle n'entendait qu'un bruit de tambour et la musique diabolique l'accompagnant. Dans l'esprit de la jeune femme, il ne subsistait que des ombres sur les murs d'une pièce mal éclairée où une personne inconnue lui extirpait le sang du corps.

– Je ne veux pas, *señora*, criait-elle ! Je ne veux pas ! Laissez-moi mon bébé ! Je veux mon bébé !

L'orage qui ravageait Sylvia n'avait rien de commun avec celui qui poursuivait sa course à travers le continent. Il venait de loin, d'un passé obscur qu'elle avait pourtant essayé d'enterrer.

Elle pleurait doucement. Éclairant son visage avec la lampe de poche, Roberto réussit à se faire entendre. À présent qu'elle savait qui il était, il attendait sa réaction en lui parlant calmement, tout doucement.

– Tu te souviens de l'orage ? C'est lui qui nous a blessés. C'est à cause de ce maudit ouragan que tu es restée évanouie si longtemps. Tu m'as fait tellement peur !

Muette, le regard affolé, Sylvia fixait le halo de la lampe de poche pendant que Roberto retirait la serviette imbibée de sang. En retrait dans un coin de la douche comme une enfant battue, elle paraissait indifférente à ce qui se passait autour d'elle, inconsciente des larmes qui coulaient sur ses joues et inondaient son visage.

Dépassé par des événements qui lui étaient étrangers, Roberto se demandait comment lever le voile sur le drame de Sylvia. Il ne savait que dire. Devait-il la faire parler de ce bébé ? Avait-il envie qu'elle lui explique ?

Elle fondit en larmes. Secouée par des sanglots ressemblant davantage à des cris qu'à des larmes, elle dit simplement, comme une chose qui lui brûlait les lèvres depuis des années :

– Elles m'ont enlevé mon bébé, Roberto ! Mon bébé, si petit !

Il ne comprenait pas ! Qui lui avait enlevé son bébé ? Et quel bébé ?

– Parle, je t'en prie, dit-il. Il y a trop longtemps que tu gardes ton secret. J'ai toujours su qu'une souffrance te rongeait le cœur. Parle maintenant.

246

– Si tu savais, Roberto! C'est sa faute à elle, à elle! cria-t-elle.

S'étant un peu calmée, avec des mots hésitants, Sylvia commença un récit qui réveillait des images lugubres, des images d'ombres semblables à celles qui dansaient sur le mur, des souvenirs de musique et de tam-tam. Dans ses paroles, il y avait surtout l'image d'une vieille femme au chignon noir toujours impeccable.

30

Eₙ ᴇғғᴇᴛ, dans le récit de Sylvia Hernandez, il y avait la jeune Sylvie Gallant face à la *señora* Maria Paola Hernandez. Une histoire qu'elle n'avait jamais oubliée.

Tout était parfait dans cette villa sur la colline. Trop parfait, depuis l'entrée aux treillis fleuris jusqu'aux planchers de marbre absents de toute trace de poussière. Trop parfaite, cette senteur d'épices sucrées embaumant chaque pièce, ainsi que ce bouquet de fleurs fraîches qui se mirait dans la glace du mur de la salle à manger. La jeune Sylvie Gallant aurait souhaité se plaire dans cet environnement. Cependant, il y avait dans l'ambiance un je ne sais quoi qui l'avait rendue mal à l'aise, qui avait fait d'elle une fille différente, sans moyens, dès qu'elle y avait mis les pieds.

Le jour où elle avait accepté d'être sa femme, Roberto lui avait dit sa hâte de la présenter à ses parents en l'assurant qu'ils l'adoreraient. Ce chaleureux accueil promis par Roberto, Sylvie ne l'avait ressenti ni la première fois ni la seconde, et surtout pas la troisième fois où on l'avait invitée à partager le repas de la famille Hernandez.

La jeune fille n'avait pas été dupe des regards furtifs que lui adressait Maria Paola Hernandez ; ces regards suivis d'un haussement d'épaules à peine dissimulé. Roberto, qui n'avait d'yeux que pour cette jeune Canadienne qu'il allait bientôt épouser, n'avait rien remarqué, comme si tout ce qui se passait en dehors de son bonheur lui était étranger.

Ce jour-là, après le dîner, Maria Paola avait invité les hommes à sortir prendre l'air. Elle les avait accompagnés jusqu'à la porte. Quand ils eurent disparu au bout de l'allée du jardin, elle était revenue s'asseoir en face de Sylvie. Avec une minutie particulière, elle avait déposé la petite cuillère sous l'anse de sa tasse et, toujours aussi impeccable, avait fait mine de chasser une miette invisible sur la nappe brodée.

Après un temps calculé pour impressionner, elle avait ouvert la bouche. Ses paroles avaient fendu le silence écrasant que rien n'avait rompu depuis le claquement de la lourde porte vitrée.

– Vous me paraissez bizarre, *señorita* Gallant, avait-elle dit en étirant les mots, en insistant sur le *señorita* Gallant. Vous ne vous sentez pas bien?

Sylvie, qui s'était attendue à tout sauf à cette remarque, avait repoussé la minuscule tasse dorée et son contenu; un café bien trop fort à son goût.

– J'ai encore des problèmes avec la nourriture, mais ne vous en faites pas, *señora*. Je finirai bien par m'habituer.

– Il y a déjà plus de deux mois que vous êtes au pays, n'est-ce pas? Vous ne trouvez pas que vous mettez beaucoup de temps à vous habituer à la nourriture mexicaine? À quoi riment ces nausées persistantes?

Où voulait en venir Maria Paola Hernandez? Debout devant Sylvie, la femme l'avait dévisagée, l'air interrogateur, attendant une réponse à une question dont Sylvie ne comprenait toujours pas le sens précis.

– Vous allez épouser mon fils dans quelques semaines, avait-elle ajouté sur un ton aussi froid que singulier. À mon avis, ce mariage a été décidé trop rapidement pour ne pas comporter un certain risque.

Sylvie, qui avait supposé que les parents de Roberto avaient accueilli favorablement la nouvelle de leur mariage, était abasourdie. La question de la femme supposait une réticence non avouée jusque-là.

– Est-ce que vous y voyez un inconvénient? s'enquit-elle.

Maria Paola avait conservé le même ton insidieux.

– Inconvénient? C'est peut-être le mot juste, après tout.

– Roberto et moi sommes si amoureux, je croyais qu'il allait de soi que nous vivrions ensemble le plus tôt possible.

– Amoureux? Oui, hélas, je crois Roberto réellement amoureux, mais vous?

Qu'avait voulu insinuer la *señora* Hernandez? Sylvie s'était sentie défaillir. Le visage de la femme lui avait semblé trop gros, trop long, déformé comme dans un miroir de cirque. Sa voix avait retenti tel un écho sans fin qui répétait :

– Vous êtes enceinte et vous voulez vous faire épouser, *señorita* Gallant.

Enceinte! avait-elle balbutié. Elle s'était levée à son tour et avait fait face à cette femme.

– Ce n'est pas vrai! avait-elle protesté. Vous mentez! Si j'ai choisi d'épouser Roberto, c'est que j'aime votre fils. Je le considère comme l'homme dont j'ai toujours rêvé!

– Vous vous moquez de moi. Vous connaissez à peine Roberto. Et que savez-vous des façons d'être des gens du pays? Laissez-moi vous assurer une chose, *señorita* Gallant. Mon fils n'épousera jamais une femme qui porte l'enfant d'un autre.

– L'enfant d'un autre ? Pour qui me prenez-vous ?

– Je ne veux pas d'un petit blanchon dans la famille ! Vous m'entendez ?

La dame avait haussé le ton. Son souffle gonflait son corsage ajusté. Ses paroles avaient résonné étrangement aux oreilles de Sylvie. Des sueurs froides glaçant son dos, elle s'était efforcée de reprendre pied pour poursuivre cette conversation qui avait pris une tournure imprévue. Où voulait en venir Maria Paola Hernandez ? Pourquoi tant d'assurance derrière ses accusations ? Avait-elle deviné ce qu'ignorait la principale intéressée ? Sylvie avait réagi rapidement, dissimulant tant bien que mal l'angoisse qui la terrorisait et le doute qui naissait sournoisement en elle.

– Vous croyez vraiment que j'attends un enfant ? Je crois plutôt que vous dites n'importe quoi pour me mettre à l'épreuve. Et, en admettant cette possibilité, pourquoi cet enfant ne serait-il pas de votre fils ?

– Je serais prête à parier que non. Supposons seulement que l'enfant que vous portez soit celui d'un autre, vous comprendrez que nous ne pouvons absolument pas prendre ce risque.

Cette situation complètement idiote méritait d'être tirée au clair, s'était dit Sylvie. Mais encore une fois, la dame avait pris les devants.

– Je vous donne deux jours pour me prouver que vous n'êtes pas enceinte. Je vous préviens, n'essayez pas de me tromper. Roberto ne vous épousera jamais si vous attendez un enfant ! Comptez sur moi pour le convaincre ou, du moins, pour lui inculquer un doute suffisant pour le faire réagir. Je n'aurai qu'à lui rappeler les circonstances qui ont entouré votre rencontre et votre venue ici.

– Roberto m'aime, il passera outre à vos insinuations, j'en suis certaine !

– Ne gagez pas trop là-dessus. Vous pourriez bien retourner dans votre pays avec votre petit bonheur. D'ailleurs, n'oubliez pas qu'ici, plusieurs jeunes filles de familles très en vue dans le quartier ne demanderaient qu'à ce que vous partiez le plus tôt possible. Vous n'êtes plus au Canada. Il y a encore un certain nombre de choses qu'un homme ne peut accepter, même s'il aime une femme.

Maria Paola avait affiché un air hautain qui frisait le mépris. Replaçant le bout de dentelle qui éclairait le col de sa robe sombre, elle avait relevé la tête en fixant Sylvie.

Même révoltée au plus haut point, celle-ci était confiante. Roberto l'aimait suffisamment pour ne pas laisser sa mère s'interposer entre eux, avait-elle affirmé avec la force du désespoir.

– Si j'étais vous, je ne répéterais notre conversation à personne, surtout pas à Roberto. D'ailleurs, même si vous lui racontiez notre entretien, il n'en croirait pas un mot. Roberto est un bon fils. Il a une très grande confiance en sa mère ; il ne fera rien pour me faire de la peine.

– *Señora* Hernandez !

– Je vous donne deux jours, *señorita* Gallant. Je n'ai rien d'autre à vous dire à ce sujet pour ce soir. Allons rejoindre les hommes avant qu'ils se demandent ce que nous complotons.

Son ton autoritaire avait eu raison de Sylvie. Comme une automate, elle avait suivi la dame qui la devançait d'un pas décidé. Le plancher se dérobait sous ses pieds quand celle-ci s'était adressée aux hommes comme si rien ne s'était passé.

– Nous voilà, messieurs ! avait-elle dit sur un ton affecté. Vous ne croyiez tout de même pas que la soirée était terminée !

Comment continuer cette soirée et agir comme si tout avait été normal? Sylvie avait eu l'impression que son cœur était sur le point d'éclater de rage, de peine, de doute. Elle aurait voulu courir loin, s'enfuir au bout du monde avec Roberto ou rentrer au Québec avec lui. Mais elle n'en avait rien fait. Elle était trop amoureuse de cet homme pour risquer de le perdre en éveillant en lui le moindre soupçon. Une demi-heure plus tard, elle avait quitté la famille Hernandez pour retrouver la sécurité des murs de son appartement.

Roberto lui avait proposé d'aller jusqu'à la mer avant de rentrer, mais elle avait refusé, prétextant avoir besoin de repos. Après son départ, Sylvie avait fermé la porte à double tour. Mais la porte de son appartement était inutile contre les attaques de la *señora* Hernandez, contre ses paroles sarcastiques, accusatrices.

S'étant jetée sur son lit en pleurant, Sylvie s'était rendu compte qu'elle venait de se heurter à un mur. La redoutable dame ne céderait pas, ça, elle l'avait clairement démontré. L'image de Roberto lui revint à la mémoire. Allait-elle perdre cet homme qu'elle aimait? Vivre un autre chagrin d'amour?

– Richard Craig! avait-elle pensé, folle de rage. Oh non! Pas ça!

Le souvenir de cette nuit maudite lui était revenu. Cette nuit où ils avaient fait l'amour une dernière fois… S'il fallait que la *señora* ait vu juste? S'il fallait que ce soir-là… Le cri qui était monté dans sa gorge, Sylvie l'avait étouffé sous son oreiller et avait pleuré jusqu'au petit matin.

* * *

Presque deux jours s'étaient écoulés. Deux jours interminables à attendre le résultat de son test de grossesse.

En revenant du travail, elle avait lu et relu l'écriture fine sur un bout de papier, en marchant la tête basse, s'arrêtant à chaque cent mètres pour reprendre son souffle.

Positif... Positif... s'était-elle répété, désemparée.

Vingt minutes après son retour chez elle, la clochette du portail avait annoncé l'arrivée de Roberto. Le bout de papier brûlait dans le cendrier lorsqu'il était entré. La jeune fille l'avait regardé tristement, un pauvre sourire au coin des lèvres.

– Sylvia! Comme tu as mauvaise mine! Qu'est-ce qui se passe? Ça sent le brûlé, ici! Quelque chose mijote sur la cuisinière?

Il n'y avait rien sur la cuisinière. Sylvie avait inventé une histoire de vieilles factures qu'elle venait de détruire. Son explication avait satisfait Roberto qui était là spécialement pour lui transmettre une invitation de la part de sa mère.

– Mama t'invite à dîner. Elle a préparé quelque chose de léger. Tu verras comme cela te fera du bien. Je ne voudrais pas vendre la mèche, mais je crois qu'elle a quelque chose à te proposer. Une surprise, peut-être?

Sylvie avait froncé les sourcils et son sourire s'était complètement éteint. Qu'y avait-il sous cette invitation? Sylvie avait flairé un piège. La dame remettait ça, aucun doute là-dessus. Elle lui avait donné deux jours et les deux jours étaient écoulés.

Feignant la simple curiosité, la jeune fille avait interrogé son fiancé sur les projets de sa mère. Celui-ci était resté vague, se limitant à mentionner des vacances qu'elle était à organiser.

– Des vacances?

Sylvie s'était sentie piégée. Roberto avait ajouté que l'occasion serait extraordinaire pour acheter le nécessaire à leur mariage.

– Moi, je trouve cela plutôt gentil de sa part, avait-il conclu.

La réaction de Roberto avait confirmé qu'elle n'avait qu'un choix, accepter cette invitation qu'elle appréhendait autant que ce subit projet de vacances. Cette amabilité soudaine de la mère de Roberto cachait autre chose, avait-elle songé.

* * *

Ça avait été un repas guindé malgré les efforts de Roberto pour égayer la conversation. À plusieurs reprises, celui-ci s'était étonné du manque d'entrain de sa fiancée qui ne lui avait offert qu'un sourire sans conviction, absent de toute joie de vivre.

Sitôt la dernière bouchée avalée, comme d'habitude, les hommes avaient pris congé pour sortir sur la terrasse. Le son de leurs voix graves arrivait jusqu'aux femmes laissées face à face.

Maria Paola Hernandez avait tendu l'oreille. Rassurée, elle avait soupiré bruyamment. Délaissant sa place de maîtresse de maison, elle était venue se placer devant Sylvie. Maintenant, elles allaient pouvoir discuter sans témoin.

– Alors, *señorita* Gallant ? J'attends votre réponse ! Ne deviez-vous pas m'apporter des preuves de votre… virginité, si l'on peut dire ?

Ce mot avait fait frissonner Sylvie. Était-elle tout à coup revenue au Moyen Âge ? Malgré l'absurdité de la situation, d'une pauvre petite voix, elle s'était décidée à répondre.

– On ne peut rien vous cacher, *señora*. J'attends un enfant. Mais ne criez pas victoire! Je vous l'ai déjà dit, cet enfant peut très bien être celui de votre fils. Vous oubliez que j'ai connu Roberto lors de mon premier voyage à Veracruz.

Sylvie avait cherché à gagner du temps en cachant la vraie nature de ses relations avec Roberto lors de sa première visite, mais son intervention n'avait pas amoindri la ténacité de Maria Paola Hernandez.

– Comment en être sûre? Vous nous arrivez de je ne sais où. Roberto m'a raconté que vous étiez venue ici pour guérir une peine d'amour et voilà que quelques semaines plus tard, vous parlez déjà de mariage avec mon fils. Tout ça passe encore, mais maintenant que vous voilà enceinte, c'est autre chose! Cela change tout! Vous le comprendrez ou vous êtes totalement inconsciente!

– J'ai l'intention de l'apprendre à Roberto dès aujourd'hui. Il comprendra, c'est avec lui que je prendrai ma décision.

La dame n'allait pas perdre la partie! Fallait-il qu'elle lui répète que si elle prenait la chance de mettre au monde un enfant blanc, la famille Hernandez deviendrait la risée de tout son entourage? Pour rien au monde, elle ne permettrait qu'un tel événement vienne ternir sa réputation.

Sylvie s'était sentie si petite, si vulnérable devant cette femme autoritaire qui savait imposer toutes ses volontés. Le combat était perdu d'avance parce qu'elle n'avait plus rien de la belle assurance qui la caractérisait six mois plus tôt lorsqu'elle occupait un poste d'adjointe dans une PME au Québec. Comment en était-elle venue à ne plus oser lever les yeux sur quelqu'un? Pourquoi ne pouvait-elle pas lui tenir tête?

Maria Paola avait marché de long en large, puis était revenue se planter devant Sylvie tout en surveillant subrepticement le retour des hommes. Devinant ce qui se passait dans l'esprit de cette petite, elle avait déclaré, pour expliquer son attitude :

– Vous ne savez pas, *señorita* Gallant, combien j'ai dû fournir d'efforts pour acquérir une place dans la société. Vous ne pouvez même pas imaginer toutes les choses sur lesquelles j'ai dû fermer les yeux ! Je ne permettrai pas qu'une banalité vienne détruire ce que j'ai construit.

En prononçant ces mots, elle avait détruit le peu d'estime qui tentait de s'installer dans le cœur de la jeune fille. Un enfant était une banalité, avait-elle dit !

– Mais qu'avez-vous donc à la place du cœur ?

Maria Paola avait gardé le silence. De toute façon, avait-elle encore un cœur dans la poitrine ? La vie s'était chargée de lui prouver que cet organe pourtant vital ne devait servir qu'à faire circuler le sang.

– Que voulez-vous de moi ? avait demandé Sylvie. Que je parte ?

– Que vous partiez, ou… ou que vous alliez rencontrer une spécialiste. Vous aurez d'autres enfants, ne vous en faites donc pas pour cela ! Ici, ça pousse à la douzaine, les petits. Dans cinq ans, vous serez bien contente d'en avoir un de moins sur les bras.

Frissonnant de la tête aux pieds, Sylvie avait toisé Maria Paola. Elle n'allait pas sacrifier ce petit être !

* * *

Les deux jours suivant le repas chez les Hernandez, Sylvie avait évité Roberto, éprouvant le besoin de réfléchir, de mettre de l'ordre dans ses idées. Toute sa vie future allait dépendre de sa décision. Comment avait-elle pu être si peu prudente? Elle n'était tout de même pas une petite fille. Comment avait-elle pu croire que le kilo en trop lui venait de son nouveau bonheur et ignorer l'absence des autres signes depuis son retour à Veracruz? Roberto Hernandez pouvait se vanter de lui avoir complètement tourné la tête. La vie auprès de lui dans ce pays de vacances et de soleil était tellement agréable et romantique qu'elle avait passé outre aux choses de la vie ordinaire et voilà qu'une rencontre avec sa future belle-mère avait fait basculer son existence en plein drame. Sylvie était certaine que si elle en avait discuté avec Roberto avant l'intervention de cette femme, il en aurait été autrement. Cependant, Maria Paola Hernandez existait, avec l'intention bien arrêtée que jamais son fils ne l'épouserait dans ces conditions. Sylvie n'était pas persuadée que Roberto n'allait pas se ranger du côté de sa mère. Le risque de perdre l'homme qu'elle aimait était trop grand et la bataille contre cette femme, perdue d'avance. Elle avait fini par accepter le voyage proposé par la *señora* Hernandez en souhaitant qu'après, il lui suffirait de répondre à ses désirs pour que tout s'arrange. Avec le temps, elle finirait peut-être par se faire aimer de cette femme.

* * *

Dans la chambre saumon, la tempête faisait toujours rage. Les deux êtres enfermés dans le réduit l'avaient presque oubliée. Chaque nouvel assaut confirmait l'acharnement du vent à tout détruire. Mais ils étaient insensibles à sa violence persistante.

Recroquevillée en boule dans le coin de la douche, Sylvia ne pleurait plus. Dans ses yeux brillait une lueur étrange. Elle avait chaud et froid en même temps. Des douleurs aiguës la tiraillaient, dévoraient ses entrailles. Roberto se taisait. Il s'inquiétait des autres révélations qui n'allaient pas tarder à venir. Enfin, il saurait ce qui provoquait les moments de tristesse de cette femme dont il ne souhaitait que le bonheur.

Quoi qu'elle lui apprenne, il l'écouterait jusqu'au bout.

Dans la petite pièce mal éclairée, les heures avaient passé sans que le temps compte vraiment. L'air se raréfiait de plus en plus et des images surgissaient, pareilles aux ombres menaçantes et irréelles qui bougeaient sur les murs et le plafond.

Des larmes roulaient doucement sur les joues fiévreuses de Sylvia. L'abcès percé se vidait douloureusement et ses grands yeux remplis de larmes criaient à la clémence, au pardon! Elle évoquait les motifs qui avaient influencé sa décision; la peur de perdre l'amour de sa vie à cause de cet enfant qui risquait de tout gâcher, et de cette femme qui la poursuivait de ses menaces. Elle qui avait quitté ses parents pour lui, aurait tout fait pour le garder.

Sylvia se tut pour reprendre contenance. Ses sanglots avaient entrecoupé ses paroles parfois inaudibles pour Roberto qui, de temps à autre, essuyait une larme. Tout se bousculait dans sa tête et il était impuissant à soutenir sa femme. Saurait-il l'écouter jusqu'à la fin sans que ne monte en lui un doute amer qui allait le poursuivre le reste de ses jours? Maria Paola avait-elle dit vrai? Aurait-il accepté l'enfant de Sylvia si un autre que lui en avait été le père?

Le visage défait de Sylvia faisait peine à voir. Les larmes si longtemps retenues coulaient librement. Maintenant, ne plus taire son secret, laisser revivre les fantômes était la chose à faire…

Une vibration se fit sentir dans tout le Martinez. Roberto releva la tête. Il se passait quelque chose d'anormal pour que ce bruit étrange résonne jusque dans les tuyaux. Sylvia et Roberto demeurèrent muets, se regardant, inquiets. Puis il ne se passa plus rien. Le vent était de plus faible intensité, mais l'eau giclait avec la même audace.

Roberto prit les mains de sa femme et attendit que, rassurée, elle termine son récit.

* * *

Ce jour-là, dans la limousine des Hernandez, les deux femmes avaient roulé pendant des heures sur des petites routes au nord-ouest de la ville de Veracruz. Sylvie s'était laissée conduire, sans un mot, mais toujours assaillie par l'obsédante pensée d'en finir au plus vite avec cette histoire.

Felipe, le chauffeur, les avait laissées au bout d'une rue bordée de maisons basses et poussiéreuses. Il n'avait posé aucune question, comme il était de mise pour un chauffeur de famille noble. L'homme en tenue de service avait tout de même regardé Sylvie dans les yeux. Puis, serrant les lèvres, il avait haussé les épaules et était remonté dans la voiture.

Des enfants sales et bruyants s'étaient accrochés à la limousine. Ils n'allaient lâcher prise que lorsque celle-ci ne serait qu'un tourbillon de poussière sur la route. C'est alors que, sentant son cœur s'affoler, Sylvie avait voulu courir à sa suite, la rattraper, fuir cet endroit triste et malpropre. Fixant toujours du regard la route déserte, même quand la limousine eut disparu, elle se souvint d'une présence à ses côtés.

Debout sur deux grosses pierres plates tenant lieu de trottoir, Maria Paola Hernandez s'était emparée de la mallette et attendait le premier geste de la jeune fille demeurée de marbre.

– Allons! Venez, *señorita* Gallant! Ne restons pas à la vue de tout le village, dit-elle. J'ai réservé une chambre pour vous et moi dans cette auberge.

Une auberge, ce trou minable! Plutôt dire un taudis de la pire espèce. Maria Paola avait entraîné Sylvie à l'intérieur où se trouvait un homme aux lunettes trop petites pour sa grosse tête. Froidement, elle avait salué le tenancier en lui indiquant du même souffle qu'on avait réservé une chambre pour elles.

– Je suis la *señora* Gonzalez, avait-elle annoncé. Et voici... ma fille, Gabriela.

L'aubergiste lui avait tendu le livret d'inscription et avait rajusté ses lunettes pour jeter un regard inquisiteur à cette personne impeccable qui chassait la poussière collée à sa jupe.

– J'ai ce que vous avez demandé, *señora* Gonzalez. Si vous voulez bien monter avec moi, avait-il dit en regardant la pâle jeune fille au yeux bouffis.

Il avait admiré sa beauté et sa grâce, trouvant étrange pour une Mexicaine d'avoir une fille aussi différente de sa mère! Le vieil aubergiste avait l'habitude de ces histoires obscures. Il fermerait les yeux une fois de plus.

Une odeur de nourriture pourrie empestait l'air chaud de la pièce qui servait de chambre. Sylvie, qui était entrée la première, avait reculé d'un pas en apercevant l'endroit.

– Ne soyez pas inquiète, *señorita* Gallant. Ce n'est que pour une nuit. Demain, nous regagnerons Veracruz.

– Je ne comprends pas. N'avez-vous pas dit à Roberto et à votre mari que nous partions pour la semaine?

– C'est bien ce que j'ai dit, mais nous ne sommes pas obligées de demeurer dans ce trou. Ne croyez pas que j'apprécie plus que vous cet endroit malsain. Dès que vous aurez rencontré la «spécialiste», nous pourrons repartir. Mon chauffeur sera ici demain, à la tombée de la nuit.

Dans ce pays perdu, inconnu et mystérieux, comme Montréal et ses parents lui avaient semblé loin! Sylvie avait étouffé le cri qui montait en elle comme une sorte d'appel au secours. À qui aurait-elle pu demander de l'aide? Sa misère lui appartenait. Elle était collée à sa peau, elle habitait ses entrailles.

La jeune fille avait doucement pleuré sur son sort. Qu'était-elle en train de faire? Existait-il un homme dont l'amour valait le prix qu'elle s'apprêtait à payer? Roberto Hernandez en valait-il la peine plus que quiconque? Elle avait tenté de s'en convaincre.

L'après-midi s'était écoulé lentement, trop lentement. Sylvie avait observé les mouches qui festoyaient sur la table de la salle à manger de l'auberge. Si au moins elle avait pu sortir prendre l'air. Dehors, l'air était tout aussi irrespirable que dans cette pièce malsaine, surtout qu'à cette heure du jour, le soleil devenait insupportable.

Pendant tout ce temps, la dame au chignon avait lu une revue mondaine. Elle n'avait donc pas de cœur, cette femme? Comment avait-elle pu mettre deux enfants au monde sans apprécier la valeur de cet acte?

L'esprit torturé par des regrets, Sylvie s'était levée, poussée par une envie folle de fuir, de refuser cette rencontre avec la «spécialiste».

– *Señora* Hernandez! Il faut que je vous parle. Je n'irai pas avec vous. Je ne veux plus de ce marché!

Maria Paola avait levé lentement les yeux de sa revue.

– Vous ne voulez plus quoi, *señorita* Gallant? Ai-je bien compris que vous ne voulez plus épouser mon fils?

C'est votre libre choix. Nous pouvons repartir d'ici dans moins de deux heures. Je n'ai qu'à faire rappeler Felipe.

– J'épouserai Roberto!

– Alors, j'ai dû mal entendre? Vous ai-je dit que le rendez-vous chez Antonia était pour neuf heures.

Aussi bien dire dans une éternité! avait pensé Sylvie qui était sortie malgré le soleil brûlant. La puanteur qui persistait dans cette cabane lui donnait des nausées qui faisaient remonter la salive au bord de ses lèvres, des nausées de femme enceinte! Elle avait touché son ventre chaud qui abritait encore un petit être vivant, cet enfant qu'elle n'avait pas eu le temps d'aimer. Comme une âme en peine, elle s'était appuyée à un cocotier et avait pleuré à chaudes larmes.

Ce petit être qu'elle allait sacrifier à cause du chantage de cette femme pourrait-il lui pardonner? Dès cet instant, Sylvie avait pressenti que sa vie avec Roberto serait ternie à jamais par l'ombre néfaste de Maria Paola Hernandez.

* * *

Les heures avaient passé. La pénombre avait envahi la région sitôt le soleil descendu derrière les montagnes.

Maria Paola s'était alors approchée de Sylvie qui faisait semblant de dormir. La voix un peu hésitante, elle lui avait indiqué qu'il était l'heure de partir.

À travers les ruelles noires et puantes, Sylvie avait suivi la dame au chignon. Le son d'une musique barbare devenait de plus en plus agressant à mesure que les deux femmes avançaient dans la nuit; une musique soutenue par un infernal son de tam-tam; une musique à rendre fou!

– C'est ici, avait dit la dame. Entrons!

La pièce était vide. La musique venait de nulle part. Une lampe anémique éclairait les lieux.

– Où sommes-nous? avait dit Sylvie en reculant vers la sortie. J'ai peur! Je veux partir.

– Allons! Ne faites pas l'enfant. C'est l'histoire de quelques minutes.

Sylvie avait frissonné de tous ses membres. Lentement, ses yeux s'ajustant à la lumière ambiante, elle était parvenue à distinguer les murs couverts de masques, d'objets lugubres, de draps sales accrochés un peu partout. De nouveau, elle avait fait un pas en arrière. Maria Paola l'avait soutenue, croyant qu'elle allait défaillir.

– Il est trop tard pour reculer, maintenant. Soyez brave. Vous verrez, Antonia a l'habitude.

Antonia! Elle avait donc un nom, cette créature à laquelle elle allait livrer son corps en pâture. Si elle avait un nom, elle avait bien aussi un visage. De derrière le rideau de velours bourgogne blanchi par la poussière, une ombre avait surgi. La silhouette s'était dirigée droit vers Sylvie, lui imposant son sourire édenté.

– Bonsoir! Je m'appelle Antonia, pour vous servir.

Sylvie avait tourné la tête pour ne pas voir ce visage tordu faire une grimace disgracieuse pour lui être agréable. Elle avait peur, peur à en crever!

– Prenez, ma petite. Buvez! Avec ça, vous n'aurez plus peur; vous ne sentirez plus rien du tout.

Hésitante, Sylvie avait saisi l'offrande. Elle avait senti une odeur fade et sucrée qui venait de la tasse ébréchée. Elle avait trempé les lèvres dans le liquide brûlant.

– Comme c'est mauvais! Qu'est-ce que c'est?

– Ne vous préoccupez pas de cela! Buvez tout et venez vous étendre sur cette table.

* * *

Tout au long de son son récit, Sylvia n'avait pas quitté le sol des yeux. Elle avait observé le filet d'eau qui tentait de fuir vers l'extérieur du cabinet de toilette et qui était constamment repoussé par le vent qui soufflait sous la porte.

Quand, après un moment de silence, le flot de paroles reprit, il fut pareil à une vague qui monte et qui descend; les souvenirs se précipitèrent. Roberto l'écoutait raconter les choses du passé. Le cœur de Sylvia saignait du même sang qui avait coulé sur cette table de boucher.

Sa voix trembla quand elle parla du bruit de l'eau qui coulait, d'instruments bizarres qu'on déposait sur la table à côté d'elle, des cris de panique que la vieille Antonia lançait dans un jargon incompréhensible, des serviettes maculées de sang, du son des tam-tam qui n'en finissait plus de lui marteler la tête et d'ombres gesticulant dans le noir. Et puis après, le néant; le vide total jusqu'à son réveil dans la chambre nauséabonde de l'auberge.

Sylvia prit les mains de Roberto, ses yeux cherchaient les siens pour qu'il comprenne que c'était de cette façon qu'elles avaient tué son bébé, de cette façon qu'elles avaient tué son âme.

Quand elle s'était réveillée le lendemain, il devait bien être passé midi. Maria Paola se tenait auprès d'elle. En ouvrant les yeux, Sylvie avait croisé son regard braqué sur elle. Dans ce regard, elle avait lu l'inquiétude et l'angoisse. Maria Paola Hernandez l'avait rassurée en lui disant de ne pas s'inquiéter, que tout était fini. Dans quelques heures, elles seraient de nouveau à Veracruz.

– J'ai réservé une chambre dans une auberge plus confortable où vous récupérerez à votre aise. Dans une semaine, quand nous reviendrons à la maison, rien n'y paraîtra plus, avait-elle ajouté. Il ne restera qu'à oublier tout ça. D'ailleurs, la vie n'est-elle pas faite d'événements qu'il faut oublier? Vous êtes jeune encore! Attendez, le temps se chargera de vous l'apprendre à vous aussi.

– J'aurai du mal à me débarrasser de ce goût amer. Il remontera constamment dans ma gorge, tant que je vivrai.

– La vie a le goût qu'on lui donne, n'oubliez jamais cela.

– Je croyais avoir découvert le vrai goût du bonheur. Je m'étais trompée.

– Ne pensez plus à tout ça. Tournez la page. Mettez-vous dans la tête qu'il ne s'est rien passé ici. Vous m'entendez? Dans quelques heures, nous serons installées à la Gaviota et alors, il faudra oublier que ce village existe.

* * *

Maria Paola avait dit vrai, la petite chambre de l'auberge de la Gaviota était plus confortable. Elles y étaient demeurées le reste de la semaine. Les deux premiers jours, terrassée par les crampes et les hémorragies, Sylvie n'avait pas quitté le lit. Pendant ce temps, la *señora* Hernandez avait couru les boutiques en se gardant d'entrer là où elle risquait de rencontrer des connaissances. Chaque jour, quelques pièces du trousseau que Sylvie aurait dû choisir elle-même s'étaient accumulées dans le coin de sa chambre. Le reste du temps, Maria Paola était demeurée assise au fond du jardin à feuilleter des magazines mais elle n'arrivait pas à chasser les pensées qui assaillaient son esprit.

Sylvie, aux prises avec la fièvre, n'avait pas pu voir que, de temps à autre, la dame essuyait des larmes qui coulaient sous ses lunettes teintées, pas plus qu'elle n'avait aperçu le regard inquiet qu'elle jetait en direction de sa fenêtre.

Quelques jours plus tard, lorsqu'elles étaient revenues, Sylvie était différente, quelque chose avait changé à jamais en elle. Elle s'était demandé comment elle arriverait encore à s'aimer, à se pardonner!

* * *

Sans les secousses répétées du vent, ce qui se passait dans la pièce sombre aurait pu sembler irréel. Malgré tout, pour un instant, Roberto espéra sortir de ce cauchemar. Hélas, tout lui indiquait qu'il était bien éveillé. Quand Sylvia tenta en vain de se lever, quand ses jambes fléchirent et qu'elle s'agrippa au mur de la douche, s'approchant d'elle, il la supporta et l'attira dans ses bras. Il hésitait à l'y emprisonner, à refermer sur elle son étreinte amoureuse, car cette déchirure – cette blessure à l'âme – retenait ses élans. La tempête semblait s'être calmée. Pourtant, une vibration plus puissante que la première se fit ressentir. L'eau avait rongé le sable qui entourait les fondations de l'aile où ils se trouvaient et les débris avaient eu raison du reste. Un coin du Martinez était sur le point de s'effondrer. De leur refuge, ce spectacle leur était invisible, mais Roberto eut le pressentiment de ce qui se passait. Il devenait urgent de quitter cette pièce, d'emmener Sylvia là où l'air était encore respirable. Il fallait vite fuir cet endroit habité par trop de fantômes.

Quand, ouvrant la porte, il reçut en plein visage une bouffée d'air imprégné d'une odeur d'algues et d'égout, il découvrit avec horreur ce que *Gilbert* avait fait de la pièce attenante.

– Est-ce possible ? Le diable en personne est venu sur la terre ! s'écria-t-il devant l'ampleur du massacre.

Le lit, les meubles, les chaises, les moindres pièces de décoration gisaient empilés les uns sur les autres. Un lambeau de rideau s'accrochait encore à la porte-fenêtre. Partout sur le sol, des éclats de verre brisé émergeaient du sable transporté par la mer démontée. Sylvia, qui s'était approchée péniblement, posa les mains sur son visage.

– C'est un miracle que nous soyons encore vivants ! Partons vite !

Il fallait partir, mais comment ? La mer était partout. L'eau se retirait du plancher, mais autour de l'hôtel, la vague refusait de battre en retraite ; elle avait fait son lit sur la terre ferme et comptait bien y rester. Leur seul recours était de se réfugier dans une chambre de l'autre aile qui avait résisté au carnage. Qu'allaient-ils trouver en sortant de là ? Sylvia, qui avait perdu beaucoup de sang, était d'une faiblesse extrême. Aurait-elle la force de franchir les obstacles à venir ?

Une nouvelle vibration contraignit Roberto à agir sans réfléchir davantage.

– Roberto, je t'en prie, partons d'ici. Je te suivrai même si je dois me traîner.

– Alors, accroche-toi solidement à moi et faisons le plus vite possible. Nous serons à la merci de tout ce qui vole dans la chambre. J'apporte l'eau et les médicaments.

Comme c'était bête de partir comme ça. Sylvia avait encore à parler à Roberto. Elle fit un geste pour le retenir malgré la nécessité d'agir vite.

– Attends ! Dis-moi une chose avant que nous sortions d'ici. J'ai besoin d'être rassurée.

– Je sais, Sylvia, mais le temps n'est plus à la discussion. Il faut partir.

Elle était terrorisée tout à coup. Elle n'avait perçu aucune émotion dans la voix de Roberto, aucun sentiment. Si ses révélations devaient gâcher le reste de leur vie, elle préférait mourir maintenant.

– Allons, *querida*! Viens!

Cette fois, elle avait reconnu l'homme sensible qu'elle aimait. Elle le suivit.

Le corridor du second étage était plongé dans l'obscurité la plus complète. Seul le rayon de la lampe de poche les éclairait alors qu'ils longeaient les murs jusqu'à l'escalier. Chaque pas risquait de les entraîner dans une chute à travers des monceaux de débris.

Sylvia avançait difficilement, agrippée au bras de Roberto. Quand ils atteignirent le troisième, elle souhaita que cette chambre fut la bonne parce qu'elle n'aurait pu aller plus loin.

La chambre 303 se trouvait du côté opposé au vent et avait été épargnée. Tout semblait en bon état dans cette pièce. Sylvia était brûlante de fièvre. Son visage se couvrait progressivement de plaques rosées et ses lèvres sèches se fendillaient. Elle avait soif.

Pendant qu'elle buvait à petites gorgées, Roberto, qui l'avait amenée jusqu'au lit, se félicitait d'avoir de l'eau potable à lui offrir. Il avait constaté que les conduits avaient été sectionnés.

– Je me sens mal, dit-elle. Viens t'étendre auprès de moi, je t'en prie.

Qu'y avait-il d'autre à faire que d'attendre et discuter encore? Roberto, obtempérant au désir de sa femme, déposa la lampe de poche sur la table de chevet, le rayon de lumière dirigé vers le plafond, et se glissa auprès d'elle. Longtemps, ils restèrent ainsi, les yeux fixés sur le cercle lumineux à écouter ce qui se passait aux alentours. Sylvia se demandait à son tour si tout ça n'était qu'un mauvais cauchemar semblable à ceux qui habitaient si souvent son sommeil. Allaient-ils se réveiller bientôt?

La douleur lancinante dans son bras lui confirma le contraire. Cette réalité leur appartenait. Ils étaient bel et bien là, à écouter le vent souffler sur la ville, à entendre la pluie déverser ce qu'elle avait dérobé à la mer. Ils avaient échappé aux méfaits de *Gilbert*. Pendant que la chambre saumon croulait doucement, eux, ils étaient en sécurité.

Il se passa un long moment avant que Sylvia se retourne vers son mari qui, lui non plus, n'avait pas bougé. Elle le savait réveillé parce que des larmes coulaient sans retenue sur ses joues.

– J'avais pourtant juré de ne jamais parler de tout cela à âme qui vive, murmura-t-elle dans un souffle. Cet ouragan a soulevé le passé. Il nous a ravagés aussi, n'est-ce pas?

Roberto ne comprenait pas pourquoi elle avait attendu si longtemps pour révéler son secret. Il avait le sentiment que leur union, en apparence parfaite, était en réalité comme celle de tant de gens, faite de demi-vérités.

– Doutais-tu à ce point de mon amour? lui demanda-t-il.

Pas une seconde, elle n'avait douté de son amour, elle le lui avait pourtant répété des centaines de fois. Mais elle s'était tue par peur de sa réaction, qui aurait pu être très éprouvante pour leur relation.

– Il m'est difficile de t'expliquer, Roberto. À bien y réfléchir, c'est de ton pardon dont j'ai le plus douté.

– Qu'avais-je à te pardonner? S'il y a eu faute de ta part, tu l'as déjà largement expiée. Alors, pourquoi?

– Une femme qui aime souhaite offrir l'exclusivité de son amour à celui qu'elle a choisi. Tel n'a pas été le cas, tu le sais.

– J'étais au courant de tout cela.

– Si j'avais donné naissance à un enfant blanc, peux-tu me dire ce qui se serait passé? Les hommes de ton pays réagissent négativement à ce genre de situation, Roberto. Ta mère s'est chargée de me le faire comprendre.

– Me crois-tu semblable aux hommes de mon pays? Les cinq années que nous avons vécues ensemble n'ont donc pas suffi à te prouver qui je suis?

Sylvia ne sut que répondre. Une seule certitude demeurait dans son esprit fiévreux. Elle n'était qu'une pauvre femme, toujours esclave de son amour malgré les années, une femme qui avait peur!

Un long moment s'écoula pendant lequel ils demeurèrent étendus l'un contre l'autre, sans un mot. Roberto connaissait son secret, sa faute, ses remords. Avait-il compris? Le doute torturait toujours Sylvia. Elle respirait difficilement; quoi qu'il puisse arriver maintenant, elle avait décidé qu'il devait tout savoir.

– Roberto! dit-elle à mi-voix. Je ne veux plus rien te cacher. Il y a encore autre chose.

Il eut un geste de surprise et d'inquiétude. Était-il prêt à en entendre davantage? Pour Sylvia, la meilleure façon d'exorciser les mauvais souvenirs était d'en parler jusqu'à ce qu'ils aient perdu toute emprise. Elle saisit le coin de la taie d'oreiller pour essuyer une larme et replaça la mèche de cheveux qui s'obstinait à taquiner sa lèvre.

– Quand ta mère et moi sommes revenues de ce voyage, commença-t-elle…

Ce voyage! Maintenant, Roberto comprenait pourquoi elle lui avait paru à bout de forces. Ce qu'il avait attribué à de trop longues heures de magasinage était le résultat d'une pénible épreuve. Sylvia avait évité ses questions. L'excuse la plus plausible avait été de lui dire que ses parents lui manquaient énormément et qu'elle avait envie de les voir avant son mariage. C'était une manière habile de détourner la vérité. Cependant, elle n'avait pas menti. Après cette épreuve, sa mère lui manquait beaucoup, mais le véritable motif de son départ avait été le besoin de réfléchir froidement en s'éloignant de lui, de tout cela.

– C'est pour cela que tu es partie pour le Canada. J'ai eu le pressentiment qu'il se passait des choses dans ta vie. Tu étais distante, distraite. J'ai même cru que tu pensais à reprendre ta parole.

– J'y ai pensé. Loin de toi, j'ai pu vérifier la place que tu occupais dans ma vie. La réponse était claire, je t'aimais, Roberto Hernandez! Alors, que faire, sinon revenir et oublier à jamais?

Roberto caressa la main de sa femme, la porta à ses lèvres. Et, se blâmant à son tour, il se demanda à haute voix comment il avait pu être aveugle à ce point.

Sylvia, oubliant sa faiblesse, tenta de se lever, mais elle ne réussit qu'à s'asseoir sur le bord du lit. Elle plia le genou pour supporter son bras souffrant.

Son visage s'était refermé, dans ses yeux brillaient des reflets de tendresse et de haine pendant qu'elle pensait à cet enfant qu'elle avait espéré donner à Roberto.

– Si j'étais devenue enceinte immédiatement après notre mariage, je crois que cela aurait fait de moi une nouvelle femme qui aurait réussi à chasser ces pensées obsédantes.

– Un enfant ? Sylvia ! Tu m'as laissé sous l'impression que tu préférais attendre. Je ne comprends pas !

– Tu n'as donc jamais compris que je n'ai rien désiré d'autre depuis le jour de notre mariage ? Comme je n'étais toujours pas enceinte après un an, j'ai eu des doutes. Le médecin m'a dit qu'il serait étonnant que je puisse mettre un enfant au monde. Son verdict était clair : après les dommages que j'avais subis, je ne devais même pas y penser. À cet instant, un ouragan a balayé ma vie, mes espoirs. Le ciel m'est tombé sur la tête comme *Gilbert* sur Cancun aujourd'hui.

Ce jour-là, refusant de croire ce qu'elle venait d'entendre, elle avait quitté le bureau du médecin pour rentrer directement à la villa. C'était un de ces après-midi où la mère de Roberto recevait ses amies. Quand elle était entrée dans le petit salon, les amies de Maria Paola Hernandez avaient délaissé leur partie de cartes et avaient regardé Sylvie comme si celle-ci arrivait de Mars ou de Vénus. La mère de Roberto était toujours aussi digne et noble, mais elle avait deviné que Sylvie n'était pas dans son état normal. La regardant droit dans les yeux, elle avait voulu créer une diversion et lui avait offert de se joindre à elles. Incapable de se contrôler, de dissimuler sa rage et son dépit, Sylvie avait bousculé la chaise que Maria Paola avait avancée pour elle et lui avait crié sa détresse devant ces bécasses. Elle avait gagné, lui avait-elle dit. La noble *señora* Maria Paola Hernandez pouvait se vanter d'avoir brisé sa vie parce que, par sa faute, elle n'aurait jamais d'enfant. La dame, écarlate, avait voulu la faire taire, mais Sylvie avait continué. Elle avait trouvé sa vengeance. Si elle ne pouvait jouir de l'amour d'un enfant, Maria Paola en serait privée à son tour. Roberto et elle partiraient le plus vite possible et jamais elle ne les reverrait.

Roberto s'était redressé dans le lit. La nausée lui montait aux lèvres.

– Quel gâchis ! Quel gâchis ! dit-il, ne trouvant aucun autre mot pour traduire sa pensée.

À présent, il comprenait ce qui l'avait motivée à quitter aussi rapidement la maison de ses parents et pourquoi elle disait que la misère valait mieux que le confort d'une demeure où l'air était irrespirable. Cependant, il retenait encore son souffle, sa femme avait plus à dire au sujet de leur vie à Cancun.

– J'ai cru pouvoir enterrer le passé en ne vivant que pour toi, seulement pour toi et pour nos projets, continua-t-elle. D'abord, il y a eu le commerce, puis la villa. J'avais presque réussi à accepter le fait que nous n'aurions jamais d'enfants à nous en reportant mon amour sur les enfants des autres.

– Luis ! Le petit Luis Perez ! C'est donc pour ça que ce petit prend tant de place dans ta vie. Et moi qui croyais…

Sylvia sourit enfin. L'image du petit aux mèches rebelles mettait un baume sur ses plaies. Le ciel avait mis cet enfant sur sa route pour qu'elle puisse le chérir.

Sylvia ne parlait plus. Ses pensées s'étaient envolées vers le continent, là où l'ouragan continuait ses ravages. Elle imaginait Luis et ses parents vivant aussi des moments difficiles.

– L'important est que rien de sérieux ne leur arrive, dit-elle.

– Et Catherine qui est enceinte de nouveau ! dit Roberto en cherchant à sonder les sentiments de sa femme qui avait appris la nouvelle de façon si brutale.

– Oui, pourvu qu'il ne lui arrive rien, à notre chère Catherine qui vit un autre bonheur immense. Je suis tellement heureuse pour elle.

– Tu es vraiment heureuse pour elle, malgré tout ?

– J'avoue que j'ai eu très mal en l'entendant révéler son secret à sa mère. Cela ne m'empêche pas de me réjouir pour elle et pour Miguel. Et pour Luis aussi ! J'imagine déjà sa réaction quand ils le lui apprendront. Ce que j'aimerais être là !

Ne tenant plus en place, Roberto alla à la porte-fenêtre. Il ne voulait plus rien entendre. C'en était trop, tout à coup. La tempête vint à son aide. Écoutant le clapotis des vagues qui inondaient les allées du jardin, il distingua des taches blanches sur la mer d'encre. Soudain, un nouveau visage apparut dans ses pensées.

– Pepe ! dit-il. Qu'est-il arrivé à ce pauvre Pepe en mer ? Ah non ! pas lui aussi ! Son bateau n'a sûrement pu résister à cet enfer.

Sylvia rejoignit Roberto devant la fenêtre. Elle s'appuya contre lui et attendit qu'il la prenne dans ses bras. Mais Roberto n'était plus là, il naviguait aux côtés de Pepe sur des vagues diaboliques.

– Aujourd'hui, j'ai perdu la femme qui m'a mis au monde, les enfants que nous n'aurons pas et un grand ami, dit-il. Il ne me reste que toi.

Sylvia prit sa main et, l'obligeant à la suivre, elle l'invita à essayer de dormir. Il serait tellement merveilleux de quitter ce monde pour un moment.

– Dormir ! Dormir ! Comme il serait bon de dormir !

Il la regarda droit dans les yeux et, comme le soir du souper au restaurant, il lui murmura :

– Sylvia, *te amo mas que todo*!

Sans un mot, la jeune femme ouvrit les draps et attendit qu'il s'y glisse à son tour.

Le vent violent avait cédé sa place à une brise régulière, les nuages déversaient leur trop-plein et les vagues retournaient peu à peu à l'océan.

On découvrirait assez tôt les atrocités qu'avait subies la ville. Dans la chambre du troisième, Roberto et Sylvia, enlacés, cherchaient le repos en attendant que se dévoile à eux une vision apocalyptique.

31

Sᴙʟᴠɪᴀ ne dormit pas une heure. Réveillée par une chaleur suffocante et une puanteur persistante, elle se leva. Malgré sa tête qui tournait, elle se rendit à la porte-fenêtre. Là, elle vit vraiment le tableau. Où était passé Cancun? Le centre de villégiature avait disparu. À sa place, il n'y avait plus qu'un amas d'horreur!

Elle cria sa stupéfaction sans se soucier de Roberto qui somnolait encore. Effrayé par le ton de sa voix, celui-ci se dressa dans son lit. Il la rejoignit à la porte-fenêtre.

Sans un mot, sans un geste, le couple isolé regarda la mer hypocrite s'en retourner comme si elle n'était coupable de rien et le vent s'amuser à relever les feuilles des palmiers étendus sur le sol. La vision était terrifiante. Partout où, la veille, fleurissaient des jardins, s'étendait une plage sale, parsemée de chaises, de tables, de racines d'arbres, de débris de toutes sortes. Pas un hibiscus n'avait survécu aux tonnes de sable dont ils avaient été recouverts.

Sylvia pleurait doucement.

– Cancun ne se relèvera jamais de cette catastrophe!

On redoutait quelque chose de sérieux, mais jamais d'une telle importance. Roberto pensait comme sa femme. Son regard se posait tantôt sur le paysage de désolation, tantôt sur Sylvia qui luttait contre la douleur qui l'assaillait.

Devinant que son bras la faisait terriblement souffrir, il s'inquiéta. Sa plaie devait s'être aggravée. De toute évidence, les soins qu'il lui avait prodigués n'étaient pas suffisants. Il faudrait le diagnostic d'un médecin pour être fixé et ce diagnostic devrait forcément se faire attendre.

La jeune femme massait son épaule. Le mal s'étendait jusque-là.

– *Gilbert* t'a fait mal, ma pauvre *querida*.

Roberto entoura les épaules de Sylvia qui ne répondit pas. Il la sentait épuisée, complètement vidée. Il n'existait aucun mot pour exprimer l'état dans lequel elle se trouvait. Outre sa blessure au bras, son corps, tout comme celui de Roberto qui luttait contre un affreux mal de tête, portait de nombreuses marques.

Les événements survenus en quelques heures leur démontraient que s'ils étaient toujours vivants, c'était que l'avenir leur réservait encore des choses à vivre ensemble.

Ils écoutaient la pluie laver le désastre. Roberto hésitait à laisser sa femme seule et pourtant, il lui semblait nécessaire de sortir constater l'état des alentours immédiats, de vérifier si le rez-de-chaussée était encore inondé. Il sollicita son approbation.

– Où veux-tu aller? s'inquiéta-t-elle.

– Seulement constater si nous pouvons quitter les lieux. Je n'aurai besoin que de quelques minutes pour me faire une idée.

Elle le laissa partir. À bout de forces, elle s'étendit sur le lit et se servit du second oreiller pour soutenir son bras blessé.

Roberto longea le couloir sombre et humide. Il allait s'engager dans l'escalier menant au second quand il entendit des éclats de voix venant de cette direction. Il reconnut le timbre de voix d'Arturo et répondit aussitôt à l'appel de son nom.

– *Dios mio!* C'est toi, *amigo!* s'écria l'hôtelier comme s'il apercevait un fantôme. C'est bien toi, Roberto? Où est Sylvia?

– Là-haut. Elle se repose.

– Vous êtes vivants! *Gracias, Dios mio, gracias!* s'écria Arturo en s'appuyant au mur et posant sa main sur son cœur qui s'emballait. Je vous ai cherchés partout. Je suis allé à la chambre du deuxième… Roberto, c'est terrible. Tout s'est écroulé depuis le coin jusqu'à votre chambre. Je n'y ai trouvé que des meubles brisés, du verre cassé et des tonnes de ciment. J'étais sûr que vous étiez là-dessous. Et te voilà, *amigo!* Te voilà, sain et sauf!

– Que dis-tu? La chambre où nous étions n'existe plus? C'était donc ça, les vibrations que nous avons ressenties juste avant de sortir!

Impuissant à dissimuler ses émotions, Arturo imaginait le danger qui avait menacé ses amis. Des pensées de tragédie l'envahissaient. Si le pire s'était produit, jamais il ne se serait pardonné de leur avoir permis de rester là malgré leur insistance.

– Roberto! dit-il, enfin capable de s'exprimer sans pleurer. *Gilbert* a frappé très durement le Martinez, ça c'est terrible, mais il vous a épargnés! Il vous a gardés en vie! Maintenant, laisse-moi voir Sylvia. Où est-elle?

– Elle est là-haut. Mais avant, je dois te prévenir, Arturo. Sylvia a été blessée. Il ne faut pas te surprendre de la trouver pâle et le bras entouré de pansements.

Le petit homme ne tenait plus en place. Si Sylvia était blessée, raison de plus pour la voir, pour lui porter secours!

Quand Roberto ouvrit la porte de la chambre, sa femme, qui était étendue sur les couvertures, sursauta. Il devait se passer quelque chose d'anormal pour qu'il revienne aussi vite, pensa-t-elle, tout à coup inquiète. Mais la voix de Roberto n'avait rien de tragique, au contraire. Il semblait lui apporter une bonne nouvelle.

– Vois qui est avec moi, *querida*! Arturo est là. Il a bravé cet enfer pour venir jusqu'à nous. Il est venu malgré les interdictions de sa femme.

– La pauvre! Elle est encore sous le choc, expliqua Arturo. Mais moi, vous comprenez que j'étais trop inquiet pour lui obéir.

Arturo Martinez avait effectivement bravé le vent persistant et s'était frayé un chemin jusqu'à son hôtel. Un bref coup d'œil lui avait suffi pour constater l'étendue des dégâts. Les réparations seraient considérables et coûteuses, mais peu lui importait. Le plus urgent était de savoir ce qui était arrivé aux Hernandez.

Encore bouleversé, Arturo agissait de façon inquiétante et discourait sur plusieurs sujets en même temps : l'étendue du désastre, la disparition des routes. Tout à coup, il lui parut impératif de se préoccuper de la blessure de Sylvia.

– Mais vous, chère amie? Vous me la montrez, cette blessure?

– Ce n'est rien. Dans deux ou trois jours, tout ira mieux, le rassura-t-elle alors que Roberto commençait à enlever le pansement.

Lui aussi avait besoin de constater l'état de cette plaie. Sylvia, qui était déjà d'une pâleur extrême, sentit les murs chavirer. En apercevant la profondeur de l'entaille, Arturo s'exclama :

– Oh! *mama mia!* Il faut voir à cela tout de suite. Vous m'avez l'air vraiment mal en point tous les deux. Même si vous ne l'avouerez jamais, je devine ce que vous avez vécu.

Le couple Hernandez échangea un regard. La remarque d'Arturo les invitait aux confidences, mais ni l'un ni l'autre n'avait envie d'aller en profondeur. L'ouragan *Gilbert* avait été violent, il les avait meurtris dans leur âme, dans leur être tout entier, mais ils ne se sentaient pas disposés à en discuter.

Sylvia ne fit que se réjouir de la chance qu'ils avaient eue malgré tout. Quand cette blessure serait cicatrisée, les autres en feraient peut-être autant, ajouta-t-elle sans plus d'explications. De toute manière, Arturo aurait-il compris le sens de ses paroles? Pour le petit homme, ce n'était que la crainte des ouragans qui persisterait encore un moment et qui, avec le temps, finirait par s'atténuer.

– Maintenant, je vous ramène à la maison, dit Arturo. Ma femme et les enfants sont déjà en train de nettoyer avec le jardinier. Nous trouverons sûrement quelque chose à manger; un peu de nourriture nous fera le plus grand bien. Tout le monde aura besoin de forces pour entreprendre le chantier qui nous attend.

– J'aimerais passer à la boutique avant d'aller chez toi, si tu le permets, demanda Roberto.

– Attends-toi à des surprises. Je suis passé y jeter un coup d'œil; ce qui en reste ne ressemble guère à votre coquette boutique.

– Comment est-ce que ça se passe ailleurs?

Selon Arturo, c'était partout le désastre. L'eau et les vents avaient tout balayé, c'était catastrophique! Sans eau, ni électricité, ni téléphone, les gens se sentaient démunis. *Gilbert* avait donné un dur coup à la ville et au pays. Les dommages risquaient d'être aussi importants dans plusieurs autres villes de la côte. Heureusement, qu'en atteignant les terres, il avait dû se calmer. Arturo ne trouva plus rien à ajouter sur le sujet. Il observa la pâleur inquiétante de Sylvia qui ne tenait pas à en savoir davantage ; elle verrait bien assez vite.

Ils ramassèrent ce qui traînait sur le lit et suivirent Arturo dont le jugement sur la situation avait été au-dessous de la réalité. Le centre de villégiature était très lourdement touché. Le vent avait tout ravagé, la mer et la lagune s'étaient jointes pour tout inonder.

Après avoir constaté les dégâts du hall d'entrée du Martinez, Roberto et Sylvia traversèrent le boulevard. Luttant contre le vent, suivis d'Arturo, il leur fallut enjamber palmiers, buttes de sable et toutes sortes d'épaves entassées devant le centre commercial avant de découvrir le spectacle.

En une fraction de seconde, l'image de leur commerce, hier encore si joliment aménagé, traversa l'esprit de Sylvia. Elle recula d'un pas, s'accrochant au bras de Roberto afin de contrôler le tremblement qui la secouait.

– Notre boutique ! Où est passée notre jolie boutique et la *tienda* de nos amis ? Chère Catherine, si elle était là aujourd'hui…

Il était devenu muet. Était-il utile de verbaliser l'évidence de la situation ? Simplement pour dégager le plancher, il faudrait d'abord rendre à la plage l'amas de sable qu'elle y avait oublié.

La voix de Sylvia lui parut comme un appel au secours. Par où allaient-ils commencer ? Le sable était partout, répétait-elle. Jamais ils ne parviendraient à remettre leur commerce en état.

Le fardeau de la tâche lui paraissant insurmontable, elle se mit à pleurer doucement en soutenant son bras douloureux.

La chaleur l'accablait et l'odeur nauséabonde l'indisposait. Soudain, elle se crut à des lieues de Roberto et d'Arturo qui discutaient. Leurs voix s'éloignaient et autour d'elle, tout chavirait.

– Qu'est-ce qui m'arrive? Je... je... Robert... to...

Elle chancela, brûlante de fièvre, et s'effondra sur le comptoir. Roberto la vit et alerta Arturo. Celui-ci s'énerva, bafouilla, prit sur lui le blâme de la situation plutôt que d'agir.

– C'était de la pure folie que de venir ici dans sa condition. La pauvre a encore abusé de ses forces. C'est chez moi que nous devrions être. Là-bas, l'air est plus frais, mon jardinier a déjà remis la génératrice en marche.

Sylvia revint à elle. En entendant Arturo piailler comme une pie, elle mit son doigt sur sa bouche. Et, posant ensuite sur lui un regard amical, elle hocha la tête pour lui signifier son désir qu'il cesse de s'en faire pour elle.

– C'est bon! C'est bon! J'ai compris, je ne dis plus rien à condition que nous allions chez moi tout de suite.

– Pas maintenant, dit-elle avec toute la fermeté que lui permettait encore sa faiblesse. Je veux aller à la villa! Je serai tranquille seulement quand j'aurai vu de mes yeux si elle a résisté au massacre.

– Ah, ça non! Inutile d'y compter. Je ne vous laisserai jamais faire une pareille sottise. C'est chez moi que nous allons et de force, s'il le faut!

Arturo n'avait plus à convaincre Sylvia qui, de nouveau, s'était effondrée dans les bras de Roberto. Accablé, celui-ci s'en remit à Arturo.

– Son bras s'est infecté pour de bon. Nous avons perdu assez de temps, ce n'est plus à la maison que nous allons, c'est chez le médecin, et vite!

Inconsciente de l'inquiétude de Roberto et de l'agitation d'Arturo, Sylvia se laissa porter jusqu'à la clinique.

– Parole d'Arturo Martinez, malgré les embûches, nous serons là-bas dans quinze minutes!

32

Dᴇᴘᴜɪs leur départ de Mirabel, aucune parole n'avait été échangée entre François et Sophie. De temps à autre, François soupirait bruyamment en massant sa nuque pour calmer le terrible mal de tête qui résistait aux cachets d'aspirine qu'il avait absorbés en dose massive.

Comme on abandonne de vieilles choses inutiles, ils avaient laissé leurs bagages dans le hall d'entrée. Même s'ils l'avaient quitté depuis peu, leur appartement du nord de la ville leur semblait différent, inhospitalier.

Sitôt entré, François s'était installé au bout de la table de la cuisine pour se libérer du ridicule bandage qui entourait son crâne depuis l'accident. Avec une lenteur calculée, il avait enlevé la première couche de tissu. Sophie, qui l'observait à distance, eut malgré elle un petit air moqueur. François capta l'éclair de malice dans son regard. Il la connaissait suffisamment pour deviner qu'elle mourait d'envie de se payer sa tête.

– Sophie! Ne dis rien ou je fais un malheur, dit-il alors qu'elle allait pouffer de rire. Et avant qu'elle puisse placer un mot, il la menaça du doigt comme on le fait à un enfant qui s'apprête à faire une bêtise.

– Sophie!

C'était plus fort qu'elle. Jamais Sophie n'aurait cru François capable de circuler avec pareil ramassis de tissu autour du crâne.

— Pauvre amour, dit-elle. Ils n'ont eu aucun respect pour ton joli minois.

— C'est ça! Vas-y, moque-toi! Je voudrais t'y voir.

— Excuse-moi, mais tu es si drôle. Allons. Montre-moi ce gros bobo.

Il la laissa retirer les dernières couches de tissu. Lorsqu'elle découvrit la plaie, elle contrôla difficilement un haut-le-cœur et un cri de surprise. Sophie n'avait plus envie de se moquer, elle était toute pâle.

— François! Il va te falloir des points de suture. La plaie est ouverte. J'appelle ta mère.

— Non, surtout n'appelle pas ma mère!

La réponse était sans équivoque. La présence de cette femme trop bien intentionnée ne leur aurait été d'aucune utilité pour se rendre à l'hôpital.

François ne voulait surtout pas semer la panique dans la famille. Sophie insista tout de même pour qu'ils avertissent leurs parents de leur retour.

— Mais ne dis rien au sujet de l'incident de l'aéroport. C'est assez pour qu'ils ameutent les journaux. D'ici un jour ou deux, ça ne paraîtra presque plus.

Sophie doutait fortement des affirmations de François. Lui-même changerait d'idée en voyant les os de son crâne mis à nu.

* * *

Trois heures s'étaient écoulées lorsque, de retour de l'hôpital, après avoir posé un regard triste sur ce qui restait de leur rêve de vacances, ils enjambèrent une seconde fois les valises empilées dans le hall d'entrée.

Sans se consulter, ils allèrent directement dans leur chambre à coucher. Les émotions de la journée et la fatigue aidant, sitôt au lit, ils plongèrent dans un profond sommeil.

* * *

La matinée tirait à sa fin quand ils se réveillèrent. Immobiles, ils demeurèrent allongés l'un à côté de l'autre, silencieux. Dans leur esprit, des images s'animaient, des craintes aussi.

Sophie se retourna vers François. Avec un triste petit sourire en guise de «bonjour», elle dit :

– Toi aussi, tu te demandes ce que l'ouragan a fait de nos souvenirs, n'est-ce pas?

François l'attira tout contre lui et, caressant son épaule, il lui dit sur un ton qu'il voulait sans émotion :

– Nos souvenirs. Tu parles comme Pierre.

Le soupir que Sophie laissa échapper signifiait beaucoup plus que des paroles. Un sentiment de tristesse l'envahit. Elle voulut le faire taire en s'informant de sa blessure.

– Je me porte mieux que je ne l'aurais cru. Si on se levait pour écouter la radio? proposa-t-il. On parlera probablement de Cancun au bulletin de nouvelles de l'heure.

Sophie était encore chavirée à la seule pensée de tous ces gens demeurés là-bas. François la retint au lit comme elle s'apprêtait à en sortir. Un sujet restait à discuter avant de reprendre la vie de tous les jours. L'instant lui semblant propice, il lui livra le fond de sa pensée.

– Tu penses particulièrement à Pierre, n'est-ce pas, Sophie? Et tu te demandes où il peut bien être en ce moment. Qu'est-ce qui t'attirait tant chez cet homme?

La question de François fut mal interprétée par Sophie. Étonnée, elle sembla sur la défensive.

– Je reprends ma question, dit alors François. Ce que je veux savoir, c'est ce qui te fascinait chez Pierre. J'ai bien vu que tu t'intéressais à lui; tu ne perdais pas une occasion de vérifier s'il se trouvait aux alentours.

– Probablement que dans mon esprit, Pierre représentait l'incarnation du grand amoureux. Tu sais, François, sa vie avec Jane a été un roman d'amour, un vrai roman d'amour! Et c'est justement à cause de la qualité des sentiments qui les unissaient que je doute qu'il lui survive. Pauvre Pierre!

– Est-ce que tu n'exagères pas un tout petit peu? Les gens ne meurent pas parce qu'ils perdent un être cher.

Sophie était songeuse. Les confidences de l'homme aux tempes grises lui revenaient en mémoire.

– Tu sais, François, j'ai parlé à quelques reprises avec Pierre en ton absence. Ce bonhomme-là vivait des heures vraiment difficiles depuis la mort de sa femme. S'il ne se reprend pas en main, je crains que sa santé mentale en soit affectée.

Sophie raconta à son mari ce dont elle avait été témoin au restaurant et lui résuma ses entretiens avec l'homme. Alors, ce fut au tour de François d'être songeur et de se poser des questions. Mais qu'y pouvaient-ils à présent, à part comprendre la profondeur de la peine de Pierre? Alors, il resserra son étreinte et caressa le bras qu'elle avait posé sur sa poitrine.

Silencieux, les époux se perdirent dans des pensées aussi lointaines que ce coin du monde qu'ils avaient à peine eu le temps d'aimer.

Ils se souvenaient d'avoir déambulé au long des allées fleuries du boulevard Kukulcan.

33

LE BOULEVARD KUKULCAN! Existait-il encore un boulevard Kukulcan sous ces tonnes de sable blanc? Ses allées fleuries avaient disparu, les palmiers qui s'alignaient entre les doubles voies étaient étendus par terre, attendant qu'on les relève pour vivre de nouveau.

– Moi aussi, je veux vivre encore! M'entends-tu, Jane? La peur de mourir m'a fait prendre conscience combien je tiens à cette fichue vie.

Pierre Amyot marchait péniblement. Les vêtements collés à sa peau moite, les traits encore plus tirés que la veille, las jusqu'au plus profond de l'âme, il traînait ses deux valises comme si elles faisaient partie de lui. Il avançait comme un automate parmi les gens errant dans ce qui avait été des rues. La chaleur l'étouffait, il avait soif.

Il s'assit sur ses valises, les larmes aux yeux. Son pèlerinage était bien fini, cette fois. Il leva les yeux vers le ciel, croyant qu'en s'adressant à elle de cette façon, il pourrait mieux se faire entendre.

– Tu n'as pas fait de manières avec nos souvenirs! Tu n'y es pas allée de main morte pour que le message passe. Ne t'en fais plus, ton vieux fou a compris. C'est en avant qu'il doit regarder. C'est ce que tu as voulu me dire, n'est-ce pas? Le passé n'existe plus parce que le vent l'a balayé, parce que la mer l'a inondé, que le sable l'a enseveli. Jane! Désormais, nos souvenirs n'existeront que dans mon cœur... C'est fini, les tortures et les histoires qui déforment les choses. À présent, je sais que la vie, c'est quand on est vivant.

Sans même essuyer les larmes qui mouillaient ses joues, Pierre souleva ses valises et se tourna vers la silhouette d'un homme plutôt petit et trapu qui s'approchait de lui.

– C'est vous, Pedro?

– Pourquoi êtes-vous parti sans rien me dire? Je vous cherche depuis plus d'une heure! Je me sens un peu responsable de votre sécurité depuis que je vous ai ramassé hier.

– Pardonnez-moi, Pedro. Je n'avais pas l'intention de vous inquiéter. J'ai cru préférable de ne pas vous déranger davantage. Vous avez déjà fait plus que votre part pour un parfait inconnu et vous dormiez si bien lorsque je vous ai quitté.

Après les heures angoissantes vécues ensemble, ce digne monsieur et lui-même n'étaient plus tout à fait des inconnus, songeait Pedro. Pierre, lisant un reproche dans son regard, hocha la tête comme s'il regrettait déjà ses paroles. Il mit sa main sur le bras de son sauveteur et le pressa gentiment, amicalement.

– Revenez avec moi à la maison, *señor*. Il se passera encore plusieurs heures, plusieurs jours avant que les pistes de l'aéroport puissent accueillir l'avion qui viendra vous chercher. Vous serez mieux avec moi qu'à l'hôtel. J'insiste, venez!

– Je dois aviser les responsables de l'agence de voyage. Personne n'est au courant de ce qui m'est arrivé. Ils vont finir par en avoir assez de mes escapades.

Ils s'occuperaient des formalités plus tard. D'autres urgences les appelaient pour le moment. Pierre tourna la tête du côté des éclats de voix qui lui parvenaient de la droite. Il demanda des explications à Pedro, qui répondit que c'était la première équipe de soldats qui arrivait. Quelqu'un avait pensé que l'aide de l'armée serait nécessaire pour surveiller le pillage et participer au nettoyage. Pierre se dit qu'en effet un solide coup de main leur serait nécessaire pour déblayer tout ça. « Qui pourrait imaginer qu'hier encore, c'était le paradis ici ? », pensa-t-il.

Pedro posa à son tour un regard amer sur la désolation qui l'entourait. Si au moins une fleur avait été épargnée, mais la mer les avait toutes inondées et le sable les avait recouvertes jusqu'à la dernière. S'il se trouvait au moins une habitation intacte, une seule dont le vent et la pluie n'avaient pas brisé portes, carreaux et volets…

– Avez-vous remarqué, Pierre ? Les rideaux qui volent aux fenêtres ? On dirait des drapeaux de détresse.

Pierre n'avait rien à répondre. Il tentait de reconstituer un décor familier ; ne serait-ce qu'un coin de jardin garni de chaises et d'une table oubliées, mais de cela non plus il ne restait rien. Partout, des débris de tables, de chaises et de volets, partout des piscines écroulées dans la mer, transformées en immenses carrés de sable où aucun enfant n'oserait jouer.

Suivi de Pierre avec ses valises, Pedro se dirigea vers la plage qui envahissait les hôtels, les centres commerciaux, les villas ; maintenant, la plage était partout ailleurs que sur le bord de la mer. Là, devant eux, il n'y avait que des bateaux à plat ventre, des tas de bateaux dormant les uns sur les autres. Plus loin, une vision spectaculaire : le chalutier cubain emporté par une mer déchaînée, le pauvre chalutier cubain échoué sur le rivage à deux pas du Las Perlas. À côté du bateau, des soldats armés refusaient la liberté à ceux qui l'avaient cent fois méritée.

Leur attention éveillée par un bruit régulier, Pierre et Pedro s'arrêtèrent. À quelques pas devant, un homme muni d'une pelle avait commencé à déblayer le trottoir. Le spectacle était indescriptible. Des tonnes et des tonnes de sable à transporter avec une si petite pelle et une si petite brouette!

Pierre observa un moment Gustavo dont le chapeau à large bord menaçait de s'envoler à tout moment. Puis il s'approcha.

– Brave ami, dit-il. Vous n'avez pas l'intention de dégager tout ça à la petite pelle?

Comme s'il n'avait rien entendu, l'homme déposa le sable dans sa brouette.

– Il va vous en falloir du courage, continua Pierre. Du courage et de l'énergie!

L'homme s'arrêta, essuya la sueur inondant son front. Son regard défiait toute contradiction.

– J'ai le courage et l'énergie, *amigo*! J'ai le courage et l'énergie.

– Je n'en doute pas, mais votre magnifique plage… Comment pourrez-vous récupérer ce qui a complètement disparu?

D'un mouvement régulier, l'homme continua à remplir sa pelle de sable et à la déverser dans la brouette. Pierre regretta ses paroles.

Gustavo s'arrêta de nouveau, se tourna vers la plage et scruta la mer. Avec une sérénité déconcertante, il s'adressa à Pierre :

– Je ferai de mon mieux pour réparer ce que j'ai construit ici. Pour le reste, ce que la nature a détruit, c'est elle qui le reconstruira.

Cette fois, Pierre avait été touché. Gustavo avait raison, la nature reconstruirait. Mais en attendant, on pouvait lui donner un coup de main, se dit-il en retroussant ses manches d'un geste déterminé.

– Que diriez-vous, mon ami, si nous l'aidions ensemble, la nature? Il me reste deux bras qui peuvent encore être utiles pour déblayer tout ça. J'ai l'impression qu'on peut en faire un bout avant qu'un avion atterrisse ici.

Pedro ramassa les valises de Pierre et, tournant le dos aux deux hommes qui se regardaient en silence, il s'en retourna chez lui.

34

On avait amené Sylvia à la clinique. Comme il fallait s'y attendre, l'état d'urgence était déclaré. Là-bas, on s'était préparé à recevoir les gens, mais cela n'avait pas empêché *Gilbert* de frapper l'établissement de santé. C'était visible au premier coup d'œil : les planchers n'étaient pas tout à fait secs et quelques carreaux avaient été brisés. Cependant, dans les salles d'examen non munies de fenêtres, le matériel était intact.

Les gens arrivaient et devaient attendre en file. Bientôt, il n'y aurait plus de place à l'intérieur. Près de la porte, des femmes pleuraient et, à l'intérieur, des enfants dormaient sur les genoux de leurs parents. Personne ne parlait ; on était impatient de rencontrer un médecin, de faire panser ses plaies.

L'infirmière du docteur Lumis avait fait passer Sylvia directement dans la salle de traitement. Elle dut attendre un bon moment avant qu'il examine provisoirement son bras. Le diagnostic fut rapide. C'était bien ce qu'on avait supposé : Sylvia souffrait d'une grave infection au bras.

— D'après ce que vous me dites, elle aurait perdu beaucoup de sang ? demanda le médecin à Roberto en le prenant à part dans la pièce voisine.

— Beaucoup, en effet.

– C'est la cause de sa faiblesse extrême et de ses pertes de conscience, expliqua le praticien.

– Dès que je m'en suis aperçu, j'ai fait de mon mieux pour arrêter l'hémorragie, mais j'avais peu de ressources et d'expérience.

Le médecin observa attentivement Roberto. Il vit qu'une coupure marquait son front et qu'il avait des plaques bleuâtres sur les bras. Roberto comprit que le médecin voulait y voir de plus près.

– C'est Sylvia qu'il faut soigner. Moi, ça peut attendre. J'ai sûrement une mauvaise bosse sur la tête, mais ce n'est rien.

– Votre femme me semble être sous l'effet d'un choc, comme beaucoup d'autres.

Roberto se souvint des heures vécues dans la salle de bains de la chambre saumon. En effet, Sylvia avait des raisons d'être en état de choc, mais fallait-il vraiment tout expliquer au médecin, lui raconter le drame de sa femme? Le docteur Lumis était tellement occupé, aurait-il le temps nécessaire pour l'écouter, pour comprendre ce que l'ouragan avait provoqué? Il se contenta de confirmer l'évidence : Sylvia était en état de choc.

– Voyez tous ces gens qui attendent à côté. Quelle misère! Je crois, *señor* Hernandez, qu'un antibiotique et quelques jours de repos devraient remettre votre femme sur pied. Cependant, si le mal persistait, n'hésitez pas à revenir. Il ne faut pas négliger ce genre d'infection, surtout que cette personne est étrangère, n'est-ce pas? Elle est canadienne, à ce qu'on dit.

Les traits fins de Sylvia et sa pâleur extrême semblaient si apparents tout à coup. Sans la présence de Roberto à ses côtés, le médecin l'aurait certainement confondue avec les autres touristes qui s'étaient déjà présentés à lui.

Confirmant la citoyenneté canadienne de Sylvia, Roberto ajouta qu'elle vivait au Mexique depuis plus de cinq ans.

* * *

Tout le temps que Roberto et le médecin discutaient, Arturo n'avait pas quitté Sylvia. Il s'était fait un devoir de surveiller ses moindres gestes. Quand elle sortit de l'état semi-comateux qui embrouillait son esprit, elle fut surprise de l'apercevoir à ses côtés.

– Où est Roberto? s'inquiéta-t-elle.

Croyant la rassurer, Arturo expliqua qu'il était avec le *doctor* Lumis dans la pièce attenante.

– Le *doctor*! Quel docteur? Où suis-je donc? Je veux voir Roberto!

Sylvia se leva brusquement et sa tête se mit à tourner.

– Vous avez eu une faiblesse, dit-il. Restez tranquille, Roberto sera là dans une seconde.

Sylvia gémit et retomba, plus pâle que jamais. La panique s'emparant de lui, Arturo se mit à crier qu'on vienne à son secours :

– *Doctor* Lumis! Venez vite, la *señora* Sylvia…

Le docteur pénétra dans la salle, suivi de Roberto qui s'affolait.

– Qu'est-ce qu'elle a? C'est plus grave que vous le pensiez. Que vais-je faire si elle s'évanouit à tout moment? Je suis inquiet!

Cette fois, le praticien crut préférable de la garder en observation afin de faire des examens plus poussés. Son malaise, d'abord considéré comme bénin, était peut-être plus sérieux qu'il ne l'avait supposé.

– *Doctor* Lumis, dit Roberto, il faut que vous sachiez qu'en plus de l'ouragan, ma femme a vécu des heures très éprouvantes. Ce n'est pas à moi de vous révéler ce qui s'est passé, je préfère qu'elle se confie elle-même si tel est son désir.

L'homme sembla intrigué. Il suggéra à Roberto de demeurer auprès d'elle encore un moment et ensuite de la laisser se reposer.

– Vous avez sûrement des choses à faire vous aussi; l'ouragan semble n'avoir épargné personne.

«L'ouragan», répéta Roberto, soudainement inquiet pour leur maison. Leur jolie villa existait-elle toujours? Il pouvait s'attendre au pire en allant là-bas. Le brave médecin cherchait à réconforter Roberto quand sa patiente ouvrit les yeux.

– Je vous fais des misères, n'est-ce pas? Est-ce que nous pouvons partir maintenant?

– Je vous garde sous observation, *señora*! Votre état nécessite quelques jours de repos et de bons soins. Il vous faudra être forte pour aider votre mari à réparer les dégâts. Vous ne lui seriez pas d'une grande utilité en étant constamment sur le point de vous évanouir.

Le docteur avait parlé de dégâts. Des sueurs froides mouillaient le dos de la jeune femme.

– Où trouverai-je la force, docteur?

– Demain, vous vous sentirez déjà mieux.

– Vous croyez vraiment que demain...

Sylvia fixa le médecin droit dans les yeux. Son regard scrutait l'homme en sarrau blanc. Lui disait-il toute la vérité?

– Un jour à la fois, ma «petite madame».

Ces deux mots de français lancés pour faire sourire Sylvia produisirent l'effet escompté. La jeune femme devint plus calme et sembla s'abandonner. Sa trop grande lassitude, son besoin de dormir eurent raison d'elle.

– Je suis si fatiguée, dit-elle.

Un sommeil profond l'enveloppa lentement. Les médicaments commençaient à faire leur effet. Roberto pouvait partir tranquille. D'après le médecin, Sylvia allait dormir cinq heures, peut-être plus.

Arturo et Roberto quittèrent la clinique. Ils marchèrent en silence parmi les gens qui s'affairaient à ramasser les débris encombrant les rues. D'autres, armés de pelles, s'attaquaient aux bancs de sable obstruant les portes et solidifiaient à coups de marteau ce qui menaçait de s'écrouler.

– Tu viens à la maison, Roberto? Nous sommes tout près. Tu dois avaler quelque chose avant de t'évanouir à ton tour.

Impatient de se rendre à sa villa, Roberto accepta tout de même l'invitation. Après, Arturo Martinez ne pourrait pas le retenir. Aussitôt qu'il aurait mangé, il serait libre de faire comme il l'entendait. Il était inquiet, très inquiet même, confia-t-il à son ami. Même si la villa avait tenu le coup, il redoutait la visite des voleurs. La villa était retirée et les voisins avaient quitté les lieux bien avant qu'ils partent à leur tour.

Ils étaient à quelques mètres de la demeure des Martinez quand Roberto ralentit.

– Comment te remercier pour toutes tes attentions? dit-il avec une émouvante sincérité.

– Ne parlons pas de ça. Tu aurais fait de même pour moi.

– Peut-être bien.

– Roberto?

Le ton d'Arturo était différent, embarrassé, indiquant que la question à venir ne porterait pas sur les dégâts de l'ouragan ni sur la santé de Sylvia. Arturo était de ceux qui devinent le dessous des choses. Roberto attendit la suite.

– Ce que tu as mentionné au docteur...

C'était donc ça! Le mystère entourant les explications évasives données au docteur Lumis intriguait Arturo.

– On ne peut rien te cacher, à toi.

– Réponds-moi si tu veux, *amigo*! Qu'est-ce qui s'est passé à part l'ouragan? Qu'est-ce qui a fait cet effet à ta Sylvia? Tu n'es pas en faute, n'est-ce pas?

À cause de l'amitié dont il avait fait preuve, Arturo méritait une explication. Roberto se sentit mal à l'aise de lui cacher ce qui avait troublé les dernières heures. Il aurait souhaité qu'Arturo n'ait pas posé cette question.

Son attitude parla pour lui. Il ne voulait rien dire.

– Bon, je comprends, dit Arturo, à peine résigné. Ne t'en fais pas. Faisons comme si je n'avais rien dit.

– Ne sois pas vexé et surtout n'interprète pas mon silence comme un manque de confiance en toi. C'est que trop de choses méritent encore réflexion. D'ailleurs, même si j'en avais le droit, je ne saurais comment te raconter. Peut-être qu'un jour...

– Nous voilà chez moi, dit Arturo, heureux de clore le sujet. Ma femme nous fait signe. Tu viens?

Au cours du repas, ils échangèrent leurs impressions au sujet de l'ouragan. L'épouse d'Arturo, qui semblait désolée pour Sylvia, proposa de lui rendre visite à l'hôpital. Roberto n'avait d'autre choix que d'accepter, mais, connaissant sa femme, il insista pour qu'elle n'en fasse pas une urgence.

– Sylvia a besoin de beaucoup de repos. Le médecin a insisté là-dessus. Sa guérison en dépend, dit-il à la femme.

Roberto mangea peu à cause de l'odeur nauséabonde qui persistait. Profitant de la première occasion, il prit congé de ses hôtes.

Le trajet depuis le centre-ville fut long et difficile, impraticable par moments. Il dut parcourir à pied le dernier kilomètre. De l'allée menant à la villa, les murs blancs de l'imposante demeure lui apparurent superbes, tranchant sur le reste du décor écroulé tout autour. L'état lamentable des habitations voisines témoignait de la cruauté de *Gilbert*. Le cœur à l'étroit dans sa poitrine, ses poumons oubliant de rejeter l'air infect qu'il était obligé de respirer, Roberto avait peur à en vomir.

– La villa est debout, répétait-il. Elle est encore là.

La villa était debout, mais les palmiers géants qui, depuis des années, régnaient en maîtres sur le décor ne l'étaient plus. Tous trois étaient étendus, formant un barrage qui avait protégé une partie de la terrasse.

Il y avait une sorte de respect dans l'attitude de Roberto quand il les enjamba pour atteindre l'escalier de l'entrée principale. S'arrêtant sur la première marche, il ferma les yeux. Tentait-il par ce geste d'arrêter le temps, de faire réapparaître le visage souriant de Sylvia? La Sylvia rayonnante de samedi dernier qui disait : «Regarde comme c'est joli, Roberto!

Ce tissu est comme la mer. Il sera super pour recouvrir le fauteuil de rotin.»

«Super, le fauteuil de rotin, ma Sylvia! Super, cette villa que nous avons refaite de nos mains, à force de travail, de sacrifice de tous nos moments de loisirs. Super», murmura l'homme en montant les dernières marches.

Il allait franchir la porte qui le séparait de la vérité quand un cri puissant comme un raz-de-marée rebondit contre le mur. Se retournant brusquement, il fit face à la mer qui persistait à demeurer bien au-dessus de son niveau coutumier. Le vent fouettait son visage, léchait ses larmes.

– Mama, est-ce toi? Est-ce toi qui as fait ça?

Les vagues roulaient sous le balcon, ballottaient des troncs d'arbres et des tas de débris. Roberto ignora le ramdam qui grondait sous ses pieds et regarda à l'intérieur. À la vitesse d'un film tournant au ralenti, il compara les images avec ses souvenirs. Quelqu'un devait lui dire qu'il ne rêvait pas.

Devant lui, la porte grande ouverte l'invitait à pénétrer à l'intérieur. Répondant à l'appel, il fit dix pas et tomba à genoux. Des larmes et des rires l'étouffaient.

– Notre villa a résisté! Sylvia, tu m'entends! Elle est sauve!

La mer, qui avait habité les murs de leur demeure, l'avait rendue à ses occupants. Dans un coin, les meubles de rotin étaient entassés comme un troupeau de moutons se protégeant d'un orage. Ils attendaient seulement qu'on se donne la peine de les remettre en place. Les rideaux s'étaient enroulés solidement autour de leurs supports. Le mobilier de la chambre à coucher était collé au mur, trempé, garni de coquillages. Les dernières trouvailles de Luis avaient échoué sur l'oreiller de Sylvia.

Roberto gravit l'escalier menant à l'étage. Constatant que l'eau n'avait causé aucun dégât important, que tout était à sa place, il redescendit en criant sa joie. Il appelait sa femme, bénissait le ciel, embrassait tout ce qui lui tombait sous la main. Soudain, il chancela, terrassé par l'émotion et la fatigue.

Il passa la porte et se laissa choir sur le balcon. Là, le dos appuyé au mur blanc et humide, il contempla le paysage. Devant lui, une mer à perte de vue, souillée d'immondices qu'elle berçait et déposait pour les reprendre ensuite. Des oiseaux agités volaient au-dessus de sa tête. Roberto restait immobile face à cette mer métamorphosée. Un siècle s'était écoulé depuis la veille.

Dans le brouillard de ses pensées, un visage apparut, souriant comme autrefois. Le visage de la mama de ses jeunes années occupait ses pensées. Une grande nostalgie s'empara de lui. Pour un court instant, Roberto redevint le tout petit garçon que la belle Maria Paola berçait en chantant ; celui à qui elle avait appris cette douce et triste berceuse espagnole. Le souvenir était si lointain qu'il ne pouvait le retenir, le chérir. Elle était morte depuis si longtemps, la mama jeune et joyeuse, morte depuis des années déjà ! Qui était donc celle qui avait cessé de vivre, qui avait changé au point d'exiger qu'on empêche un enfant de naître afin de protéger ses rêves de grandeur ?

– Mama, mama ! Pourquoi ?

Maria Paola avait emporté son secret dans les profondeurs de l'éternité. Nul ne saurait jamais pourquoi.

Roberto resta de marbre, sans verser une larme sur celle qui s'était endormie à jamais. Ce qui le déchirait à cet instant était le souvenir de la détresse sur le visage de Sylvia, toute recroquevillée au fond de la douche comme une pauvre petite chose malheureuse.

Comment avait-il pu la croire heureuse? Pourquoi s'était-il raconté des histoires? Au fond de lui-même, il avait toujours su que quelque chose n'allait pas! Tant de temps, tant de jours avec ce poids sur le cœur, sans jamais le partager.

Chère Sylvia qui luttait contre la maladie... Pauvre esclave de son amour qui ignorait encore tout du miracle qui avait épargné leur villa! Soudainement mû par une force à soulever des montagnes, et bien que mesurant la somme de travail à exécuter, Roberto se sentit d'attaque pour redonner à leur villa son aspect original.

Il lui fallait tout préparer pour le retour de Sylvia. Dans une semaine, il ne devrait rester que la terrasse à réaménager. Et pour que celle-ci redevienne ce qu'elle avait été, il faudrait attendre que la mer ait repris sa place, que la vie ait repris son cours.

35

À VERACRUZ, deux hommes marchaient sous la pluie, suivant une voiture fleurie. Les cloches de la petite église sonnaient faiblement le glas d'une vieille dame. Jose n'avait pas attendu la venue de Roberto pour prendre les choses en main. De toute façon, pourquoi attendre? Qu'y aurait-il eu à dire maintenant que la mama ne pouvait plus parler?

La dame au chignon blanc s'était endormie à jamais. Son corps reposait dans une boîte toute grise parce qu'elle avait refusé de subir plus longtemps la torture des remords; elle avait cessé d'attendre un pardon qu'elle ne se résignait pas à demander.

La dame au chignon noir avait cessé de vivre à partir du jour où Sylvia lui avait crié sa détresse de femme stérile. À cette minute, elle avait pris conscience du mal causé par sa stupide cupidité. Depuis, chaque jour avait été un enfer ne lui apportant qu'un isolement volontaire, provoqué, recherché même. Le remords faisait son œuvre, rongeant le cœur de Maria Paola et, jour après jour, semant quelques cheveux blancs de plus.

L'obsession de reprendre contact avec Roberto avait été la compagne de ses jours, de ses nuits blanches. Qu'auraient-ils eu à se dire qui aurait été en dehors du drame de Sylvia? Roberto était-il au courant qu'il n'aurait jamais le bonheur d'avoir un enfant de la femme qu'il aimait? Comment le vérifier, comment savoir sans avouer sa faute?

Maria Paola avait vu les nuits blanches succéder aux nuits blanches, accablée par le même tourment, par le même remords. Son fils pourrait-il lui pardonner un jour?

Le soir précédant sa mort, en entendant sa voix au téléphone, elle avait compris que jamais plus son regard ne soutiendrait celui de son fils. Sa décision était prise, elle allait partir, se laisser emporter loin de ce monde où elle avait fait trop de mal.

«Dites à Sylvia que je lui demande pardon, pardon pour tout.» Telles avaient été ses dernières paroles, recueillies par Jose pour les transmettre à Sylvia. Des paroles que Jose lui avait répétées sans vraiment en comprendre la portée.

* * *

Les cloches se turent. Les deux hommes refermèrent le parapluie noir. Toujours aussi solitaires, ils revinrent en silence vers la maison sur la colline. La respiration du vieillard était rapide, difficile. Jose ralentit le pas. Le moment lui semblait propice pour faire sa proposition.

– Papa, pourquoi ne viens-tu pas vivre avec nous, à Cancun?

Le regard de l'homme ne quitta pas le sol humide. Il balança la tête nerveusement. Jose crut qu'il ne l'avait pas bien entendu.

– Je suis certain que Roberto et Sylvia partagent mon avis. Ils en seraient aussi très heureux, crois-moi!

La réponse tarda encore à venir. La proposition méritait réflexion pour cet homme qui n'avait jamais quitté sa ville natale.

– Tu ne peux demeurer seul ici, maintenant que mama est partie.

Le vieil homme hocha de nouveau la tête. Le vent secoua la chemise foncée qui recouvrait ses épaules courbées.

Ils s'arrêtèrent et Jose regarda cet homme comme s'il le voyait pour la première fois. Sa noblesse et sa douce détermination l'impressionnaient. Il détaillait la finesse de ses traits, la droiture de son regard. Sa ressemblance avec Roberto lui parut évidente quand il se redressa vivement pour donner sa réponse.

– Jose, mon fils, je ne vais pas avec vous. Je serais sans doute le bienvenu là-bas, j'y serais probablement heureux aussi, mais ma vie est ici, auprès d'elle. J'ai à peine eu le temps de la retrouver. Elle et moi avons tant de choses à discuter encore. Nous avons été séparés si longtemps, si longtemps ! Tu vois, en bas, le quartier de votre enfance, c'est là que j'irai. Quand j'aurai vendu la grande maison, j'aurai ce qu'il faut pour racheter notre ancienne demeure. J'y regarderai grandir les enfants en pensant à vous deux que j'ai laissé devenir des hommes sans m'en rendre compte vraiment.

Un long moment, Jose supporta le regard énergique posé sur lui. Il comprenait mal la décision de son père.

– Est-ce possible qu'un jour tu changes d'idée ?

– Tout est possible, mon gars. Rien n'est inscrit dans le ciment, surtout à mon âge. Si un jour… Oui, si un jour je changeais d'idée, alors je te le ferais savoir, sois-en assuré.

Le vieil homme tourna le dos à son fils et, sans se retourner, marcha droit devant lui.

36

Un calme relatif avait suivi la tempête. Dans la ville déchirée, meurtrie, personne n'était plus comme avant. Que de
rêves envolés, que d'efforts anéantis par ce vent maudit! Le
goût amer du désastre et son odeur infecte allaient persister
encore des mois.

Roberto, qui n'avait plus pensé à la boutique, avait con-
centré son énergie uniquement sur son désir d'accueillir
Sylvia dans une villa à peu près semblable à celle qu'ils
avaient abandonnée quelques heures avant l'ouragan. Pour
obtenir le résultat escompté, il s'était acharné contre le moindre grain de sable, contre toute trace d'humidité.

Le travail manuel, même le plus acharné, n'était d'aucune efficacité pour chasser les pensées qui l'envahissaient.
Comment oublier les événements des derniers jours, toutes
ces choses nouvelles qui assaillaient son esprit? Sa mère que
la mort avait emportée à jamais, le désarroi de Sylvia, la révélation de son secret, sa propre attitude face à leur vie future
et à la stérilité de sa femme...

Ce matin-là, il était presque satisfait de son travail. La
villa lui semblait de nouveau digne de recevoir celle qui lui
avait donné sa raison d'exister. Roberto allait déposer le balai
sur lequel il s'appuyait nonchalamment quand une voix le
tira de sa rêverie; une petite voix aiguë qui appelait :

– Mama… mama.

Personne ne venait si près de la villa à part les voisins qui étaient encore absents. Il avait dû rêver, confondre la voix avec le bruit des vagues sur les dunes.

Roberto vint sur le balcon. Au pied de la dernière marche que la vague atteignait de temps à autre, des traces de pas marquaient encore le sable humide. Et de l'autre côté des troncs d'arbres entrecroisés, une toute jeune femme tendait la main à un petit bout de fille qui avançait à pas lents.

Une douleur sourde s'installa dans sa poitrine. Il essuya la sueur qui mouillait son front, qui embrouillait son regard. La silhouette féminine s'éloignait, elle avait parcouru trop de distance pour qu'il distingue son visage et juste assez pour que son imagination s'emporte et déforme la réalité. Cette femme élégante et gracieuse qui marchait sur la plage aurait pu être Sylvia, retenant aussi une fillette sautillante par la main.

La jeune femme se retourna brusquement, comme si l'intensité du regard posé sur elle l'y avait contrainte. Soudainement inquiète de l'insistance de ce regard masculin, elle prit sa petite dans ses bras et se mit à courir.

Quand elle fut hors de vue, Roberto revint à l'intérieur. Encore distrait, il buta contre le balai sous lequel se cachaient les derniers grains de sable collés aux tuiles du vivoir.

Une force irrésistible l'attira vers la pièce du fond. Cette fois, il n'eut pas besoin d'une silhouette étrangère pour imaginer la présence de Sylvia dans la petite chambre voisine de la leur. La tristesse dans l'âme, il la vit penchée au-dessus d'un berceau vide, tenant un ourson de peluche dans ses bras.

«Sylvia! Je deviens fou!»

Il pénétra dans la petite pièce. Tout à coup, elle lui parut affreusement vide. Pourquoi n'avait-il jamais remarqué l'unique table adossée au mur, la lampe ébréchée et la chaise blanche qui constituaient l'ensemble du décor? Pourquoi? «Pauvre idiot!», se dit-il en quittant la morne petite chambre.

Il referma la porte derrière lui et sortit de nouveau sur le balcon. La femme et la fillette avaient complètement disparu, plus personne ne bougeait aux alentours. Seules quelques pièces de bois luttaient encore pour s'accrocher aux rochers déjà chargés de débris. Il pensa à Sylvia dont le séjour à la clinique se prolongeait. Au fond de lui-même, il se fit une promesse qu'il partagerait avec elle le plus tôt possible. Si la vie refusait à Sylvia les joies de la maternité, il saurait combler tous les vides de son existence. Ils seraient deux à partager cette déception.

«Tu me manques tellement. La vie ne pourra rien contre nous. Toi et moi serons heureux malgré tout», jura-t-il de nouveau.

37

Les jours précédents, lorsqu'il était venu rendre visite à Sylvia, Roberto n'avait pu rencontrer le docteur Lumis. Celui-ci était toujours occupé auprès des victimes de *Gilbert*. Aujourd'hui, l'homme en sarrau blanc se tenait dans l'encadrement de la porte de son bureau, situé à deux pas de la chambre de Sylvia, quand Roberto fit son entrée. Il parut très heureux de pouvoir lui consacrer un peu de son précieux temps.

– *Señor* Hernandez ! Ravi de vous voir !

– Comment va notre malade, docteur ?

– Plutôt bien, je crois. J'avais raison : quelques jours de repos et de bons soins lui étaient nécessaires. L'infection se résorbe rapidement ; votre femme est forte. Soyez complètement rassuré, tout danger d'infection est écarté.

Roberto savait déjà que sa femme avait une forte constitution. Ce qui le préoccupait et dont il était moins certain était son aptitude à reprendre leur vie après toutes ces perturbations.

L'homme aux tempes grises ouvrit le dossier que, volontairement, il n'avait toujours pas rangé dans le classeur. Il souleva quelques feuilles détachées et sortit une enveloppe.

– Tenez, *señor* Hernandez. Ceci est le résultat de l'examen de l'état de santé général de votre femme. Et cela, ce sont mes recommandations. Vous trouverez tout là-dedans. Vous constaterez aussi qu'en plus de prescrire des anti-biotiques, j'ai inclus la facture. Regardez tout ça à tête reposée quand vous serez chez vous. Je suis certain que bientôt, quand tout rentrera dans l'ordre, vous trouverez le temps de passer me voir.

Roberto avait déjà sorti son portefeuille pour en retirer des billets.

– Je peux vous payer immédiatement, si vous voulez.

Le médecin refusa et lui conseilla d'aller rejoindre son épouse.

– Au fait, ajouta-t-il, dans quel état avez-vous retrouvé votre villa? Je n'ai pas eu l'occasion de m'en informer depuis notre première rencontre.

Roberto allait raconter sa surprise, mais sa première phrase demeura inachevée. Une porte venait de s'ouvrir et la voix de Sylvia mit fin à la conversation des deux hommes.

Elle était rayonnante. Ses joues avaient repris leur teint rosé. Elle sourit à Roberto qui la regarda comme si elle revenait d'un long voyage.

– Tu es venu me chercher? Je t'attendais, mon chéri.

– Nous rentrons à la villa; nous rentrons chez nous!

Il s'approcha d'elle et, ignorant la présence du médecin, l'enlaça amoureusement. Ses yeux plongés au fond des siens, il l'embrassa. Le docteur Lumis émit un léger toussotement. Puis, constatant qu'ils n'avaient plus besoin de ses services, il retourna à ses autres malades.

Sylvia le rappela pour le remercier une fois de plus.

– Je reviendrai vous voir bientôt pour vérifier l'état de mon bras.

– Je vous attends, ma «petite madame».

Le couple Hernandez quitta la clinique et monta dans la voiture que Roberto avait récupérée.

Sur le boulevard Kukulcan, des hommes s'affairaient encore à soulever les palmiers qui jonchaient le sol pendant que d'autres plaçaient des cordes pour les tenir en place jusqu'à ce qu'ils reprennent racine dans le sol.

– Vois comme c'est fort, la nature! dit Sylvia. Les éléments ont voulu tout détruire et aujourd'hui, une autre force lutte pour survivre.

La vie leur donnait une sérieuse leçon. Un orage n'était pas la fin du monde, mais bien une chance de rebâtir plus solidement. Était-il utile d'ajouter quoi que ce soit?

Le couple roula en silence, observant l'activité des alentours. La voie était en piteux état; par endroits, elle n'existait tout simplement plus. Les soldats étaient présents partout, surveillant les allées et venues des gens. Seules les personnes habitant le secteur avaient droit de passage.

Rompant le silence, Sylvia fit part d'une chose curieuse à Roberto.

– J'ai vu ta mère dans mes rêves, cette nuit, dit-elle. C'est bizarre, elle avait les cheveux blancs.

Sa mère avec les cheveux blancs? Il y avait de quoi s'étonner. Roberto ne pouvait imaginer celle-ci autrement qu'avec son chignon noir, toujours bien coiffé.

– Ses traits étaient plus doux ainsi. Elle m'a souri, continua Sylvia. Ensuite, j'ai entendu un son de cloche, puis elle est disparue derrière la porte du jardin. Tu te souviens du jardin d'hibiscus?

Le jardin d'hibiscus. Roberto s'en souvenait, ainsi que de la tonnelle et de l'allée bordée de verdure. Il n'avait jamais oublié cette magnifique demeure ni celle de ses jeunes années.

– Crois-tu que ta mère voulait me dire qu'elle acceptait mon pardon ?

Se retournant vers sa femme, Roberto demeura perplexe. Était-elle en train de lui avouer qu'elle lui avait pardonné ? Sylvia lut dans son regard sa question, son besoin de savoir. Si elle avait partagé son secret avec lui, elle devait aussi partager le bien-être qui l'habitait à ce moment précis.

– En effet, je lui ai pardonné. D'ailleurs, à quoi me servirait de lui tenir rigueur de ses actes après sa mort ? De toute manière, qui pourra jamais expliquer ce qui avait changé cette femme ? C'est peut-être bien ainsi. Tu sais, Roberto, lorsque j'ai été blessée et que, dans ma confusion, je t'ai révélé le passé, j'ai ressenti une angoisse terrifiante qui s'est peu à peu transformée en délivrance. Lorsque les dernières paroles sont sorties de ma bouche, j'ai eu l'impression que tout s'effaçait, qu'il n'y avait devant moi qu'une grande page blanche. C'est alors que je me suis souvenue de tes paroles. Te souviens-tu avoir dit que rien ne pouvait nous arriver de pire que de ne plus nous aimer ?

Roberto se souvenait très bien avoir dit à haute voix ce qu'il pensait depuis le jour où il l'avait rencontrée sur la plage de Veracruz. Et maintenant, il le pensait plus que jamais.

Les seules paroles qui vinrent à son esprit pour le confirmer furent tout simplement :

– M'aimes-tu, Sylvia ?

– M'aimes-tu, Roberto ? dit-elle à son tour.

Les deux amoureux se regardèrent en souriant. Un travailleur appuyé sur sa pelle, qui observait la voiture rouler doucement à travers mille obstacles, répondit à leurs sourires qu'il crut lui être adressés.

38

Ils approchaient du centre Las Palmas. Sylvia se remémora le désastre qu'avaient subi les lieux. Elle éprouva une sensation d'épuisement devant l'énormité de la tâche qui les attendait.

Brusquement, comme une étincelle d'espoir, une vision ramena son sourire. Juste devant le centre commercial, une voiture était stationnée. Les Perez étaient de retour.

Pareil à un élan venant des entrailles, une grande joie envahit la jeune femme. Dès que Roberto eut immobilisé la voiture derrière celle de leurs amis, Sylvia ouvrit la portière et sortit sans attendre son aide.

De l'intérieur de leur *tienda* maintenant sans fenêtres, Miguel et Catherine avaient entendu un bruit de moteur. Reconnaissant Sylvia et Roberto, ils vinrent vers eux. Une petite tête noire aux mèches rebelles se faufila entre les deux, bousculant tout ce qui obstruait le passage.

– Sylvia! Sylvia! Je suis là! Nous sommes revenus!

Une émotion à couper au couteau formait une sorte de mur invisible autour des deux couples et de l'enfant. Sylvia ouvrit les bras et Luis, s'arrêtant soudainement en apercevant le pansement au bras de son amie, devint tout triste. Avec d'infinies précautions, il toucha le tissu blanc comme on caresse un objet fragile et précieux.

– Qu'est-ce que tu as au bras ? Tu es blessée ?

Sylvia sourit afin de le rassurer. Luis n'avait pas à s'inquiéter pour elle. Ce qu'il venait de découvrir à la place de leur *tienda* l'avait suffisamment traumatisé.

– Montre-moi, je veux voir ! insista le petit que la santé de son amie préoccupait davantage.

– Ce n'est rien de grave, je t'assure ! Viens plutôt m'embrasser, dit-elle en serrant l'enfant sur son cœur qui battait à tout rompre, en se disant que la plaie de son bras guérirait toute seule, mais que ce cher trésor et celui à venir l'aideraient à guérir les autres.

– Sylvia ! Je suis allé à la lagune, dit Luis. Nacha n'est pas revenue. Tu m'avais pourtant dit qu'elle reviendrait après l'orage. Crois-tu que les vagues sont allées jusqu'à sa cachette ?

L'impatience coutumière de Luis fit sourire Sylvia.

– Donne-lui le temps. Elle est partie très loin parce qu'elle savait que les vagues seraient énormes et qu'elles le resteraient plusieurs jours. Ne t'en fais pas, Nacha reviendra, et nous irons lui rendre visite chaque jour !

– Si tu savais tout ce que j'ai à lui raconter. Mama m'a dit son beau secret. Il faut que j'apprenne la bonne nouvelle à Nacha.

Sylvia supposa qu'il parlait du bébé. Catherine lui avait donc dit. Comme il pouvait aussi s'agir de leur voyage au Québec, elle se contenta d'abonder dans le même sens et de dire qu'elle aussi avait très hâte de revoir Nacha ; elle aussi, elle avait des choses à lui raconter.

Catherine était demeurée en retrait pour ne pas gêner les élans des deux fidèles amis. Elle avait les traits tirés et semblait épuisée. Son regard restait fixé sur le désastre.

– Tu as vu les dégâts à la boutique? C'est épouvantable, dit-elle en retenant un haut-le-cœur.

– Oui, j'ai vu, Catherine. C'est terrible, n'est-ce pas?

Catherine avait la gorge nouée, ce qui l'empêchait de s'exprimer.

– Comment te portes-tu? continua Sylvia. Si tu savais comme j'ai pensé à vous!

– En fin de compte, nous ne sommes pas allés aussi loin que prévu. Nous avons été hébergés à quelques kilomètres dans la vallée. Miguel a rencontré un ancien ami de classe qui nous a accueillis chez lui. Ça s'est sûrement mieux passé pour nous que pour vous ici.

Sylvia baissa la tête. À son attitude, Catherine devina avec quelle rigueur *Gilbert* les avait frappés.

– Cela a été difficile, n'est-ce pas?

– Difficile, en effet. Un jour, je te raconterai. Aujourd'hui, je préfère ne pas en parler.

La complicité entre les deux femmes guidait leurs propos. Elles respectaient la limite imposée par certaines situations. Catherine tourna son attention vers son bras.

– Et ta blessure, c'est grave?

– Une mauvaise entaille qui s'est infectée. On m'a gardée à la clinique sous observation. C'est de là que nous revenons, justement. Je n'ai pas encore vu la villa. Roberto crie au miracle. Il semble que nous ayons été protégés; les dégâts ne se comparent en rien à ceux des autres villas qui nous entourent. Et vous, comment est votre maison au centre-ville?

– Nous avons pris la bonne décision en partant. Les dommages sont énormes. Il faudra du temps pour tout remettre en état.

– Vous pouvez venir à la villa, en attendant. Roberto et moi serions heureux de vous accommoder pour quelques jours, le temps que votre maison soit de nouveau habitable.

– C'est très gentil, Sylvie. Nous ne pouvons refuser ton invitation, mais ce sera seulement pour quelques jours, car je pars chez mes parents avec Luis.

– Vous allez au Québec?

– Oui. J'irai là-bas pendant que Miguel s'occupera de reconstruire ici. Il croit pouvoir compter sur l'aide de plusieurs amis.

– C'est une très bonne idée! En septembre, il fait encore beau là-bas. Le petit ne trouvera pas le climat trop difficile à supporter. Et si votre séjour se prolonge, il saura enfin ce qu'est la neige.

Catherine se perdit dans ses pensées. Elle avait presque oublié la beauté d'un décor de feuilles d'automne. Elle se surprit à compter les jours avant de pouvoir obtenir des places sur un vol. Il y avait tellement longtemps qu'elle attendait ce moment.

– Tu sais, Sylvie, dit-elle. J'en ai voulu à mon père de ne pas comprendre mon choix, mais je n'ai jamais cessé de l'aimer. Il a toujours occupé une grande place dans ma vie. J'ai tellement hâte de leur montrer le petit. Maman n'a pas fini de l'embrasser! Ah, Sylvie! Tout va être merveilleux, maintenant!

– Je suis si heureuse pour toi, Catherine! Si heureuse!

– Pourquoi ne viens-tu pas avec nous? Ta dernière visite à Montréal remonte à la mort de tes parents, je crois…

– Je pense ne pas y retourner avant longtemps. De toute façon, je n'ai plus personne là-bas. Mon pays, c'est ici plus que jamais. Tout ce qui me rattache à la vie est là, appuyé au comptoir de ce qui reste de ta *tienda*, dit Sylvia en tournant les yeux vers les deux hommes qui discutaient à l'intérieur.

* * *

Roberto avait raconté l'horreur de la tempête à Miguel. Les deux hommes, qui avaient provisoirement évalué les dommages, étaient d'accord pour affirmer que plusieurs jours, voire plusieurs mois s'écouleraient avant que Cancun redevienne un centre couru par les touristes.

Une lourde tâche les attendait. Ils n'auraient pas le choix de retrousser leurs manches et de se mettre au travail le plus tôt possible.

– Si je trouvais deux bonnes pelles, nous pourrions d'abord nous assurer qu'il y a bien un plancher sous cette plage de sable, dit Miguel qui sortit sans attendre l'approbation de son ami.

Roberto semblait moins pressé. Il avait déjà beaucoup fait pour remettre la villa en ordre. Il enviait l'enthousiasme de Miguel. Il s'approcha du carreau privé de vitre. Il tenta d'enlever les pointes de verre fixées à l'encadrement, mais celles-ci lui résistant, il décida d'attendre le retour de Miguel.

S'appuyant au comptoir, il croisa les bras. Un court instant, il oublia les dégâts. Il admirait les deux femmes qui parlaient à l'extérieur, contemplant la grâce de cette créature qui était sa seule raison de vivre à lui aussi. Une sueur froide le glaça à la pensée qu'il aurait pu la perdre.

– Qu'elle est belle! murmura-t-il en mettant la main dans sa poche de chemise.

Il avait oublié l'enveloppe qui s'y trouvait, le document que le docteur Lumis lui avait remis plus tôt à la clinique.

Encore perdu dans ses pensées, il ouvrit machinalement l'enveloppe. Il en sortit l'ordonnance et ce qui lui sembla être une facture. Il jeta un regard distrait sur les deux premiers documents, intrigué par une feuille plus grande enveloppant le tout.

Le texte était dactylographié. Sur les premières lignes, on avait inscrit le résultat de l'examen général qu'avait subi Sylvia. Tout semblait parfaitement normal, il n'avait donc aucune raison de s'inquiéter.

Une petite note écrite à la main au bas de la page attira son attention :

L'examen démontrant une légère malformation due à un traumatisme pouvant affecter la fertilité, je recommande une intervention chirurgicale bénigne qui éliminerait le problème de façon définitive. Comme discuté avec la señora *Hernandez, je prendrai rendez-vous avec un collègue spécialiste en la matière dès que vous m'en ferez la demande.*

Roberto lut et relut le dernier passage. Il sortit en courant. Il laissa s'envoler la facture et l'ordonnance et brandit comme un drapeau le bout de papier dans les airs.

– Sylvia! Sylvia, mon amour! Lis ce que le docteur Lumis a écrit, lis!

Sa main tremblante lui tendait le bout de papier bleu. Sylvia lut à son tour. Elle qui avait redouté la réaction de Roberto venait d'obtenir une réponse claire. Lui aussi le désirait cet enfant qu'elle aurait peut-être un jour le bonheur de lui donner.

– Merci, mon Dieu! murmura-t-elle en caressant la tête de Luis qui, toujours accroché à sa cuisse, la pressait d'expliquer les larmes qui coulaient sur ses joues.

– Qu'est-ce qu'elle dit, la lettre? Cher trésor, la lettre dit. Elle dit...

Alors, levant les yeux vers Roberto, elle vit, à travers les larmes qui voilaient sa vue, qu'il pleurait lui aussi.

C'est en toute simplicité
que je vous offre
« Entre mer et lagune »
Qu'il soit le gage de
ma gratitude pour la
confiance que vous
m'avez accordée avec
une touchante spontanéité.
Merci à tous
Bonne lecture
Florence Nicole

Fiche d'identité

Florence (Lessard) Nicole est née en 1940, la dixième d'une famille de 14 enfants qui a habité la région du Lac Saint-Jean avant de s'établir dans la région de Chicoutimi. Elle s'est révélée être une fillette facile, une première de classe jusqu'à sa dixième année qui marqua la fin de ses études à cause des urgences familiales qui allaient l'obliger à travailler pour gagner sa vie.

Sa jeune vie fut sans histoire, partagée entre de multiples emplois. Son intérêt pour les gens et leurs préoccupations se développa. Elle se maria à 20 ans et son sens de la famille fut comblé par la naissance de ses trois enfants. À cause de l'emploi de son mari, les déménagements furent nombreux et contribuèrent à élargir ses horizons. La famille finit par s'établir à Brossard sur la Rive-Sud de Montréal.

Une fois ses enfants devenus grands, Florence Nicole ressentit le besoin d'être en contact avec ceux qui avaient besoin de ses services. Elle s'engagea d'abord comme bénévole auprès de handicapés mentaux, puis auprès de personnes âgées. Elle obtint bientôt un travail de préposée aux bénéficiaires. C'est cette période de sa vie qui va la mener à l'écriture...

Ainsi, en tant que responsable du bénévolat dans le centre d'accueil où elle travaillait, Florence Nicole fonda un journal interne. Puis elle seconda une des résidentes dans un projet d'écriture et la dame se mérita le premier prix au concours littéraire du troisième âge. Florence Nicole se lança ensuite dans l'écriture de la biographie de sa mère. Le goût d'écrire ne la lâchait pas. Écrire des articles pour des revues de ressourcement ne lui suffisait plus. L'envie de toucher à autre chose persistait...

QUAND UNE SIMPLE MÈRE DE FAMILLE DEVIENT ÉCRIVAIN

Comment écrit-on un roman? La question demeurait entière ce jour de 1991 où, sans aucune formation, elle s'installa devant son ordinateur pour écrire son premier roman. Ce fut la révélation, l'euphorie devant le plaisir procuré par des personnages qui prenaient forme, qui vivaient, qui la guidaient!

Florence Nicole en compagnie d'Hélène Ferland,
directrice littéraire de QUÉBEC LOISIRS.

*Florence Nicole lors d'une séance de signature au
Salon du livre de Montréal en 1995.*

Ce premier roman, c'était *Entre mer et lagune*. Sa rédaction était presque terminée quand elle fut interrompue temporairement parce que les personnages d'un autre roman s'imposaient à Florence Nicole. Elle écrivit donc *Neige*, un merveilleux roman qui fut publié en 1994 grâce aux encouragements de son entourage.

Ce qui s'ensuivit est absolument extraordinaire. Quand les parents et les amis de Florence Nicole ont lu *Neige*, ils ont été complètement éblouis. Quand les membres du comité de lecture de Québec Loisirs l'ont lu, ils ont eu la même réaction. Mais c'était risqué de faire entrer au club une auteure si peu connue. Les membres lui donneraient-ils sa chance ? Était-il réaliste d'espérer vendre 3000 exemplaires d'un roman inconnu ?

Québec Loisirs est très fier d'avoir pris ce risque. Les premiers 3000 exemplaires ont été écoulés en quelques jours. Il fallut faire réimprimer très vite. *Neige* se révéla la meilleure vente du catalogue Automne 1995 avec 23 000 exemplaires vendus ! Du jamais vu pour un premier roman !

Entre mer et lagune

Après un tel succès, Florence Nicole aurait pu être très angoissée à l'idée de se remettre à l'écriture ! Au contraire, son succès l'a encouragée et l'a poussée à complètement réécrire *Entre mer et lagune*, ce premier roman qu'elle avait laissé en plan. Dorénavant elle savait comment écrire un roman ! Elle qui a l'habitude de ne jamais suivre les recettes et qui ne lit jamais les modes d'emploi a fait comme toujours : elle a suivi son instinct. Et c'est sans plan défini à l'avance qu'elle s'est laissée porter par ses personnages comme s'ils étaient de véritables êtres vivants.

Florence Nicole dans un restaurant de Cancun avec son mari.

L'ouragan *Gilbert* a été sa source d'inspiration, lui qui a vraiment eu lieu à Cancun en septembre 1988. Il est resté longtemps dans la tête de Florence Nicole. Elle avait vu Cancun en 1985, avant son passage. Elle faisait alors le premier voyage de sa vie. Elle y était retournée en 1989. Après l'ouragan. Très émue devant les signes encore visibles du désastre, elle avait alors interrogé des résidents et ils lui avaient raconté l'ouragan. Une femme parmi eux était québécoise et propriétaire d'un dépanneur. Comme Catherine Bachand...

Grâce au grand sens de l'observation de l'auteure, d'innombrables souvenirs de voyage ont servi à rendre le roman très réaliste. La trajectoire de l'ouragan a été reproduite avec soin. L'imagination a fait le reste.

L'avenir

À la demande générale, Florence Nicole écrit présentement la suite de *Neige*. Elle pense terminer l'ouvrage pour la fin de l'année 1997. Nous y retrouverons les personnages de *Neige* 10 ans plus tard.

Florence Nicole travaille aussi depuis longtemps sur une biographie romancée de sa mère. Elle prévoit l'intituler *Le Jardin de Blanche*. Cette fois, une catastrophe bien de

Florence Nicole avec son petit-fils Gabriel.

chez nous y jouera peut-être un rôle : les inondations au Saguenay.

L'auteure, qui a maintenant 56 ans, a peine à croire à son succès. Mais chose certaine, elle est toujours la même : une femme comme les autres qui aime son mari, ses enfants et ses petits-enfants. Elle voyage beaucoup, ce qui lui ouvre des horizons. Elle est bien intégrée dans son milieu. L'écrivain en elle aimerait bien parfois un peu plus de solitude pour pouvoir écrire davantage. Mais le plus important pour elle, c'est d'être aimée des siens.

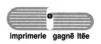

imprimerie gagné ltée

IMPRIMÉ AU CANADA